LOBO ALPHA

Helena Gomes

Ilustrações
Alexandre Bar

Copyright © 2006 *by* Helena Gomes

COLEÇÃO PLENA LUA
Lobo Alpha

Coordenação editorial
Ana Martins Bergin

Editores assistentes
Laura van Boekel Cheola
John Lee Murray (arte)

Projeto gráfico e diagramação
Fernanda Barreto

Direitos desta edição reservados à
EDITORA ROCCO LTDA.
Av. Presidente Wilson, 231 – 8º andar
20030-021 – Rio de Janeiro, RJ
Tel.: (21) 3525-2000 – Fax: (21) 3525-2001
rocco@rocco.com.br / www.rocco.com.br

Printed in Brazil/Impresso no Brasil

Preparação de originais
Laura van Boekel Cheola

CIP-Brasil. Catalogação na fonte.
Sindicato Nacional dos Editores de Livros, RJ.
G614L   Gomes, Helena
Lobo Alpha / Helena Gomes; ilustrações de
Alexandre Bar. – Primeira edição – Rio de
Janeiro: Rocco, 2006. il.
ISBN 85-325-2011-1
1. Literatura infantojuvenil. I. Bar
(Ilustrador). II. Título.
05-4076.   CDD-028.5   CDU-087.5

O texto deste livro obedece às normas do
Acordo Ortográfico da Língua Portuguesa

Impressão e Acabamento:
GRÁFICA STAMPPA LTDA.

Para Matheus e Carla

Sumário

Parte I – *Filhote*
- Capítulo 1 – Dragão   17
- Capítulo 2 – Futuro   25
- Capítulo 3 – Viagem   29
- Capítulo 4 – Herdeiro   37
- Capítulo 5 – Roma   41

Parte II – *Lobo Ômega*
- Capítulo 1 – Passado   67
- Capítulo 2 – Amy   75
- Capítulo 3 – Vítimas   87
- Capítulo 4 – Criatura   93
- Capítulo 5 – Lembranças   103
- Capítulo 6 – Wulfmayer   117

Parte III – *Lobo Branco*
- Capítulo 1 – Presente   127
- Capítulo 2 – Pai   135
- Capítulo 3 – Lyons   143
- Capítulo 4 – Treinador   153
- Capítulo 5 – Mensagem   165
- Capítulo 6 – Vingança   175
- Capítulo 7 – Ataque   193
- Capítulo 8 – Caçada   205
- Capítulo 9 – Derkesthai   231

Nota da autora   237

*O guerreiro derrotou um assustador dragão. Mas, antes de
dar o último golpe, percebeu lágrimas nos olhos da criatura.
— Estás com medo da morte, ser abominável? — riu, vitorioso.
— Choro por ti — respondeu o dragão.
Sem entender, o guerreiro continuou a zombar do adversário indefeso.
— Ora, quanta gentileza!
O dragão não se intimidou.
— Choro por tua alma, guerreiro, por tuas mãos sujas de sangue...
Enfurecido pela audácia do dragão, o guerreiro cortou-lhe a cabeça.
As lágrimas caíram dos olhos da criatura e molharam o chão sem vida.
No mesmo instante, a terra tornou-se fértil. O guerreiro tocou a terra e,
imediatamente, o ferimento que atingia sua mão foi curado.
Surpreso, aproximou-se da cabeça cortada.
Algumas lágrimas ainda permaneciam nos olhos abertos e sem vida.
O guerreiro, então, guardou as lágrimas para si.*

*"O Lobo da Estepe tinha, portanto, duas naturezas,
uma de homem e outra de lobo.
Tal era seu destino."*
Hermann Hesse

Parte I
Filhote

Capítulo 1
Dragão

Procurei concentrar meus pensamentos no imediato enquanto acelerava o passo. O recado do velho Fang Lei pedia urgência, o suficiente para me fazer largar tudo no outro lado do mundo e tomar o primeiro avião para Hong Kong. Era estranho retornar àquele lugar após tantos anos. Os incensos ainda queimam nas calçadas. Vi executivos em ternos Armani, com seus celulares de última geração, que transitavam em meio a ambulantes com largos chapéus de palha, perdidos entre as quase sete milhões de vidas que se espremem para sobreviver na metrópole. O moderno se mistura ao antigo, confunde, embeleza, destrói. Tradição e contradição. Templos seculares e prédios de linhas arquitetônicas modernas e arrojadas convivem lado a lado com construções em péssimo estado de conservação e edifícios com apartamentos de um dormitório, onde se empilham até vinte pessoas. Inúmeros edifícios novos, com seus operários trabalhando em andaimes de bambu, são erguidos no lugar de antigos. Hong Kong continua a ser um mundo misterioso, dinâmico, em constante mutação, um mundo que pede um olhar mais profundo para desvendar seus segredos. E eu não tinha tempo.

Mais um reflexo em uma das milhares de vitrines das lojas sempre movimentadas e repletas de luminosos da Nathan Road, em Kowloon, revelava o homem jovem que eu aparento ser, alguém que não deveria ter mais do que 30 anos. Minha idade real, porém, conta com algumas décadas a mais. Aconteceu comigo o que aconteceu a alguns outros, espécimes raros neste planeta decadente. Demoramos séculos para envelhecer. Não ria! Não sou um highlander ou qualquer outro personagem que a ficção inventou para explicar os mistérios que os humanos não entendem. Pensando melhor, talvez a ficção não esteja tão distante da realidade.

Sou conhecido como Wolfang. Mas você pode me chamar de Marco, como me chamavam na época em que eu acreditava que Deus criara o mundo e belas criaturas para povoá-lo. Na época em que eu via o universo com olhos inocentes, acreditava que as pessoas nasciam, viviam e morriam para alcançar um plano superior e divino, conforme o merecimento de cada um. Hoje, não há em que acreditar. Deus não existe.

Naquela noite, eu caminhava por ruas apinhadas, entre as luzes atordoantes de neon, seguindo apenas o instinto para descobrir onde Fang Lei se refugiara. Eu também seguia uma lógica sem muito crédito. O Alpha chamava meu velho amigo de dragão... E a palavra Kowloon, nome da parte continental de Hong Kong, significa nove dragões. Por mais estranho que pudesse parecer, era minha única pista. Fang não tivera tempo de revelar seu esconderijo, interrompendo o telefonema de forma abrupta, como a presa que foge de seus caçadores. Ou dos lobos. Meu coração gelou novamente. O instinto não estava ajudando muito, mas as pernas, pelo menos, exigiam cada vez mais velocidade. Dobrei uma esquina, escolhendo uma rua estreita e excepcionalmente silenciosa. Já passavam das 23 horas e o comércio incessante de Kowloon começava a fechar as portas.

Eu corria quando o cheiro de sangue fresco invadiu minhas narinas. A sensação imediata foi de prazer, a promessa embriagadora que liberta e renova. Era o lado animal que exigia sua parte, a mesma que meu lado humano sempre negou. E este venceu mais uma vez, trazendo de volta a humanidade que meu espírito defendia. Continuei correndo, apesar de já conhecer o inevitável. Eu não chegara a tempo.

A poucos metros da esquina, a rua se fundia a um beco sem iluminação, o complemento nada original para a cena macabra que eu iria presenciar. Escolhi uma máscara de frieza para enganar meu estômago, que se revirava de asco e revolta. A dor, no entanto, me atingiu com violência. Reconheci Fang Lei no que sobrara do cadáver mutilado, vítima de dentes ávidos por sangue e carne. A escuridão escondera dos humanos o terror daquela imagem, devorando a pouca iluminação, vinda da avenida, que ousava enfrentá-la. Os sons da cidade, de pessoas que somente tocavam suas vidas, chegavam abafados e irreais.

Avancei devagar, ainda tentando raciocinar com clareza. O Clã não tinha motivo para atacar o velho Fang, alguém que servira aos interesses do grupo com absoluta lealdade por tantos e tantos anos. Um passo em falso e meu tênis invadiu uma poça de sangue, junto ao que restara de uma perna. Recuei, com a terrível sensação de profanar um santuário. Fang era um grande mestre, um bom amigo. E eu... o que era? O que sou? Também sou um deles.

Meu instinto gritou naquele minuto, um aviso de que eu não estava mais sozinho. Aguardei pacientemente, a santa paciência que meu mestre sempre me exigia, aquela que sempre me atrapalha nos momentos decisivos. Naquele momento, não havia mais nada a fazer a não ser esperar.

— Ora, quem diria! Nosso caçulinha passeando em Hong Kong... — resmungou Blöter, algum tempo depois, com seu arrastado sotaque alemão. Mesmo após tantos séculos servindo ao Alpha, ele ainda tinha dificuldade para se expressar em inglês.

— Você está atrasado para o jantar! — provocou Cannish, o irlandês, erguendo os dedos da mão esquerda para lambê-los. Estavam sujos com o sangue de Fang. — Huuuummmm... Comida chinesa é mesmo deliciosa!

Os recém-chegados riram com estardalhaço, cada vez mais divertidos com a expressão de ódio que minha máscara de frieza não conseguia mais esconder. Cannish, com os cabelos ruivos cortados rente ao couro cabeludo e as dezenas de tatuagens espalhadas pelos ombros e braços que sempre mantinha à mostra em camisetas regata, inclusive no inverno, cultivava um visual de roqueiro do Audioslave. Era jovem, alto, forte, um sujeito que vivia enfiado em academias de ginástica. Aparentava ter uns 35 anos, o mesmo que o grandalhão Blöter, com seus mais de dois metros de altura. Este, que fazia questão de lembrar a cada minuto que seus inúmeros músculos eram de aço, podia muito bem ser confundido com um bloco de concreto. Ninguém notaria a diferença. Não havia cérebro em sua cabeça de cimento e tampouco qualquer sentimento em seu coração a não ser ódio contra qualquer criatura viva. Exceto, claro, sua fêmea Beta, a quem seguia como um cachorrinho. E ainda havia sua reverência cega ao Alpha. Blöter e Cannish, apesar de extremamente poderosos, não passavam de vassalos obedientes a um grande senhor.

Eu não os temia. O medo antigo cedera espaço ao desprezo e à raiva. Encarei as criaturas em suas faces humanas, procurando seus olhos na escuridão que, para nós, não era empecilho para enxergar o que nos rodeava. Dos três, eu era o mais baixo, com meus quase 1,80 metro de altura, e muito mais fraco. Nunca tive os músculos hiperestimulados de um halterofilista como eles, apenas o corpo saudável de um quase atleta que fui, quando competia nas provas de natação do colégio. Para os padrões exagerados do Clã, minha aparência comum me classificava como um magricela. A primeira e única surra que levara de Blöter e Cannish completava quase 50 anos, a mesma surra histórica que me colocara como o Ômega do grupo, portanto o mais desprezível e sempre ridicularizado. Naquele instante difícil, não avaliei minha desvantagem. A dor pela perda de Fang me cegava. Eu queria vingança.

A chegada de mais alguém interrompeu o riso estúpido, insistente. Cheiro de humano. Uma fêmea jovem, saída da adolescência... Cannish estalou os lábios, à espera da sobremesa.

Amy não sabia exatamente o que a atraíra para aquela rua estreita. Tivera um dia perfeito, que incluíra visitar o ponto mais alto da cidade, o Victoria Peak, com sua visão privilegiada da baía, conhecer Aberdeen, a vila flutuante de pescadores, e zanzar pela ilha de Hong Kong, como todo bom turista, até se decidir pelo ferry e retornar ao hotel, em Kowloon, na península. Mas a noite, em Hong Kong, continuava a seduzir qualquer um que tivesse uma moeda na carteira e muita disposição para encarar quilômetros de shoppings, lojas imensas e centenas de outras menores, toneladas de quiosques... E os preços variavam de uma vitrine para outra de forma impressionante!

Amy saíra sozinha do hotel para comprar algumas lembrancinhas de última hora e, de repente, enquanto caminhava com suas sacolas pela Nathan Road, reconhecera um dos cenários de seus velhos e inevitáveis pesadelos malucos. Havia uma loja de produtos eletrônicos numa esquina e depois...

A garota avançou com cuidado, apesar de se sentir uma completa idiota. Estava entrando numa rua deserta, tomada pela escuridão, numa cidade que conhecia pela primeira vez. Uma atitude, sem dúvida, nada aconselhável para alguém que estava a quilômetros de casa. Nem mesmo em Keene, sua minúscula cidade na costa leste americana, ela se atreveria a andar numa rua ameaçadora como aquela.

"Ainda vou ser assaltada!", pensou, com o coração batendo totalmente fora do ritmo. Era só o que faltava para o pai despachá-la na mesma hora de volta aos Estados Unidos. Ela insistira em acompanhá-lo em sua viagem a trabalho para Hong Kong, apesar do fantasma da Sars. Isso quase impedira Amy de visitar a cidade que sempre sonhara em conhecer desde a infância, desde que se entendia por gente. Hong Kong a fascinava. Tinha livros e mais livros sobre o local, colecionava notícias, investigava tudo sobre o assunto na internet. Culpa da genética, com certeza. Amy tinha sangue chinês misturado à aparência de garota branca, de olhos levemente amendoados e cabelos lisos e negros, uma garota adulta que completara 18 anos havia poucas semanas. Mas ela não sabia mais nada sobre sua ligação com aquele povo. Fora adotada ainda bebê por um casal de norte-americanos muito brancos e um tanto doidos, no melhor sentido da palavra. Haviam sido hippies nos anos 70, músicos alternativos nos 80 e esotéricos nos 90. Hoje, viviam para uma ONG ecológica que pretendia ser internacional, nos moldes do Greenpeace. Ken Meade, o pai que jamais colocara os pés para fora dos Estados Unidos, viajara a Hong Kong para um Encontro Internacional com um grupo de ecologistas que militava contra a caça às baleias no Oceano Pacífico.

Com a nuca arrepiada, Amy sentiu que não estava sozinha no beco escuro onde a tal rua terminava. Ela estreitou os olhos, acostumando-os rapidamente à falta de iluminação. Vislumbrou, então, três vultos enormes e ameaçadores.

— Desculpem! Eu não queria atrapalhar a... hum... reunião de vocês. É... ahn... rua errada! — murmurou, em inglês, sem muita certeza de que a entenderiam. Pensou em usar algumas palavras que aprendera em chinês, mas o bom senso a mandou deixar a oportunidade de intercâmbio cultural para mais tarde.

— Cai fora daqui, menina! — resmungou um dos vultos, o mais baixo dos três.

E ele falara em inglês, no mais puro sotaque americano! Os pés da garota tentaram sair do lugar, recuar, só que o pânico os aprisionou. Algo mais os segurava: uma curiosidade imensa, quase mágica, que desejava apenas se certificar de que tudo aquilo já acontecera antes... "Meu pesadelo!", gritou um pensamento. O corpo de Amy começou a tremer, apavorado. Os olhos reconheciam as imagens noturnas que sempre desapareciam pela manhã, quando ela despertava assustada na segurança de sua cama, em Keene. Os três vultos ficaram ainda maiores, ganhando contornos surpreendentes e nada humanos. Agora eles tinham... *focinhos*! E garras, pelos... E rosnavam, prontos para o bote mortal que estraçalharia a garota curiosa. Ela prendeu a respiração, mas não conseguiu fechar os olhos. As criaturas pularam para o ataque. "*Vou morrer!*"

Foi quando a terceira criatura mudou a rota para colidir contra as outras duas. Seu focinho abocanhou com firmeza o pescoço do vulto maior, enquanto as garras atingiam o companheiro. A reação inesperada confundiu os adversários, mas revelou sua fragilidade em segundos. A terceira criatura, a mais fraca do grupo, foi arremessada contra a parede pelo lobo a quem pretendia morder. Sim, eram *lobos*... Amy entrava sem pedir em um filme ridículo sobre lobisomens... E mortalmente real. Seus pés, enfim, cambalearam para trás enquanto fixava a atenção nos dois lobos que a cercavam lentamente, a respiração quente que escapava de focinhos cada vez mais próximos. Dentes pontiagudos se sobressaíram entre saliva e cobiça na escuridão que impedia a garota de enxergar os vultos com clareza. Eles preparavam o novo ataque.

Amy sufocou um grito de terror. Em um gesto surpreendente, a terceira criatura, a mesma que fora descartada para longe, pulou antes sobre a vítima. Esta bateu com as costas no chão duro, enquanto o corpanzil quase a esmagava. O barulho de porcelana quebrada, numa das sacolas de presentes que também haviam caído, soou tímido, quase inaudível diante dos rosnados horripilantes que se seguiram. Os outros dois lobos protestaram, furiosos. Amy se encolheu sob a proteção do terceiro lobo, sentindo que ele não a machucaria. Pelo contrário, usava o próprio corpo como escudo contra as investidas violentas dos adversários. Mordidas insanas passaram a atingir o lombo do animal protetor, que permanecia imóvel, numa postura inacreditavelmente submissa. A garra de um dos lobos passou a milímetros da testa de Amy. Seu novo amigo não aguentaria por muito tempo. Ele sofria ataques simultâneos por todos os lados. As sacolas, agora esparramadas ao redor deles, eram pisoteadas pelas duas feras enlouquecidas. A garota cerrou as pálpebras e afundou o rosto contra os pelos claros acima dela, se encolhendo ainda mais. Ao contrário dos outros animais, aquele lobo era branco...

Então, como a cavalaria que surge para salvar o dia, gritos que vinham da rua principal ecoaram pelo beco. A barulheira infernal finalmente chamara a atenção de outras pessoas.

No mesmo instante, os dois lobos interromperam a briga e se afastaram para sumir na escuridão. Amy, ainda colada a seu salvador, percebeu a inacreditável transformação que se processou em milésimos de segundos. Os pelos sumiram para dar lugar a roupas — uma camiseta, uma jaqueta — e à forma de um homem grande e forte. A garota ainda registrou um delicioso perfume masculino, que escapava da pele agora muito humana. Num impulso, ela o abraçou. Estava viva graças a ele! Graças a um... *lobisomem*?!!!

— Você está sangrando... — murmurou Amy, sem saber exatamente como agradecer. Ergueu o olhar para o homem que ainda permanecia sobre ela, tentando visualizar o rosto oculto pela falta de luminosidade.

Numa atitude brusca e muito rude, o homem se livrou dos braços que o apertavam e fugiu sem qualquer hesitação. As vozes estavam mais próximas. Alguém chamara a polícia.

Ninguém acreditaria numa história maluca como aquela. Amy recolheu apressadamente as sacolas espalhadas pelo chão, abaixou o rosto e correu para fora do beco atropelando quem estava pelo caminho. A polícia ainda não chegara. A barulheira chamara a atenção de um grupo de turistas alemães, liderados por um guia local que os levava às compras. A adolescente escapou o mais rápido que pôde para o único refúgio que conhecia em Hong Kong: o hotel a duas quadras de onde vivera uma aventura sobrenatural.

Amy passou de forma sorrateira pela recepção e evitou o elevador, ganhando com rapidez os degraus de uma escada que a deixou na segurança do terceiro andar. Por sorte, levara a chave do quarto. Por azar, o pai, que deveria estar na reunião com os ecologistas, a esperava.

— A reunião terminou mais cedo e eu achei que nós poderíamos sair para umas compr... — começou Ken, assim que a filha entrou. Ele não completou a frase. — Q-que... *que s-sangue é esse???*

Amy espiou a blusa branca que vestia, transformada em poças vermelhas e impressionantes na altura dos ombros. "Sangue de lobisomem..."

— Paizinho... — choramingou a garota, lançando-se aos braços do homem que vinha em sua direção. Ele a amparou, como sempre fazia desde que ela era muito pequena, e ouviu o choro compulsivo que a dominou.

Alguns minutos depois, um pouco mais calma, Amy se sentou na cama, ao lado do pai. Explicou que o sangue não era dela, mas do homem, o lobo branco, que se ferira para salvá-la... E, então, passou a contar tudo o que acontecera desde que deixara o hotel, duas horas antes. Ken Meade, o ex-hippie acostumado a experiências bizarras, coçou a cabeça ao final da história.

— Eram cães ou lobos, filha? — perguntou, hesitando em confiar plenamente em uma narrativa tão absurda. — Cidades grandes costumam ter muitos cachorros abandonados pelas ruas...

— Eram *lobisomens*!!!

— Sei...

— É verdade, pai!

— Tá, acredito em você.

Talvez não acreditasse muito. Porém, naquele momento em que a filha precisava apenas de quem a apoiasse, ele foi perfeito.

— E você achou melhor não esperar pela polícia...

— Lógico! Eles iam me chamar de louca! Podiam me prender, dizer que eu uso drogas, sei lá!

— E você não usou... digo, você me falaria se estivesse usando... Na sua idade, eu ainda fumava... bom, você sabe... e eu via muita coisa doida! Teve uma vez que...

— *Eu não uso drogas!*

— Tá, tá, só pra confirmar. Ahn... O que acha de irmos para Roma?

Amy arregalou os olhos.

— Você quer dizer... *Itália?*

— Ganhei duas passagens aéreas para visitar uma ONG em Roma e... A ideia era ir para lá apenas no final da semana, quando deixaríamos Hong Kong. Hum... que tal a gente ir antes?

— Sério?

— Muito sério.

— Mas você não tem que ficar para o Encontro e...?

— Minha prioridade é você, filha. E não pretendo passar nem um minuto a mais nesta cidade cheia de cachor... lobisomens que vagam por aí e atacam turistas indefesos!

Há apenas duas horas, abandonar Hong Kong teria sido a última coisa que a garota pensaria em fazer. Mas, agora...

— Quem deu essas passagens pra você? — perguntou, desconfiada.

— Um colaborador anônimo que apoia a causa ecológica.

— E por que *você* e não outra pessoa?

— Ora, filha, e por que não? Sei que nossa ONG é pequena, mas ela vem realizando um trabalho importante. E o convite partiu diretamente dos ecologistas italianos presentes à reunião. Eles estão muito interessados nas nossas ideias!

Amy torceu o nariz, ainda cheia de dúvidas. Passagens aéreas não costumam cair do céu e muito menos convites internacionais para uma ONG de fundo de quintal. Claro que o trabalho era sério, os Meade eram esforçados, mas, ainda assim... Ken abriu um sorriso imenso e sonhador para lidar com a filha naturalmente curiosa, sempre disposta a entender todos os porquês da vida.

— Vou ligar para a companhia aérea e descobrir qual é o próximo voo para Roma, está bem? — avisou antes de aplicar uma beijoca estalada na testa da garota e se esticar para alcançar o telefone sobre a cômoda.

Ken sempre acreditaria em contos de fadas. Amy suspirou, já sentindo saudade de Hong Kong. Era mais fácil acreditar em lobisomens.

Wolfang procurou silêncio e solidão em um antigo templo taoísta, a menos de dois quilômetros do beco. O local de teto dourado, pilastras vermelhas e entalhes multicoloridos estava vazio, como o instinto lhe informara. Não precisava de testemunhas horrorizadas para seus ferimentos na altura dos ombros e o sangue que ensopava as roupas. Exausto, o rapaz apoiou as costas contra uma das paredes, imaculadas, e deslizou para o chão. Uma fome selvagem o dominava. Seus dedos vorazes encontraram com rapidez a barra de chocolate no bolso da jaqueta agora manchada de vermelho. Teria que arrumar outras roupas se não quisesse chamar a atenção pelas ruas da cidade.

A embalagem prateada do chocolate foi arrancada sem qualquer traço de paciência, enquanto o paladar encontrava o gosto doce que a natureza animal repudiava. Ela ansiava por carne crua, o prêmio por uma presa recém-abatida. Wolfang ignorou o desejo de seu organismo e se concentrou na barra que aplacaria parte da fome. Os ferimentos doíam bastante, mas cicatrizariam com a costumeira e impressionante rapidez conduzida pela autocura. Talvez levasse um pouco mais de meia hora. O alimento recarregaria o metabolismo estranho do lobo que coexistia com a natureza humana.

Quando a refeição frugal terminou, o rapaz apenas cerrou as pálpebras e esperou. A dor partiu aos poucos, do jeito que esperava. Não restaria sequer uma cicatriz da nova surra que levara dos lobos superiores.

— Você nunca sente fome? — disse a voz árida de Blöter, destruindo o silêncio daquele lugar sagrado.

Wolfang disfarçou a surpresa. O faro não funcionara para lhe avisar que tinha companhia. O metabolismo animal continuava enfraquecido.

— Trouxemos um lanchinho pra você! — avisou Cannish, cortês.

Algo quente e pegajoso bateu contra os pés de Wolfang. Ele abriu os olhos, apenas para verificar o *presente* que ganhava sem pedir: parte de um braço humano, arrancado da mais nova vítima da dupla.

— Bateu aquela fome depois que a gente teve que deixar o beco... — justificou Cannish, com uma expressão divertida no rosto maldoso. — Este daí não vai fazer falta pra ninguém. Era só um mendigo velho que dormia no lugar errado, na hora errada...

— O Alpha sabe que vocês andam atacando funcionários dele por aí? — disparou Wolfang, chutando o braço do cadáver para longe.

Era melhor afastar a tentadora refeição que seu lado animal reivindicava sem qualquer escrúpulo. O desprezo apenas aumentou a satisfação de Cannish, que sufocou o riso antes de se acomodar tranquilamente ao lado do rapaz.

— Não é da sua conta — retrucou Blöter, em pé a poucos passos dos dois.

— Por que matar o Fang?

— Ordens *dela*.

— Da Anisa??? — surpreendeu-se Wolfang. — Mas por que ela...?

— Digamos que o velho Fang também estava no lugar errado, na hora errada — cortou Cannish, com as sobrancelhas fechadas para Blöter. — E, então, caçulinha, pronto para voltar a Roma?

"*Roma?!!!*", repetiu um pensamento aturdido de Wolfang. Mas ele não ia a Roma desde...

— Anisa acabou de ligar e mandou levar você com a gente — sorriu Cannish, dando um tapinha camarada no ombro do lobo mais jovem. — Já íamos para o aeroporto... Só paramos aqui pra pegar você!

Capítulo 2
Futuro

Capítulo 3
Viagem

Mal deu tempo de arrumar a bagagem, pagar as despesas no hotel e correr para o check-in no aeroporto. O voo para Roma decolaria no comecinho da manhã. Amy ainda tentava entender aquela reviravolta na tão sonhada viagem para Hong Kong quando ela e o pai entraram no avião, muito atrasados. Foram os últimos a embarcar. Os demais passageiros já estavam sentados, à espera das recomendações para a decolagem.

— Quer ajuda? — perguntou a comissária de bordo ao reparar na adolescente torta pelo peso da mochila que carregava.

— Não, obrigada — dispensou Amy, preocupada.

Para evitar que a bagagem tivesse peso excedente, com direito à taxa extra, tudo e mais um pouco foi entulhado na mochila, que fazia as vezes de mala de mão. Uma estratégia, com certeza, que nem seu pai desconfiava. Se eles iam para Roma, era melhor economizar cada centavo. Os Meade não eram ricos e viviam há anos às custas da herança de um avô distante, um dinheiro que deveria ser esticado para durar eternamente.

— Me espere aqui. Vou ao banheiro... — pediu Ken, distraído, desistindo de pegar o corredor do avião para virar à esquerda.

Amy pensou em obedecer, mas o ar de reprovação da comissária para a mochila a fez mudar de ideia. Ela ignorou a mulher a poucos passos de onde estava, endireitou o corpo e, numa postura muito digna, rumou para sua poltrona, fazendo de conta que a "mala de mão", pendurada em suas costas, era muito leve... O peso excessivo, porém, provocava uma dor horrível nos ombros.

Amy parou diante de sua poltrona — a do corredor, logo no começo das fileiras centrais —, respirou fundo, tirou a mochila das costas e se preparou para alçá-la para dentro do bagageiro superior. Na verdade, muito superior para uma garota baixinha como ela, com pouco mais de um metro e meio de altura. A comissária, ainda na entrada do avião, esticou o pescoço numa inútil oferta de ajuda. Amy apoiou o pé na poltrona, impulsionando o braço para a frente, mas a lei da gravidade falou mais alto. Num tombo mais do que estabanado, a adolescente caiu para trás, desabando com estardalhaço no colo do passageiro adormecido atrás dela, sentado numa das duas poltronas coladas à janela. A mochila voou dos dedos femininos e bateu no piso com estrondo.

Tão assustado quanto Amy, o passageiro a amparou, numa reação instintiva. Um olhar muito sonolento a recebeu. Então, um detalhe mudou tudo. O passageiro abriu bem os olhos azuis, como se já conhecesse a garota em seu colo, e a surpresa cedeu lugar ao medo. Medo de ser reconhecido...

— D-desculpe... eu... — murmurou Amy, fixando toda a atenção no rosto moreno, muito próximo ao seu. Tinha certeza de que também o conhecia de algum lugar...

Imediatamente, o passageiro se ergueu e, num movimento brusco, depositou a garota na poltrona que ela devia ocupar, pegou a mochila abandonada no piso e a jogou no bagageiro superior sem qualquer cuidado.

— Meu herói!!! — proclamou uma voz masculina e zombeteira, vinda do fundo do avião. A gozação foi acompanhada por assobios, risos e algumas palmas entusiasmadas.

Amy se pendurou no encosto do assento e girou a cabeça para trás. O autor da brincadeira era um homem ruivo e musculoso, acomodado ao lado de um grandalhão loiro e impassível. A bagunça extra vinha de quatro crianças que viajavam com a mãe, na fileira anterior à que os dois homens ocupavam. O garotinho menor, de uns 3 anos, ficou em pé na poltrona para bater a palma da mão contra a mão aberta que o ruivo mostrou para ele.

Mal-humorado, o *herói* voltou a se sentar, pegando aleatoriamente uma revista para folhear. Alguns passageiros ainda riam da cena. O jeito ranzinza não tirava a beleza do rapaz, que deveria ter entre 25 e 30 anos. Era alto, dono de um corpo perfeito, protegido por um suéter duas vezes maior do que ele e tão comprido que batia no meio da calça jeans. Os cabelos castanhos escuros, mantidos curtos, acentuavam a aparência jovem. Um moreno bem charmoso, sem dúvida. Pelo menos, Amy caíra no colo do cara mais interessante do avião. Sentira o perfume que ele usava... O rapaz se remexeu na poltrona, muito constrangido pela análise excessiva que a garota ainda lhe dirigia, e cruzou as pernas longas. Havia manchas de sangue seco no solado do tênis que ele usava... "*O perfume!!!!*", lembrou a adolescente, com um calafrio.

— Do que o pessoal estava rindo? — perguntou Ken, ao retornar tranquilamente para perto da filha. — Perdi alguma coisa divertida?

Apenas a largura do corredor separava Amy do lobisomem que a protegera no dia anterior. Estavam lado a lado, na mesma fileira de poltronas. Ela, na área central; ele, junto à janela, separado desta apenas por um assento que não fora ocupado. A garota continuou a observar o rapaz durante as várias horas do voo cansativo, algumas vezes se esquecendo de disfarçar o interesse explícito. Ainda mais mal-humorado, ele passou para a poltrona vaga, numa tentativa inútil de se afastar da passageira curiosa.

Amy tinha certeza de que descobrira a identidade do lobo branco, o que sua intuição confirmava sem qualquer desconfiança. E havia provas, como a reação dele ao vê-la e as manchas de sangue no solado do tênis. Era óbvio que o rapaz vestira um suéter que visivelmente não pertencia a ele apenas para esconder as roupas ensanguentadas que não tivera tempo de trocar. Mas... ele não estava ferido? Talvez devesse ter alguma bandagem junto ao pescoço... Não, não havia nenhuma marca de que ele fora atacado por outras criaturas. Hum... e se ele tivesse um poder curativo altamente acelerado, tão rápido quanto a transformação em lobo? Era uma boa teoria...

Amy deixou de lado a antipatia pela comissária de bordo e foi conversar com ela no fundo do avião. Papo vai, papo vem, e a mulher — uma francesa de Nice — concordou que aquele moreno era irresistivelmente gostoso. E, com uma piscadela cúmplice, concordou em fornecer o nome do passageiro: Sergio Moura, um brasileiro que solicitara refeições vegetarianas.

"Um brasileiro?!", refletiu Amy, intrigada. Mas, no beco, ele falara como um norte-americano! "Claro, sua boba, ele usa uma identidade falsa..." Já estava mais do que na hora de fazer contato com o lobo branco.

Amy esperou que o pai adormecesse, quase uma hora após a refeição servida a todos pela comissária de bordo. Aliás, refeição que o suposto brasileiro devorara em segundos, chegando ao cúmulo de raspar o prato!

Ao contrário da maioria dos passageiros, embalados pela pouca luminosidade do ambiente preparado para o período de sono durante o voo, o rapaz não dormia. Ele acendera um minúsculo spot sobre a cabeça para iluminar a revista que rabiscava em traços distraídos. Era a hora certa. Ágil como um gato, Amy pulou para a cadeira vaga ao lado do rapaz e exibiu seu sorriso mais simpático.

— Sempre achei que o espanhol era um idioma complicado... — começou ela, sem perder a pose. — Deve ter sido difícil pra você aprender a língua, não é?

Espantado com a violação de privacidade, o rapaz não se mexeu. Apenas espiou a garota rapidamente antes de retomar o desenho.

— Quero dizer... — insistiu ela — ... é difícil para um americano aprender espanhol, não é? Afinal, você vive no Brasil e tem que se virar...

— No Brasil se fala português! — corrigiu ele, num resmungo.

— Não é espanhol?

— Não.

— Mas português não é igual ao espanhol?

— Tanto quanto o inglês é igual ao alemão.

— Oh, entendo.

O silêncio, logo atrás da gafe, durou alguns minutos difíceis. O lobo branco continuava a rabiscar, indiferente à presença feminina.

De repente, Amy vislumbrou uma parte do desenho. E não sentiu qualquer peso na consciência ao arrancar a revista das mãos do artista, agora atônito com aquela atitude nada polida.

— Você está me desenhando! — constatou a garota, impressionada com as versões de seu rosto oriental, reproduzidos com talento nas áreas em branco de uma reportagem sobre culinária.

— Seu pai não te deu educação?

— Nossa! Estes desenhos são incríveis!

— Escuta aqui, menina, você não pod...

— Posso sim. Você não me perguntou se eu queria ser desenhada... Estamos quites! Ahn... você me dá a revista?

— Não.

Amy fechou a revista e a colocou debaixo do braço, sem se esquecer de sorrir outra vez.

— Obrigada! Vou colocar numa moldura...

O rapaz a fitou, surpreso com tamanha cara de pau. A garota sustentou o olhar, confiante de que aquele ser estranho, capaz de se transformar em um lobo perigoso, nunca brigaria com ela. Estava certa. Ele desistiu da irritação e esboçou um sorriso que iluminaria o rosto melancólico.

— Você... ainda está ferido? — sussurrou a garota, esticando a mão para checar o ombro oculto pelo suéter.

O rapaz, porém, não permitiu que ela o tocasse. Ele bloqueou o gesto, prendendo com ternura a mão feminina entre seus dedos.

— Afaste-se... — pediu ele, no mesmo tom de voz. — Fique longe de nós.

Havia uma mágoa intensa naquelas palavras, uma tristeza sem sentido que marcava o olhar que a observava. Por uma fração incalculável, o tempo parou. E o coração de Amy entendeu a dor daquele homem aprisionado por algo que abominava...

— O velho Wolfang não perde a chance de traçar uma menininha de olhos puxados, hein? — provocou a voz do sujeito ruivo, trazendo de volta a aspereza do mundo real. Em pé no corredor, ele se debruçou para quase encostar a boca nos lábios de Amy. — E aí, doçura, ficou com saudades da gente?

A adolescente o encarou, utilizando longos segundos na tentativa de entender o que o homem de sotaque irlandês desejava que ela entendesse. Para ajudar a linha de raciocínio que demorava a funcionar, ele lambeu a própria boca, igual a um cachorro que baba pelo prato de ração. Wolfang, tenso e furioso com aquela aproximação, apertou sem perceber a mão que ainda segurava.

— Eu e meu amigo Blöter, aquele loiro ali com cara de nazista, ainda estamos curiosos para saber se você é mesmo saborosa...

— Já chega, Cannish. Dá o fora! — atacou Wolfang, entre dentes.

A compreensão total do que estava acontecendo estremeceu involuntariamente o corpo de Amy. Aquele ruivo era... *Aquele ruivo e aquele loiro eram...*

Cannish pareceu satisfeito com a reação de pânico que provocara. Ele se afastou da garota, sem perder o ar de desdém.

— Se eu fosse você, doçura, evitaria os becos mal-iluminados de Roma...

Sushi & Cia.

Segredos de uma arte milenar que já foi proibida para mulheres

PAULO FREITAS

O que é

O saboroso e decorativo sushi nada mais é do que peixe enrolado em uma porção de arroz. Com muito charme e requinte, sem dúvida.

Uma antiga tradição japonesa diz que mulher não deve preparar sushis. Tudo porque as oscilações de temperatura no corpo feminino, causadas pelos hormônios (sempre eles!), poderiam interferir no delicado processo de preparo da iguaria mais famosa do Oriente. "As mulheres provaram que a tradição está errada", sorri a tímida Eiko Yanagiura, a sushiwoman responsável pela cozinha do Kyoto, um dos restaurantes japoneses mais sofisticados da cidade.

O segredo de um bom sushi, na verdade, está em detalhes pequenos e fundamentais. "O arroz deve ser do tipo japonês, bem grudadinho", revela Eiko. "Quanto mais rápido se prepara um sushi, mais gostoso ele fica". E não se deve guardá-lo em geladeira. "É melhor comer na hora".

Outra dica importante é utilizar uma faca lisa, sem dentes, para cortar o peixe sem desfiá-lo e deformá-lo. "Ela deve ter lâmina de um lado só, o que facilita o trabalho e ainda

Come-se sushi no Oriente há mais de mil anos. O shoyu (molho de soja) foi acrescentado à receita apenas no século 14. Hoje, há mais de 500 receitas de sushi.

Cannish retornou muito feliz à sua poltrona. Nada como infernizar a vida daquele filhote estúpido e ingrato, o ex-herdeiro que o Alpha quase criara. Graças a Deus que Anisa tivera faro suficiente para perceber a tempo a fraqueza do lobo branco. Wolfang não servia para coisa alguma.

Antes de entrar em sua fileira de assentos, Cannish parou para espiar as crianças que dormiam junto à mãe. A família italiana e perfeita voltava para casa após visitar o pai, um empresário que trabalhava temporariamente em Hong Kong. O lobo se abaixou para pegar um cobertor, que escorregava para o chão enquanto o menino mais novo se remexia durante o sono. Era uma criança esperta, o único loirinho entre os irmãos de 5, 7 e 10 anos.

Cannish o cobriu com cuidado e voltou a se acomodar ao lado de Blöter.

— Esses filhotes aí dariam um excelente café da manhã... — provocou o alemão, em voz baixa.

— Você sabe muito bem que não ataco crianças — retrucou o irlandês.

— Problema seu! Eu adoro carne tenra e macia...

— Pois vá morder seu próprio rabo, desgraçado! E nem pense em se aproximar destes meninos...

Blöter caiu na gargalhada, um ruído estrondoso que acordou metade dos passageiros. Tranquilamente, Cannish cruzou os braços e se virou de lado, tentando encontrar uma boa posição para cochilar. O Alpha castraria o primeiro que ousasse colocar os dentes numa criança.

O riso assustador causou um novo calafrio em Amy. Ela recuperou a mão que Wolfang continuava a prender sem se dar conta e cruzou os braços, nervosa.

— Esqueça tudo o que descobriu, entendeu? — disse o rapaz. A voz soou fria, dura, totalmente desprovida de emoção. O elo entre a garota e o lobo fora quebrado.

Amy concordou com a cabeça e voltou para perto do pai, um dos poucos passageiros que continuavam a dormir após a gargalhada infernal. Ela arriscou um novo olhar para Wolfang, mas ele não se interessava mais pela garota curiosa. Apagara a luz do spot antes de desviar o rosto para a janela, em busca da solidão que somente o mundo lá fora poderia oferecer.

Roma estava tomada por nuvens escuras, nada coerentes com o tempo quente e gostoso, típico de um verão ao sul da Europa. Amy não soube dizer se era dia, noite ou madrugada. Friorenta, ela se pendurou no braço do pai e esperou que todos os passageiros desembarcassem antes de colocar o pé para fora do avião. E isto incluía os três lobisomens.

— Tudo bem? — quis conferir Ken, estranhando o silêncio da filha sempre tagarela.

— Hum-hum.

Mais tarde, no saguão do aeroporto, enquanto aguardava suas malas na esteira de bagagem, Amy os viu pela última vez, a poucos metros de onde parara com o pai. Blöter e Cannish pareciam desobrigar Wolfang de acompanhá-los. Este último se mostrava surpreso e, ao mesmo tempo, aliviado.

Nessse instante, a mãe e as quatro crianças entraram no salão, também à procura da bagagem. Elas acenaram para Cannish que, muito sorridente, retribuiu o cumprimento. O coração de Amy deu uma batida a mais. "Aquele monstro vai devorar as crianças!", pensou, apavorada. O lobo irlandês, no entanto, estava mais interessado em ir embora. Com um sorriso debochado para a garota que o vigiava, ele seguiu o alemão, que já se dirigia para fora do local.

— Lá vem a primeira... — apontou Ken, pronto para recuperar a mala roxa, a preferida, que surgia ao final da esteira.

Wolfang permaneceu imóvel, à espera de que os dois lobos sumissem de vista. Só então ele se virou para Amy, sustentando uma expressão de total indiferença. A garota tentou acenar, dizer que estava tudo bem, mas não conseguiu se mexer. Houvera uma conexão especial entre eles, algo que ela não sabia mais como resgatar. Wolfang também não sabia. Apenas abaixou a cabeça, um gesto comum para o sujeito introvertido que ele parecia ser, e abandonou o saguão a passos rápidos.

Capítulo 4
Herdeiro

O dia maravilhoso não combinava com o mau humor da mulher que buscava o bronzeado perfeito no convés de seu iate. O mar, suave na imensidão azul, perseguia o infinito, parando apenas para contornar ilhas famosas e suas singelas construções brancas, mais ilhotas, templos antigos a céu aberto e praias desenhadas pelos deuses: a Grécia seria sempre um paraíso para Anisa. Era a terra de seus pais e irmãos, todos falecidos há mais de três séculos, sem uma gota da longevidade dos membros do Clã. Anisa era diferente. Sustentava a beleza de uma fêmea madura, como se tivesse 40 e poucos anos, em um corpo bem tratado para aparentar 25, na idade real de quase quatro séculos. Sua sensualidade avassaladora arrebatara eternamente a paixão de Wulfmayer, o macho Alpha que a conhecera por intermédio de Napoleão Bonaparte durante uma festa promovida pela elite parisiense.

Era estranho falar de pessoas tão reais para ela, como Napoleão, hoje apenas figuras estudadas pelas crianças em pesquisas escolares. Preço da vida longa e próspera proporcionada por uma bênção ou, como queria Wolfang, uma maldição. O Clã fora organizado por Wulfmayer, o primeiro dos estranhos lobos que nasciam mascarados pela natureza humana. Ele procurara cada membro através dos tempos, orientando, treinando, protegendo.

Ao pensar no filhote italiano, Anisa revirou-se na cadeira, tomada pelo ódio. Estava estendida sob o sol, usando apenas a peça inferior do biquíni, minúscula o suficiente para não interferir no processo de bronzeamento. Há décadas não via Wolfang, mas acompanhava de longe cada passo daquela criatura imprestável que, na prática, mal saía do lugar.

Ele crescera e se tornara um adulto arredio a qualquer convivência social, optando por uma vida pacata e medíocre. Pior para ele!

O velho Fang o chamara a Hong Kong... Com certeza, aquele lobo branco e muito sonso sabia exatamente o que estava em jogo. Era preciso agir. E rápido.

— Sua ligação... — avisou Ingelise, a assessora Beta para todas as horas, ao lhe passar o telefone.

Anisa sorriu para a amiga norueguesa que tinha a mesma idade real que ela. Ingelise era magra demais, com um nariz igualmente grande demais e muito fino, o que lhe acentuava o aspecto de ave de rapina. Uma loira sem atrativos, que mantinha Blöter muito firme na coleira do casamento. Apesar do intenso calor grego, a assessora vestia um *tailleur* branco, justo e elegante, apenas para confirmar a seriedade de seu trabalho. Era uma virginiana típica. Organizada, cuidava de todos os negócios da fêmea Alpha, desde o pagamento de uma simples conta até os detalhes da proposta arriscada que a amiga e líder pretendia realizar.

— Você sabe que sou contra envolver *essa aí* naquele assunto — opinou Ingelise, secamente, antes de retornar ao interior do iate.

Anisa respirou fundo e acomodou o telefone junto ao ouvido. Falar com Tayra sempre lhe dava nos nervos.

— A cadelinha preferida do Wulfmayer está de férias na Grécia, hein? — zombou Tayra. Finalmente Ingelise a localizara, após três dias de procura.

A fêmea Alpha engoliu o tratamento ofensivo, trêmula em sua fúria.

— Estou contratando você — respondeu, sem demonstrar emoção. — O dobro do preço que você costuma cobrar já foi depositado na sua conta, na Suíça.

— E quem disse que eu quero trabalhar para você?

— O tipo de serviço que vou lhe propor.

— Que é...

— Unir trabalho e prazer.

— Hum, parece interessante... O que é?

— Distrair seu grande amigo Wolfang.

Tayra riu gostosamente, a única marca agradável de sua natureza letal.

— O Ômega acabou de chegar a Roma — acrescentou Anisa, ansiosa por interromper o riso que, no fundo, a perturbava.

— Roma?! — repetiu a outra, séria de repente.

Obrigar Wolfang a voltar àquela cidade era obrigá-lo a reviver os horrores de uma guerra grotesca. Mas Anisa também guardava dor em seu coração. A pior de todas. Em 1943, perdera o único filho, um menino de apenas 7 anos, durante um dos ataques aéreos alemães a Londres. A loba se fechara nas próprias lágrimas, ao contrário de Wulfmayer, que até aquele momento não havia escolhido nenhum lado do conflito mundial. Blöter, por exemplo, se alistara para defender as ideias de seu ídolo, Hitler.

Tomado pelo ódio, o Alpha optara pelo *front* norte-americano, que começava a desembarcar na Sicília. E, sem regras para agir nos campos de batalha, o lobo libertara sua natureza. Quantos soldados alemães haviam perecido sob suas garras? Quanto sangue compensaria a morte do filho? Wulfmayer não conseguira uma resposta. No final da guerra, regressara à Inglaterra com o coração humano destruído e uma nova criança que pretendia usar para distrair a solidão maternal da esposa.

"Que Wolfang aprenda a lidar com a própria dor!", pensou Anisa, com desdém. Ela aprendera a mascarar a sua, a esconder a tristeza sob as inúmeras facetas alegres da vida, assim como Wulfmayer.

— Só distrair o caçulinha? — perguntou Tayra, desconfiada.

— Descubra onde está o herdeiro bastardo que Fang escondeu durante anos! — cuspiu a loba, arriscando tudo. Se o marido dela descobrisse...

— Ei, cadelinha ciumenta, ainda esta história? Wulfmayer transa com a filha de Fang, consegue fazer um filho nela. Uma gravidez, aliás, raríssima numa relação entre humanos e criaturas como nós. Não diz o senso comum que somos compatíveis apenas entre nós mesmos? Aí você devora mãe e bebê para se vingar da traição. Fim da história, lembra?

— Não, você está enganada. Fang escondeu o neto de mim e do próprio Wulfmayer.

— Quando você descobriu isso?

— Há pouco tempo.

— E como descobriu?

— Não é da sua conta.

— E Wulfmayer já...? Oh, claro, foi *ele* quem descobriu!

— Ele não desconfia que eu sei.

— Certo... Temos uma disputa silenciosa para ver quem chega primeiro ao herdeiro bastardo!

— Já falei que não é da sua conta.

— Quer dizer então que você comeu a criança errada... — debochou a outra, rindo.

— Estraçalhei a mãe certa! — cortou Anisa.

— Chinês esperto! Eu também manteria meu neto bem longe da voracidade do Clã. Não deixa de ser interessante pensar numa criança mestiça, filha de mãe humana e de pai criatura. Deve ser a única neste mundo! Você acha que Wolfang...

— ... conhece o esconderijo do menino. Fang pediu a ajuda dele antes de...

— *Você mandou matar o velho Fang???*

A loba não respondeu. Extrapolara seu poder de fêmea Alpha, que deveria se manter submissa às ordens do macho Alpha. E ele ainda não sabia que o antigo funcionário, afastado por uma merecida aposentadoria, estava morto. Na verdade, nem Cannish nem Blöter tinham ideia de que Wulfmayer ignorava aquele fato. Agiam sob as ordens da fêmea sem imaginar que ela não consultara o marido.

— Ei, cadelinha, você é mesmo corajosa... — admitiu Tayra, num elogio genuíno que encontrou eco no orgulho de Anisa. — Muito bem... Você quer que eu distraia Wolfang e descubra o que seus lobos não têm capacidade de descobrir sozinhos. Aposto como Fang morreu sem revelar nada!

— Você sabe muito bem que o Ômega jamais contará nada a eles. Mas, para você...

— Tenho meus talentos, não é?

— Faça o que deve ser feito.

— Não machucarei Wolfang.

— Só quero a localização do menino.

— E depois?

— Continue se divertindo em Roma com aquele lobo estúpido.

— Com todas as despesas pagas?

— Pode ser.

— Acredite, fêmea Alpha, não será sacrifício algum. De todos os homens com que já dormi, Wolfang é o melhor. Ele é muito... hummmm... talentoso e...

— Me poupe dos detalhes! — disse Anisa, sem paciência. Sentia nojo só de imaginar um lobo com uma criatura abominável como aquela, que pertencia a uma natureza selvagem e sem qualquer noção de hierarquia e laços familiares.

Mais uma gargalhada veio do outro lado da ligação.

— Ei, cadelinha, não se esqueça de reforçar o protetor solar! O sol grego gosta de castigar peles brancas e insossas como a sua...

Assim que tomou conhecimento dos crimes monstruosos em Hong Kong, Roger Alonso largou tudo em Nova York e voou para o outro lado do mundo. Investigava havia anos a possível ligação entre crimes semelhantes e sem explicações convincentes, sempre brutais, sempre com vítimas estraçalhadas por algum animal imensamente forte que ninguém nunca via. O jornalista possuía um amplo material sobre o assunto, com provas e documentos que levavam a uma constatação inquietante: a existência de bestas humanas.

Com a ajuda de um intérprete, Roger levantou dados junto à polícia de Hong Kong, ouviu peritos e as testemunhas que haviam encontrado os corpos de Fang Lei e de um mendigo ainda não identificado. A seguir, pacientemente, conversou com comerciantes e vizinhos próximos ao beco onde Lei fora encontrado. A investigação, no entanto, só tomou um rumo diferente quando um funcionário de um hotel reconheceu, por meio de um retrato falado, a jovem que o grupo de turistas alemães vira fugindo do beco escuro. Nem a polícia sabia da informação que Roger obteve em primeira mão. A garota, uma americana em férias com o pai em Hong Kong, deixara o hotel horas após os crimes.

Satisfeito, Roger telefonou para a companhia aérea e reservou uma passagem para Roma, onde pretendia encontrar os Meade.

Capítulo 5
Roma

As ruas de Hong Kong surgiram mais uma vez. Amy reconheceu as fachadas dos prédios na Nathan Road, os luminosos coloridos, as vitrines intermináveis, o ritmo frenético da população incansável. O beco escuro também se tornou real. E, com ele, os três vultos que se transformavam em feras. O pânico, porém, não dominou a garota, ao contrário do que sempre ocorria nos pesadelos anteriores. Pela primeira vez, os pés obedeceram à coragem e fugiram para a claridade da avenida, mas não se livraram das criaturas, que insistiram na perseguição. A garota continuou correndo. Uma das feras a alcançou, batendo nas costas dela para arremessá-la contra o chão.

— Wolfang, me ajude! — implorou Amy, sentindo o frio do asfalto em sua face.

O silêncio dominou o mundo bruscamente. A pressão das patas da criatura sobre a adolescente sumiu em um estalar de dedos.

Amy demorou um pouco para espiar o que estava acontecendo. Seu pesadelo sempre terminava no beco escuro quando estava prestes a ser devorada. Mas, agora, estranhamente, ele avançava uma nova etapa, talvez para revelar algum fato importante.

No lugar da movimentação típica de Hong Kong, havia o silêncio. Prédios destruídos e pilhas de escombros sob uma noite nublada. "Estou em algum lugar que foi bombardeado durante uma guerra..." A garota se sentou, tentando achar alguma explicação para o que seus sentidos registravam. O medo espreitava cada tijolo derrubado. E a destruição pairava como uma sombra ansiosa por mais vítimas.

— Me ajude... — pediu alguém, parado à sua esquerda.

Era um menininho de, no máximo, 6 anos, vestido com roupas sujas e rasgadas. Tinha cabelos escuros, pele morena e olhos azuis que registravam um grande sofrimento. Ele tremia, assustado, e parecia enxergar a garota como a única pessoa no universo capaz de salvá-lo.

Amy levantou-se, esticando o braço para segurar a mão gelada da criança que nunca vira antes. O contato, no entanto, lhe pareceu familiar.

— Você é o Wolfang? — quis confirmar a garota após identificar cada traço no rosto do menininho. Sim, aquela criança seria, quando adulta, o homem que salvara a vida de uma adolescente curiosa, que se metera em um certo beco em Hong Kong.

— Meu nome é Marco.

— Marco?!

— Marco Agostini.

— E onde estamos?

— Em Roma...

Aquele cenário transbordando de entulho não revelava nenhum dos pontos turísticos que a garota conhecera nos últimos quatro dias, desde sua chegada à capital da Itália.

— Tem certeza, Marco?

— Os soldados... Temos que fugir dos soldados!

— Que soldados?

O menininho apertou a mão de Amy com força, como Wolfang fizera durante o voo, um pedido mudo de ajuda, um gesto, ao mesmo tempo, vulnerável e cheio de coragem. Quando Amy voltou a prestar atenção na cena ao redor, percebeu que ela e a criança haviam mudado de lugar. Agora estavam dentro de um prédio abandonado, um refúgio sufocante e imundo. E o silêncio misturava risos masculinos e o choro desesperado de uma mulher. O pequeno Wolfang afundou o rosto contra a barriga de Amy, tentando fugir do terror daquele momento selvagem. A poucos passos, um soldado prendia o corpo da mulher contra o chão enquanto outro a estuprava. O sangue de Amy ferveu. Voaria em cima daqueles animais, arrancaria as tripas deles e... Afinal, o sonho era dela ou não? Iria interferir, mudar o futuro... Não, aquele não era o futuro. Era uma cena do passado, da infância de Wolfang. Um dos soldados, o que segurava a mulher, vestia um uniforme nazista... "Blöter!"

— Filha, hora de acordar! Você não vai conhecer o Vaticano hoje? — perguntou a voz de Ken.

Amy despertou, um pouco zonza com a claridade do dia que iluminava o quarto luxuoso do hotel onde se hospedara com o pai, o D'Inghilterra, um dos mais caros da cidade e o preferido pelas celebridades internacionais. Parte do pacote gratuito oferecido pela Speranza, a ONG italiana que pagara as passagens aéreas até Roma e fazia questão de arcar com as despesas do hotel.

— O pesadelo de novo? — perguntou Ken, preocupado, ao notar a expressão aflita da garota.

— Quase.

— Quer falar sobre o assunto?

A adolescente criou coragem de abandonar o travesseiro e se sentou sobre o colchão, procurando um pouco de clareza para as ideias que lhe tumultuavam a cabeça. O pai, em pé ao lado da cama, estava pronto para sair, possivelmente atrasado para as inúmeras reuniões com a tal ONG. Ele mal tivera tempo de conhecer a cidade.

— Conversamos mais tarde, tá?

— Você não acha melhor...

— Mais tarde, pai. Foi só um sonho bobo!

— Você é quem sabe...

Ken beijou a testa da filha e, alegre como uma criança no primeiro dia de aula, deixou o quarto. A tal ONG tinha projetos fantásticos, muita verba e estava interessadíssima no tímido trabalho desenvolvido pelos Meade na pequenina cidade de Keene.

Amy abraçou os joelhos e suspirou, pensativa. Um pressentimento lhe dizia que Wolfang ainda estava em Roma.

Já era o meio da tarde quando as pernas exaustas de Amy exigiram o fim do passeio. Ela começara o dia visitando a deslumbrante Basílica de São Pedro, admirando a divina Pietá e toda a arte existente no Vaticano, um verdadeiro país em plena capital italiana. Um pouco antes do almoço, atravessara a ponte de Sant'Angelo e ganhara as ruas movimentadas de Roma para passar pela quinta vez, em menos de uma semana, pela Fontana di Trevi. A adolescente jogou uma moeda na fonte com um único desejo: reencontrar Wolfang.

Após uma parada estratégica para devorar um pedaço de pizza e tomar um cappuccino, Amy se dirigiu até o Fórum, uma ampla área de ruínas históricas, a um passo do Coliseu. Não era exatamente o local que vira no pesadelo, mas valia a pena tentar. Erguido pelo imperador Júlio César há mais de 2 mil anos, o Fórum havia sido o centro político e comercial do antigo império romano, abrigando o famoso Senado e as cortes de Justiça. Amy abriu bem os olhos para imaginar como seria a vida na Antiguidade, naquele mundo que se tornara apenas pedras que observavam os séculos passarem sem pressa. Sua intuição viu homens de túnicas claras circulando entre colunas imensas e majestosas, ouviu o burburinho de pessoas que falavam uma língua hoje extinta, mas que tivera poder suficiente para influenciar praticamente todos os idiomas do mundo ocidental. Wolfang não estava em lugar algum.

Amy resolveu caminhar até o Palatino, ao lado do Fórum, outro conjunto de ruínas que contava uma história diferente. Segundo a lenda, foi ali que Rômulo e Remo, os fundadores de Roma, haviam sido criados por uma loba. Boquiaberta, a garota descobriu, após meia hora de passeio entre as pedras, o que sobrara de um aposento e suas pinturas milenares feitas em paredes que resistiam bravamente contra a ação do tempo. Era estranho analisar o mundo sob aquela perspectiva. Nos últimos dias, a garota que vivia no século XXI passara diante de monumentos e objetos de arte que tinham, no mínimo, séculos e mais séculos de existência. A humanidade era tão antiga e, ao mesmo tempo, tão imatura, capaz de destruir a si mesma numa escala planetária! Afinal... *onde estava Wolfang?*

Talvez fosse melhor dar uma última espiada no Fórum Romano. A garota tomou um caminho diferente até o local, seguindo por uma colina que terminava em um tipo de mirante, um lugar privilegiado que reunia, naquela hora, um grupo numeroso de turistas: o Fórum surgia a seus pés, magnífico, com suas pedras avermelhadas pelo sol do final da tarde de verão. Foi quando Amy o viu, muito longe e bem abaixo de onde ela parara. A respiração acelerou ao reconhecer o homem que, próximo a três colunas do que restara de um templo, se agachara para acariciar um gato. Havia gatos e mais gatos em Roma, sempre esparramados sob as sombras das ruínas que pipocavam em várias partes da cidade e, às vezes, bem no meio do caminho de alguma rua importante. Como se farejasse a adolescente, Wolfang olhou na direção dela e se levantou para escapar.

— Espere! Quero falar com você! — gritou ela, assustando o casal de turistas japoneses que registravam imagens do Fórum com uma câmera digital de última geração.

Indiferente, o lobo deu as costas para Amy e escolheu um caminho à direita para sumir de vista.

— Marco Agostini!!! — berrou ela, quase estourando os tímpanos de um adolescente alemão, ao seu lado. — Espere por mim!

Sem se preocupar com as caras feias das pessoas que dividiam o mesmo espaço no mirante, Amy novamente gritou o nome do menininho que vira no pesadelo. Wolfang hesitou, virando-se para encará-la. A adolescente conseguira a atenção dele. Numa corrida desabalada, ela deu uma volta tortuosa e desceu a colina, certa de que o lobo branco a esperaria.

Sem fôlego e com as pernas estourando de dor, Amy alcançou as colunas que Wolfang visitara minutos antes. Não o viu em lugar algum. Apenas o gato a esperava. O animal, de pelos amarelos, a examinou com desconfiança antes de ir embora. Sem dúvida, uma emocionante caçada noturna a ratos e insetos o aguardava assim que aquele dia cansativo terminasse.

— Como sabe meu nome? — perguntou a voz de Wolfang.

Amy endireitou os ombros, tensa de repente. *Onde ele estava?*

— Quem falou meu nome para você? — insistiu o lobo, abandonando a proteção das sombras que as colunas projetavam sobre o solo para enfrentar a luz que batia sobre os olhos da adolescente. Esta piscou, entendendo porque não o enxergara. Estava contra o sol.

— Você! — respondeu Amy, engolindo muito ar para conseguir expressar qualquer ideia.

— Eu não disse nada.

— Você era o menininho no meu pesadelo.

— Hum?

— E havia soldados num prédio abandonado... Eles atacavam uma mulher... Era... era sua mãe, não era?

Wolfang perdeu a cor do rosto. Ele fitou a garota, sem entender como ela sabia. Na verdade, nem Amy entendia como sempre adivinhava tudo. Era como se pudesse ler as entrelinhas de cada fato, escutando a todo momento o que a intuição lhe soprava ao ouvido. E ainda havia o pesadelo para lhe dar uma mãozinha...

Um longo minuto se passou antes que o lobo se manifestasse. Amy aproveitou a chance para observar o homem impassível e charmoso que a analisava. Wolfang vestia uma camiseta cinza, sem qualquer estampa, e uma calça jeans desbotada, diferente da que usara na viagem de avião. O par de tênis, entretanto, era o mesmo. Entre o braço esquerdo e o corpo, o rapaz segurava um bloco de papel A3, enquanto os dedos, sem perceber, apertavam um lápis. Wolfang viera ao Fórum para desenhar.

A adolescente imaginou se causaria alguma impressão positiva no rapaz. Antes de sair do hotel, optara por uma calça capri justa que combinava com a miniblusa preta, escolhas perfeitas para o dia quente. E mais perfeitas ainda por atrair olhares masculinos por todos os lugares onde passava. Tivera apenas um problema no Vaticano. Um dos guardas suíços que vigiam o local a obrigara a colocar um agasalho para entrar na Basílica, que negava acesso a trajes considerados impróprios, como shorts e blusas minúsculas.

O único olhar masculino que Amy pretendia atrair estava parado bem diante dela. Mas Wolfang não demonstrava sentir a mesma química que fazia o coração ainda adolescente estremecer.

— Eu tenho um pesadelo que se repete sempre e... — começou a garota, tentando arrancar qualquer reação do rapaz. Aquele jeitão de estátua romana começava a irritá-la.

Amy parou de falar de repente. Wolfang não prestava mais atenção nela, mas em algo que acontecia ao redor. Ou melhor, não acontecia. Tudo estava na mais tranquila normalidade, com diversos turistas espalhados entre as ruínas, aproveitando os últimos momentos de claridade para conhecer um dos pontos turísticos mais famosos da capital.

— Vem! — mandou o lobo branco ao agarrar o braço de Amy para arrastá-la rapidamente até a rua.

Bem em frente ao Coliseu, Wolfang parou um táxi e enfiou Amy dentro do carro.

— Hotel D'Inghilterra — disse o lobo, ao entregar duas notas ao motorista e, ainda do lado de fora do veículo, bater a porta na cara da única passageira.

A garota ia protestar, mas só teve tempo de girar a cabeça e olhar para o rapaz que ficava para trás. Como todo bom motorista romano, o homem do táxi partiu numa corrida alucinada pelas ruas caóticas da cidade. "*Ele* sabe onde estou hospedada!", pensou Amy, eufórica. Wolfang também a procurara!

Segura em seu quarto, no hotel, Amy afundou na cama. Esperava tirar um cochilo, descansar o corpo cansado, colocar as ideias em ordem... Rolou de um lado para outro, sem encontrar um minuto de paz. Era melhor tomar um banho e vestir uma roupa limpa, caso o lobo branco resolvesse aparecer... Sabia que o deixara curioso, que ele a visitaria em algum momento para descobrir mais sobre a garota que tinha pesadelos estranhos e que, de uma forma incompreensível, estava ligada ao passado dele, estava ligada a *ele*.

A ducha refrescante deu novo fôlego à garota. Numa atitude nem um pouco ecológica e muito menos comprometida com o meio ambiente, ela demorou debaixo d'água, fazendo questão de gastar cada gota paga pela tal ONG italiana. Meia hora depois, desligou o chuveiro e se enrolou numa toalha para sair do banheiro, imaginando se aquela noite não seria a melhor ocasião para estrear um vestido que comprara em Hong Kong, um modelito chinês de seda azul e gola alta, igual ao das heroínas dos filmes de kung fu.

Amy não conseguiu chegar ao guarda-roupa. Havia mais alguém no quarto, um vulto assustador que a encurralou contra a parede. A garota tentou correr, mas o vulto se aproximou, feroz. Se ia morrer desta vez, então que fosse olhando de frente o inimigo. Com cuidado, Amy esticou os dedos para o interruptor, a centímetros de seu braço, e acendeu a luz do ambiente. No lugar do lobo que esperava encontrar — o debochado Cannish ou o cruel Blöter –, havia uma pantera negra, imensa, dona de olhos vermelhos, deslumbrantes e perigosos. Ela se espreguiçou lentamente, felina, e se transformou diante da adolescente para revelar sua aparência humana, uma belíssima mulher de 30 anos, de pele negra e cabelos crespos curtíssimos. O corpo de curvas exuberantes era valorizado por um vestido bege, transparente e curto, feito de véus delicados que exaltavam um colo farto e deixavam à mostra pernas longas e bem-feitas, com pés comportados presos a sandálias de tiras douradas. Um visual sedutor que a terrível camuflagem escondera na versão animal de pelos negros e brilhantes.

— Sou Tayra — disse a pantera, numa voz macia. Ela se afastou de Amy e, muito à vontade, passou a remexer no interior do guarda-roupa. Não demorou a encontrar o passaporte americano da garota dentro de uma mochila e um punhado de dólares, que largou sobre uma prateleira, sem qualquer interesse.

— O que você quer? — perguntou Amy, com coragem. Algo naquela criatura a incomodava mais do que ouvir as gracinhas de Cannish.

— Conhecer melhor a garota que desperta tanto interesse no meu bom amigo Wolfang...

"Interesse?", repetiu um pensamento da garota. Tá, o lobo branco sabia em que hotel os Meade se hospedavam, o que não queria dizer grande coisa. Ele passara a viagem de avião evitando a garota curiosa e tentara fugir dela no Fórum Romano.

Tayra pegou uma das pastas de Ken e espalhou o conteúdo sobre a cama. Entre a papelada, ela selecionou um folder da ONG Speranza, a mesma que promovera a viagem de Ken e da filha à Itália. A pantera virou a cabeça para trás e caiu na gargalhada.

— Esses lobos se acham tão espertos... — disse, entre risos. — E então, criança, o que vai vestir para impressionar o Wolfang?

Amy cruzou os braços sobre a toalha que ainda enrodilhava o corpo e encarou a pantera. A maneira como esta se referia ao lobo branco... Era óbvio que os dois não eram *apenas* amigos!

Tayra, na verdade, não queria uma resposta. Muito séria, ela se levantou e, com o ar dengoso que acompanhava seus passos, se dirigiu à porta do quarto. Antes de sair, apontou o dedo indicador para a rival e balançou o polegar, como se disparasse uma pistola de mentirinha.

— Fang-Fang! — provocou ela antes de novamente investir na gargalhada que, desta vez, ecoou de modo sinistro pelos corredores do hotel.

Foi muito fácil encontrar Wolfang. Ele tomava café numa das mesinhas da Piazza Navona, distraído em observar o movimento das pessoas, a maioria turistas, que circulavam pelo local. A garota se aproximou sem pressa, puxando uma cadeira para se sentar em frente ao rapaz.

— Bela noite, não? — perguntou ela, desejando puxar conversa.

— Por que está me seguindo?

— Eu?! Ora, Wolfang, você é muito presunçoso!

— Senti sua presença no Fórum.

— Você quer dizer: "Farejei seu doce perfume, minha adorável Tayra!"

— O que você está fazendo em Roma?

— O que *você* está fazendo em Roma?

— Anisa quer que eu fique aqui, à espera sei lá do quê. E você?

— Estou de férias. Hum... desde quando você obedece às ordens de Anisa?

— Sobrevivência. Não quero outra luta com Cannish e Blöter.

— Eles também estão na cidade?

Wolfang finalmente desviou os olhos das pessoas para espiar a garota, duvidando da última pergunta. Claro que Tayra sabia que os dois capachos do Alpha estavam na cidade.

— Por que foi atrás da menina? — disparou ele, mal-humorado.

— Que menina?

— Aquela que você visitou agora há pouco no hotel.

— Ora, meu lobo preferido, só fui conhecer seu novo interesse romântico. Aqueles olhinhos puxados mexeram com você, não foi?

O rapaz cerrou as sobrancelhas, nem um pouco à vontade para admitir que a pequena Amy Meade o fazia se lembrar de outra garota chinesa.

— É só uma adolescente chata que cismou comigo durante o voo até aqui.

— Só isso?

— É.

— Ah, Wolfang, por que não me conta a verdade? Você sabe que não sou ciumenta...

— Você *é* a criatura mais ciumenta deste universo. Pra que ir atrás da menina no hotel? Você a ameaçou?

— Não. Apenas conversamos um pouquinho.

— Quando você vai entender que...

— ... você é livre e eu também sou? Oh, droga, você sabe que amo minha liberdade acima de tudo! Não faço o gênero "esposa espera marido" que você tanto sonha encontrar...

— Então me esquece de uma vez por todas!

— É que ainda somos amigos! Não quero que você arrume a garota errada e acabe se machucando...

— Nunca fomos amigos.

— Nossa, como você está insuportável hoje!

— Fique longe da menina.

— Isto é um pedido ou uma ameaça?

— Os dois.

Wolfang não erguera a voz para dizer as últimas palavras, porém uma expressão rude marcava os belos traços de seu rosto. Ele falava sério. Aquela criança era importante por algum motivo que Tayra não entendeu de imediato. O lobo branco apenas protegia um filhote humano indefeso das garras de criaturas abomináveis? Ou ele protegia o herdeiro bastardo de Wulfmayer, a pedido do velho Fang? Ou melhor, a herdeira? A pantera admirou mais uma vez a esperteza do chinês. Enquanto os lobos de Anisa reviravam o mundo atrás de um moleque, a cria de Wulfmayer se escondia sob o disfarce perfeito: uma garota! Um disfarce que desfilava com desenvoltura diante daqueles focinhos estúpidos que a ignoravam simplesmente porque não sabiam somar um mais um.

Além disso, os dados que Tayra investigara, após descobrir a existência da menina ao vê-la com Wolfang no Fórum, batiam com exatidão. Amy tinha a mesma idade da neta de Fang, era mestiça de chinês e ocidental, fora adotada ainda bebê por um casal norte-americano. E, bingo! Viajava a convite da ONG patrocinada por uma das empresas internacionais de... Adivinha quem? Wulfmayer! Qual seria o próximo passo? Um convite da ONG para levar a menina até a Inglaterra, direto para o quartel-general do Alpha? Quando Fang percebera que Wulfmayer descobrira tudo e rondava os Meade, resolveu dar a cartada definitiva. O disfarce perfeito não funcionava mais. O chinês precisava urgentemente de um novo plano e este incluía ganhar a cumplicidade de Wolfang, uma das únicas pessoas em quem confiava.

A questão era: até que ponto o lobo branco conhecia esses fatos? Se é que conhecia... Tayra tinha certeza de que ele estaria a milhares de quilômetros de distância de Roma, com a bastarda do Alpha a tiracolo, se desconfiasse que Amy era a neta de Fang e corria perigo simplesmente por respirar. Então a pergunta voltava a ser apenas uma. Por que o lobo branco protegia um filhote humano indefeso das garras de criaturas abomináveis? O ciúme de Tayra deu a resposta. "Ele está começando a gostar dela, da mesma forma que amou Yu."

— No que está pensando? — quis saber Wolfang, tentando adivinhar a linha de raciocínio da ex-amante.

— No quanto você adorava a Yu.

Sem comentar mais nada, o rapaz voltou a olhar para o movimento na Piazza. Tayra abandonou a cadeira e tomou qualquer direção que a deixasse bem longe daquele lobo idiota. Ela também precisava de privacidade para um telefonema. Quanto Wulfmayer pagaria para impedir que uma pantera ciumenta contasse a Anisa a verdadeira identidade do herdeiro bastardo?

INGLATERRA, NAQUELA MESMA NOITE

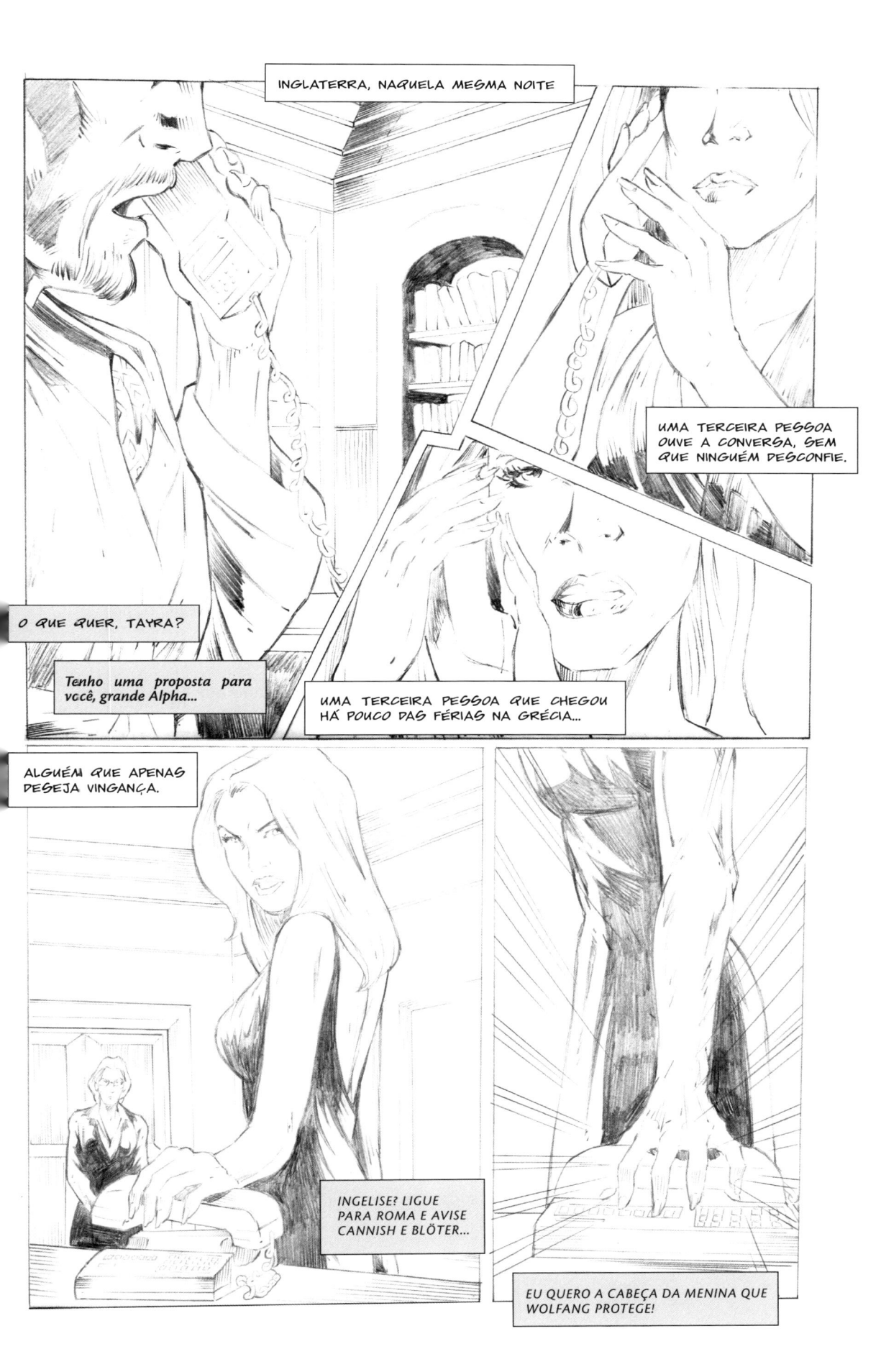

UMA TERCEIRA PESSOA OUVE A CONVERSA, SEM QUE NINGUÉM DESCONFIE.

O QUE QUER, TAYRA?

Tenho uma proposta para você, grande Alpha...

UMA TERCEIRA PESSOA QUE CHEGOU HÁ POUCO DAS FÉRIAS NA GRÉCIA...

ALGUÉM QUE APENAS DESEJA VINGANÇA.

INGELISE? LIGUE PARA ROMA E AVISE CANNISH E BLÖTER...

EU QUERO A CABEÇA DA MENINA QUE WOLFANG PROTEGE!

Amy vestiu o modelito chinês de seda e se refugiou no quarto do pai, ao lado do seu. Como Wolfang tinha estômago para se envolver com uma criatura vulgar como aquela? E a pantera nem era tão bonita assim, afinal.

O que Tayra sabia sobre a tal Speranza? Tratava-se de uma entidade reconhecida internacionalmente, segundo Ken contara à filha, empolgado. Era como se os Meade firmassem uma parceria vantajosa com o próprio Greenpeace! Mas... pelo comentário de Tayra... a ONG tinha alguma relação com os lobos?

Apreensiva com a segurança do pai, Amy telefonou para ele, mas não conseguiu contar nada sobre a visita que recebera.

— Vou demorar um pouco aqui, filha — avisou Ken. — Estamos bem no meio de uma pesquisa e...

— Tudo bem — concordou a garota, a contragosto. Não pretendia alarmá-lo com uma preocupação sem qualquer fundamento. Tudo indicava que Tayra viera apenas para checar a possível rival. — Se cuida, tá?

— Claro, filhinha! Por que você não aproveita e vai até o Trastevere? Parece que é um lugar muito badalado, principalmente à noite.

Amy, entretanto, preferiu não sair do quarto do pai. Ainda muito agitada, deitou na cama e embalou um sono difícil e pesado, despertando apenas na manhã seguinte, por volta das 10 horas. Ken não retornara ao hotel.

Por telefone, um dos participantes da ONG Speranza garantiu a Amy que Ken Meade havia deixado a sede da entidade por volta da uma hora da madrugada. Aflita, a garota abandonou o quarto e correu para a rua. Talvez devesse pedir socorro ao gerente do hotel, ligar para a polícia, procurar a embaixada americana, mas ela pensava apenas em achar Wolfang o mais rápido possível. Ele era o único que entenderia uma história insana sobre lobos e panteras. Somente ele poderia ajudá-la.

Amy circulou sem rumo entre as ruas que rodeavam a Piazza di Spagna, a um passo do D'Inghilterra, o trecho mais elegante de Roma. As vias Condotti, Borgognona e Frattina, com suas famosas lojas de grife, recebiam clientes em potencial — turistas japonesas, na maioria, carregadas de sacolas — e muitos interessados apenas em olhar vitrines e descobrir a vanguarda da moda. Amy não prestou atenção a nada, lutando contra o desespero para manter a razão movendo seus atos. Ela parou junto à tímida fonte da Piazza di Spagna, a Fontana della Barcaccia, aos pés da ampla escadaria que subia, imponente, até a igreja Trinità dei Monti. A manhã ensolarada reunia várias pessoas que descansavam espalhadas sobre os degraus, algumas lendo, outras conversando, uma, em especial, desenhando atentamente o cenário. Wolfang estava à esquerda, no ponto mais alto da escadaria, próximo à igreja, e rabiscava no bloco tudo o que a visão privilegiada daquele ponto absorvia do local: as ruas, os prédios antigos, as lojas, as pessoas, Amy... O rapaz ergueu a cabeça ao senti-la e sorriu, um pouco tímido, antes de entender que a garota estava mais do que aflita.

Preocupado, o lobo branco fechou o caderno de desenho e se levantou para descer os degraus. De repente, seu faro rastreou perigo no ar. Um homem saiu de um carro, estacionado logo atrás de Amy, e avançou na direção dela. A garota, de costas para o sujeito, só o percebeu quando este agarrou o braço dela de forma inesperada.

— Ei, solta ela! — gritou Wolfang, em italiano, já correndo escadaria abaixo.

O sujeito o ignorou, arrastando Amy, contra a vontade, para o interior do carro. A menina, porém, tinha seus truques. Uma cotovelada o desequilibrou, enquanto um chute potente acertou a cara do infeliz. Wolfang tropeçou num casal de turistas japoneses, sentados tranquilamente num dos degraus, e continuou avançando com dificuldade ao passar por um grupo animado de adolescentes. Amy não se livrara do perigo.

Muito ágil, a garota escapou para a Via Condotti, buscando se esconder entre a pequena multidão que passeava pelo local. O rapaz, ainda distante, viu quando o sujeito retirou da jaqueta uma pistola e a apontou para a vítima, que apenas corria, ainda muito próxima.

Wolfang empurrou para o lado uma mulher que bloqueava involuntariamente sua passagem e continuou a voar sobre os degraus. O sujeito ajustou a mira e atirou.

Uma senhora idosa, na porta de uma loja que Amy ultrapassava em sua corrida desesperada naquele segundo, caiu de joelhos. Fora atingida. Alguém gritou. Amy olhou para trás e continuou a fugir. O sujeito preparou a arma para um novo e silencioso disparo. Desta vez, acertou o alvo.

Wolfang, nos últimos degraus, largou o bloco de desenhos e pulou sobre o sujeito, desarmando-o com facilidade antes de nocauteá-lo. A quase luta chamou atenção apenas das pessoas ao redor, mas a senhora idosa, deitada imóvel sobre a calçada poucos metros adiante, reunia uma aglomeração de gente que ainda não entendera o que estava acontecendo. Amy cambaleou e parou, sem forças para correr.

Com o coração apertado, Wolfang voou para ampará-la. Guardou a pistola dentro da camiseta no instante em que o carro interferiu naquele desfecho. O motorista, cúmplice do sujeito que o lobo jogara no chão, pisou no acelerador para alcançar antes a garota que parara no meio da rua, incapaz de dar mais um passo. E isto significava passar por cima de Wolfang e de quem mais estivesse no trajeto até ela.

Em alta velocidade, o carro atingiu o rapaz, mas o instinto de lobo agiu mais rápido, jogando-o para a esquerda, num movimento giratório que o pendurou na porta do carro, colado ao motorista. Este pegava novas vítimas que não sabiam como escapar. Corpos bateram contra o capô, outros foram esmagados pelos pneus. Amy, ainda em pé no meio do caminho, estava cada vez mais próxima.

Com o cotovelo, Wolfang quebrou o vidro da porta do carro e se apoderou do volante, virando-o para a direita, rumo à vitrine mais próxima. O motorista tentou brecar, mas não conseguiu evitar o impacto contra a loja. O lobo foi lançado para longe, caiu por cima de cacos de vidro até rolar para a calçada. Atordoado, ele se levantou. Ouviu gritos, choro. Havia pânico, gente ferida e curiosos por toda parte. Era preciso tirar Amy dali.

Ele a encontrou caída de bruços, os cabelos negros e compridos sobre o rosto delicado e sem vida. Não havia sangue no vestido chinês de seda que a tornava ainda mais bonita. "Morta...", avisou um pensamento do rapaz, mas ele errara. Incrédulo, Wolfang encontrou com facilidade um minúsculo dardo encravado no pescoço feminino, centímetros abaixo da orelha direita. Um tranquilizante poderoso, disparado pela pistola, mergulhara a adolescente num sono profundo e inabalável. Era melhor não esperar pela polícia. O lobo branco pegou a garota nos braços e sumiu no meio do caos.

O carro desgovernado que atropelara e matara várias pessoas na Via Condotti era o assunto do momento na Itália. A polícia estava atrás de um dos ocupantes do carro, que se metera numa briga na Piazza di Spagna e fugira antes do acidente. O motorista morrera ao bater o veículo contra uma loja. Fora identificado como Carlo Giglioti, um desempregado com uma extensa ficha policial que incluía assaltos e dois assassinatos.

Roger, que estava há poucas horas em Roma, descobriu, surpreso, que algumas testemunhas do acidente reconheciam a cópia do desenho que ele obtivera com a polícia de Hong Kong, ou seja, o retrato falado de Amy Meade. O jornalista também conseguiu uma boa descrição do rapaz que brigara com um dos ocupantes do carro e depois se pendurara no veículo em movimento. As novas informações o animaram ainda mais. Acabara de saber que os Meade haviam deixado o hotel D'Inghilterra e que a ONG Speranza se encarregara de pagar a conta. Roger sorriu para si mesmo. Tinha mais uma prova do envolvimento de Denis De Vallance... Bom, estava na hora de retornar aos Estados Unidos para uma conversinha com o tal Ken Meade, que já regressara ao país.

A cabeça de Amy parecia pesar mais de duas toneladas. Ela abriu os olhos para descobrir onde se encontrava. O barulho de chuva era forte e o ar, frio e intimidador, apesar dos vidros fechados do carro. A garota cruzou os braços e se encolheu, despertando a atenção do motorista ao seu lado. Era Wolfang. Ele a olhou de esguelha e continuou a dirigir, sem dizer nada. Atravessavam uma estrada de pouco movimento, sob um temporal noturno, em um carro velho e desconfortável.

— Para onde estamos indo? — perguntou Amy, com a língua lenta e um gosto ruim na boca.

— Estamos na França.

— França...

"França???", alertou a mente da garota, confusa e apavorada. Ken estava em Roma, perdido, talvez gravemente ferido, talvez morto.

— Não!!! — gritou, fora de si. — Temos que voltar! *Temos que voltar!*

Ela não esperou que Wolfang a entendesse. Bateu os punhos com força contra o braço direito dele e lutou para roubar o volante. Rápido, o rapaz jogou o carro no acostamento e, ainda evitando que a garota assumisse o controle, tirou a chave da ignição.

— Meu pai está em Roma! — gritou Amy, mais alto. — *Temos que voltar!*

Muito mais forte do que ela, Wolfang a prendeu pelos pulsos, imobilizando-a num movimento complicado que praticamente a abraçou, como se a aprisionasse contra o peito. Amy sentiu novamente o perfume masculino de que tanto gostava. Havia segurança naquele abraço forçado e um tanto bruto, que ocultava a ternura de alguém nada acostumado a expressá-la. A adolescente apoiou a cabeça contra o ombro masculino e desistiu da batalha incoerente. O lobo branco sempre a protegeria.

— Seu pai foi despachado de volta aos Estados Unidos — disse ele, como se tomasse cuidado com as palavras.

— *Quê?*

— Ele acredita que foram as autoridades italianas. Dois caras o cercaram quando ele se aproximava do hotel, ainda de madrugada, se identificaram como policiais, o levaram direto ao aeroporto, sem direito a nada, e o embarcaram no primeiro avião para os Estados Unidos, alegando um erro no passaporte dele. Os italianos não agem assim e...

— Você falou com *meu pai*?

— Telefonei para ele.

— Como conseguiu o número?

— Descobri algumas coisas sobre você desde aquele dia, no Fórum Romano...

— Você quer dizer... ontem!

— Não, srta. Meade. Nós nos encontramos no Fórum há dois dias.

— Claro que não!

— O tranquilizante nocauteou você por mais de 24 horas.

Wolfang a liberou de seus braços, devagar, para pegar algo que guardava dentro da camiseta.

— Esta pistola dispara dardos com tranquilizante — disse, depositando a arma sobre o painel do carro. Ao tirá-la da roupa, o rapaz, sem querer, expôs uma correntinha de ouro que usava ao redor do pescoço. O pingente era um minúsculo crucifixo de madeira, o que revelava a crença católica que deveria amparar os passos do lobo branco.

— Foi a arma que usaram para tentar sequestrar você e...

— Me sequestrar? Mas quem teria interesse em fazer isso?

— Também quero saber.

— Foram os lobos.

— Lobos?

— Ora, você sabe que foram eles!

— Cannish e Blöter?

— Não, os outros. Há outros, não?

— Alguns. Mas não foi ninguém do Clã.

— Então foi alguma pantera!

— Só existe uma pantera no mundo...

— Tayra?

— ... e ela não era um dos sujeitos que tentaram pegar você. Aqueles dois eram humanos. Eu saberia se fossem... hum... se fossem criaturas.

— Há outros animais... outros tipos de criaturas além de lobos e panteras?

— É.

— E todas se transformam em animais?

— É.

Amy se remexeu no banco do carro, inquieta. Àquela altura dos fatos, era mais saudável não imaginar como seria aquela gente esquisita.

— Então você não é um lobisomem como aqueles que aparecem nos filmes e nem pode ser morto com uma bala de prata?

— Eu e os outros somos mais difíceis de matar.

— E vocês não precisam de lua cheia para se transformar, não é? Podem virar lobo quando bem entendem! E se alguém que vocês mordem sobreviver...

— Ninguém sobrevive.

— Mas, teoricamente falando, esta vítima também se transformaria em lobisom... digo, em lobo?

— Não funciona assim. Ser uma criatura não é algo contagioso.

— Não é como nos filmes? Como em *Lobisomem americano em Londres*?

— Não vi o filme. Não gosto de histórias sobre lobisomens.

— E por que não?

O rapaz fez uma careta, o que obrigou Amy a ser mais objetiva no interrogatório que ele não evitava, como se tivesse a obrigação de revelar tudo a mais uma vítima das circunstâncias.

— Se um lobo me morder, então não viro lobo?

— Sem chance.

— E o que é o Clã?

— Um tipo de família.

— Só de lobos?

— É.

— E você é parte dela?

— Mais ou menos.

— E vocês têm um líder?

— O Alpha.

— As outras criaturas também formam Clãs?

— Depende. Cada uma segue as características de sua espécie. Os lobos se organizam em alcatéias. Já a Tayra segue seus instintos felinos e prefere viver sozinha.

— Você conhece a ONG Speranza?

— Não. Foi seu pai que me falou dela quando explicou que...

— ... ganhamos a viagem e tudo mais. Sei. Por que Tayra daria uma gargalhada ao achar um folder da ONG no meu quarto? Aí, ela comentou: "os lobos se acham tão espertos"...

Wolfang franziu a testa, apreensivo. Não era tão bem informado quanto Amy acreditava.

— O que mais meu pai falou? Ele se lembrou de você?

— Sim, do voo para Roma. Eu o tranquilizei e disse que levaria você para casa. Seu pai ainda acha que tudo não passou de um grande engano diplomático. Ele ia acionar a embaixada americana na Itália e...

— Por que você me trouxe para a França?

— Morei aqui por quase 30 anos. Tenho alguns contatos e posso tirar você da Europa sem despertar suspeitas.

— Estamos indo para Paris?

— Vamos procurar o Hugo, no bistrô Chevalier, em Montmartre.

— Hum... esse Hugo é uma criatura?

— É.

— Um lobo?

— Não. É meio réptil.

— Como... uma cobra?

— Mais pra crocodilo.

— Ahn... E depois?

— Quando você estiver segura em casa, eu...

— Onde você morou depois da França? Foi direto para o Brasil?

— Passei um tempo na Espanha e depois em Portugal. Estou há 12 anos no Brasil.

— Em Buenos Aires?

Wolfang ergueu uma sobrancelha enquanto mordia os lábios para não rir.

— Não ensinam mais geografia na sua terra? — perguntou, divertido.

— Falei alguma besteira?

— Buenos Aires é a capital da Argentina.

— Desculpe — disse a garota, totalmente sem graça. Saber que o pai estava são e salvo, no entanto, não a deixou perder o bom humor. O nome de outra cidade soou mais apropriado. — Você mora então no Rio de Janeiro?

— Moro em Santos, que fica no estado vizinho, São Paulo.

— Seu inglês é muito bom. Você nasceu na Itália, morou em outros países...

— Estudei em um colégio interno nos Estados Unidos.

— Quando você era criança?

— É. Saí de lá aos 16 anos.

— A longevidade é outra característica dos lobos...

— Das criaturas, na verdade.

— A Tayra é muito velha?

— Como toda mulher, Tayra não gosta de admitir a idade, mas basta fazer as contas. Ela nasceu em 1720, na África do Sul...

— E você?

— Em 1938.

— Que dia?

— Por que deseja saber?

— Que dia?

— Doze de maio.

— Cannish o chamou de caçulinha...

— Sou o mais novo dos lobos.

Os dois davam voltas no passado, temerosos de enfrentar o presente. Foi a garota quem retomou o assunto que definiria o futuro.

— Por que alguém ia querer me sequestrar, Marco? E mandar meu pai de volta aos Estados Unidos?

Os olhos azuis do rapaz se prenderam aos olhos negros e amendoados da garota. Ele temia pela segurança dela, por não ser capaz de protegê-la e, consequentemente, perdê-la. Desconhecia o motivo daquela perseguição na Piazza di Spagna e tampouco entendia uma possível relação entre lobos e ONGs.

— Tayra é perigosa, não é?

— Muito — concordou ele. — Mas ela não mexeria com você.

— Por quê?

— Você está sob minha proteção.

Amy sorriu. Automaticamente, Wolfang abaixou a cabeça e se concentrou na chave, recolocando-a na ignição.

— Você roubou este carro velho?

— Eu o aluguei! — retrucou o rapaz.

— E como passamos pela fronteira?

— Passando...

— Você tem outro passaporte?

— Tenho vários, todos com nomes diferentes.

— E para mim? Você também arrumou um documento falso?

— Coloquei você no porta-malas.

A garota ia protestar, indignada. Custava aquele lobo arrumar um passaporte falso para ela? Não era assim que acontecia nas histórias?

Wolfang resmungou alguma coisa entre dentes, em italiano. O carro não ligava. Ele tentou mais cinco vezes antes de bater as palmas das mãos contra o volante e sair para enfrentar o temporal. Amy o seguiu. A chuva gelada bateu contra seu rosto, encharcando em segundos o vestido de seda.

— Volte para dentro! — brigou Wolfang, ao percebê-la. Ele erguera o capô do carro e se esforçava, no meio da escuridão provocada pela noite e pelo aguaceiro, para descobrir o problema do motor.

— Paramos perto de um parque de diversões...

Wolfang balançou a cabeça, desistindo de entender aquela menina estranha. Ela se virara para o parque de diversões, fechado devido ao tempo horrível, e o observava em silêncio, apesar da chuva que quase a derrubava. Aliás, como ela enxergara o local com toda a neblina que o cercava? O lobo, com a visão apurada que recebera de seu lado animal, mal o notara.

— Srta. Meade, por favor, volte para dentro do carro... — pediu ele.

Amy avançou para o parque a passos decididos, sem se importar com a lama nos pés. Ela e o rapaz estavam numa região pouco habitada, numa das estradas secundárias no interior da França. Wolfang demorara a deixar a Itália, driblando possíveis chances de ser seguido. Fazia o mesmo na França, tomando caminhos diferentes para chegar a Paris. Dirigia há horas, insone. Se o Clã tinha interesse na garota... então, nada que fizesse poderia impedir os lobos de acharem o que queriam. Wolfang teria que ir com ela aos Estados Unidos, lutar para protegê-la das garras infinitas do Alpha.

— Ei, aonde você vai?

O rapaz teve que correr para alcançá-la e ouvir a resposta.

— Este parque... Eu o vi uma vez, num sonho...

— Você sonha demais pro meu gosto, menina. Olha, com certeza não era exatamente este parque... Há milhares de outros por aí!

— Era exatamente este!

— Volte para o carro, por favor. Vou descobrir o problema no motor e logo sairemos daqui.

Amy não o escutou. Continuou a andar, a avançar para algo que parecia mais forte do que ela.

— Tudo bem — concordou o rapaz. — Deve haver alguém lá, um funcionário talvez, que possa ajudar a gente. Podemos chamar um guincho...

Não havia ninguém. O parque estava literalmente fechado. Wolfang encontrou um telefone público e pediu o guincho. Amy, com uma expressão distraída, perambulava pelo local, como se reconhecesse cada brinquedo desligado, cada atração inoperante.

Um pouco afastado, o lobo branco acompanhava cada passo, cada gesto. Aquela menina o hipnotizava sem que percebesse. Involuntariamente, ela lhe lembrava Yu, apesar de não se parecer fisicamente com a garota que amara uma vez. O vestido azul, colado ao corpo pelo excesso d'água, se tornara transparente, revelando formas nada infantis e bastante tentadoras. A menina deixara de ser criança há muito tempo. Wolfang respirou fundo, inibindo o desejo. Andava solitário demais para pensar com clareza sobre a adolescente. Ele a protegia — ou, pelo menos, se esforçava para isso — e não pretendia se aproveitar da situação.

— É mesmo igual a seu sonho? — perguntou, em voz alta, quebrando o clima mágico que o silêncio criara. A chuva diminuíra de intensidade, afastando suavemente a neblina.

— Cada detalhe... — respondeu a garota, decidindo caminhar até o rapaz. Ela parou a centímetros dele. Bastava esticar o braço para puxá-la contra si.

— E o que acontecia no seu sonho?

— Havia um rapaz e ele me beijava...

Wolfang prendeu os braços nas costas e deu um passo involuntário para trás.

— Eu não via o rosto dele... — continuou a garota, após morder o lábio inferior. — E a gente transava...

— Parou de chover — constatou o rapaz, desviando o nariz para o carrossel, a alguns metros à sua direita.

— Foi um pouco perturbador para mim na época. Eu só tinha 13 anos quando tive o sonho...

— Que tempo feio, né? Nem parece que estamos no verão!

— Senti que tomava uma decisão muito importante para minha vida. Foi como...

— A França é linda nesta época do ano. Digo, ela é maravilhosa em qualquer estação e...

— ... renascer, entende?

— Paris, então, é fantástica!

— Meus sonhos contam coisas que já aconteceram...

— Caminhar pelas margens do rio Sena é...

— ... e contam coisas que vão acontecer.

— ... um passeio delicioso. Dá pra ir de barco também, mas não oferece a mesma sensação de liberdade.

— Marco?

— Que é?

— O que o sonho pode significar? Você acha que nós dois...

— ... devemos voltar para perto do carro. O guincho já deve estar chegando.

Amy sorriu, espantada com o nervosismo dele. Marco Agostini pertencia a uma geração conservadora, nada acostumada a lidar com sonhos perturbadores de adolescentes de 13 anos. E agora estava diante de uma menina que o fitava com olhos de mulher!

— Sim, vamos voltar — disse ela, compreensiva, esticando a mão para o rapaz. — O guincho deve estar chegando.

Wolfang apertou a mão dela contra a sua, recebendo em troca uma doçura espontânea que reconfortou seu espírito cansado de sobreviver. Aquela menina era especial. Uma vontade maluca de nunca se afastar dela se apossou do coração do lobo. Sim, ele a seguiria até os Estados Unidos, até o fim do mundo, se fosse necessário. Como se o destino já tivesse sido escrito. Talvez aquele fosse o significado do sonho. Aquele momento marcaria uma união que deveria durar a eternidade.

Novamente, o instinto alertou a razão. Não estavam mais sozinhos.

Wolfang apertou a mão de Amy com força, muito tenso de repente. A reação indicava perigo próximo, o que parecia bem improvável naquele parque deserto. A garota estremeceu, certa de que o momento mágico se desfizera para dar lugar ao terror. Não haveria o beijo prometido pelo sonho, nem a noite intensa que havia abalado uma menina de 13 anos. De qualquer maneira, também não lhe agradava a ideia de fazer amor com um homem no meio da lama, cercada pelo frio e pela neblina, encharcada pela chuva e com o gosto ruim na boca que não via uma boa escova de dentes desde... quanto tempo mesmo estivera dopada? E ele tinha a barba áspera de dois dias por fazer! Olheiras profundas denunciavam o cansaço de horas e horas sem dormir. E ele tremia de frio, sem perceber, igualmente ensopado! Apenas em sonho aquele parque de diversões assustador se transformaria em um ninho de sedução. Só na ficção dois personagens naquelas condições teriam pique para rolar na lama... Qual seria o significado do sonho, então?

Amy aguardou o que viria. Adiantava fugir, se esconder entre os brinquedos? Correr para o carro enguiçado? Procurar ajuda numa estrada praticamente deserta?

— Fuja e não olhe para trás! — mandou Wolfang, largando a mão da garota para iniciar a transformação que ela nunca vira com nitidez.

A aparência humana cresceu vários centímetros. As roupas sumiram sob a camuflagem de pelos brancos que revestiriam cada trecho do corpo agora animal. Mãos e pés deram espaço a patas e garras, o tronco ganhou mais músculos e obrigou o bípede a se apoiar de quatro no chão. Havia um rabo. O focinho nasceu no rosto masculino, com dentes afiados e aterrorizantes. Os olhos continuaram azuis, mas não eram mais humanos. Eles a olharam, como se repassassem a mesma ordem. Amy deveria fugir. Do outro lado do parque, Cannish e Blöter também se transformavam para atacar suas vítimas.

Como sempre acontecia ao se transformar, o instinto do lobo assumiu o controle. Wolfang correu para atacar Cannish e Blöter apenas para aumentar as chances de Amy escapar. Sabia que suas próprias chances contra eles não existiam. Levaria outra surra homérica. Isto se eles não resolvessem desobedecer às ordens do Alpha e eliminar o Ômega que tanto desprezavam. Por que perseguir até a França uma garota humana? Por que ela vira demais no beco? Não fazia sentido...

Os dois inimigos o receberam com força bruta e mordidas fenomenais. Wolfang se defendeu da melhor forma possível, evitando ao máximo os dentes que visavam arrancar sua resistência. A dor da carne dilacerada voltou, familiar. As dentadas de Cannish, o lobo de pelo avermelhado, atingiam seu corpo, enquanto Blöter, o lobo cinza, atacava sem piedade seu pescoço. Por fim, o alemão o prendeu pelo cangote e o arremessou para longe, tirando do caminho o filhote que mal lhe aplicara um arranhão.

Wolfang deslizou na lama, ensanguentado, recuperou um pouco de fôlego e retornou à carga. Conseguiu derrubar o irlandês que parecia esperá-lo, mas não pôde impedir Blöter de avançar atrás de Amy.

A garota abandonou o parque. Pensava na pistola com o tranquilizante, largada no painel do carro. Se conseguisse pegá-la, voltaria para ajudar Wolfang e...

Blöter, saído da escuridão, plantou as quatro patas entre Amy e o veículo à beira da estrada. A chuva retornou com força, embaçando qualquer possibilidade da cena ser vista por alguém que remotamente passasse por ali. Um olhar rápido da garota notou a presença de um carro estacionado atrás do seu, com certeza o que os lobos dirigiam na perseguição. "Já temos como sair deste inferno", pensou Amy. Colocariam os inimigos para dormir e roubariam com calma o carro deles, sem dúvida muito melhor do que a lata velha que Wolfang alugara na Itália.

Só havia um pequeno problema: ultrapassar o lobo cinza que impedia a passagem. O jeito era dar uma volta maior...

— Ei, aquele ali não é o Alpha? — perguntou a garota, apontando para o vazio.

Por mais estúpido que pudesse parecer, Blöter era realmente estúpido. Ele enfiou o rabo entre as pernas e se dobrou, humilde, na direção indicada. Quando descobriu a farsa, ele se virou para a humana, mais do que feroz. Ela havia escapulido para a Casa de Espelhos, logo na entrada do parque, seu plano para dar a tal volta maior até a pistola.

A luta contra o irlandês trouxe mais ferimentos a Wolfang. Exausto, ele insistiu em ganhar tempo para Amy, divertindo cada vez mais Cannish, que adorava torturá-lo. As garras inimigas o derrubaram novamente sobre a lama, rasgando mais pele e carne.

O lobo branco se ergueu mais uma vez. Cannish o encarou, como se lhe perguntasse se a garota humana valia tanto sacrifício. "Sim, ela vale!", murmurou Wolfang para si. Lutaria por ela até a morte.

O irlandês exibiu os dentes assassinos para, com precisão, abocanhar a jugular do filhote.

— Olá, moça! — disse Blöter, ao entrar na Sala de Espelhos.

Amy não esperava revê-lo na aparência humana. O que ele tinha em mente? Atacá-la como fizera com a mãe de Wolfang? Pois ele encontraria uma surpreendente resistência. A humana praticava kung fu desde os 8 anos de idade!

O reflexo do alemão se multiplicou na superfície fria das dezenas de espelhos expostos na vertical, um ao lado do outro em um grande círculo no centro da sala.

— Pois venha me pegar... — desafiou Amy, dando um passo à frente. Sua imagem também ganhou réplicas em cada um dos espelhos, mas não enganaria Blöter. Ele farejou o ar antes de decidir qual Amy pretendia atacar.

Wolfang ficou sem ar, a dor insuportável sugando-lhe a vida através de Cannish. Este, porém, afrouxou a mordida subitamente, afastando-se contra a vontade. Wolfang estreitou os olhos de lobo para focalizar o minúsculo dardo que fora enterrado próximo ao focinho do inimigo. Alguém disparara contra ele a arma abandonada no carro.

Um pouco tonto, Cannish se voltou para a esquerda, de onde viera o disparo.

— Oi, irlandês fofinho! — cumprimentou Tayra, ainda apontando a pistola para ele.

A garota sabia que uma simples dose de tranquilizante não seria capaz de derrubar o lobo vermelho, mas, na certa, o enfraqueceria bastante numa luta corpo a corpo. Principalmente contra uma superior pantera negra...

Tayra se curvou num gesto provocante, que revelava o decote magnífico da blusa justa de couro branco, combinando à perfeição com a minissaia preta e as botas de cano longo. Ela deixou a pistola no chão, pronta para assumir sua aparência animal.

— Vá salvar sua chinesinha, Wolfang — sorriu, com desdém. — Eu e o fofinho vamos brincar um pouco...

Amy chutou com violência o peito de Blöter. Era como agredir uma parede de metal! Ele mal se abalou, revidando com um soco que acertou dolorosamente o rosto da garota. Amy bateu contra o espelho atrás de si, o que produziu grandes cacos de vidro que caíram com ela rumo ao chão.

Amy gemeu, sentindo as pontas do espelho que lhe atravessavam as costas. As mãos de Blöter agarraram as coxas da garota e a arrastaram até uma posição mais confortável para que se debruçasse sobre ela. Os pedaços de vidro penetraram com mais força no corpo de Amy, dilacerando...

O alemão não levou adiante o que pretendia tomar à força. Um dardo atingiu sua testa gordurosa e o obrigou a se erguer para enfrentar o homem que apontava a pistola para ele. Amy viu o rapaz que amava apoiado contra a porta da Sala de Espelhos, num esforço terrível para se manter em pé. A forma humana de Wolfang estava irreconhecível, coberta de sangue e ferimentos. A fúria dele, porém, contrastava com a fraqueza visível de seu organismo. Ele disparou a arma mais uma vez, atingindo o peito invencível de Blöter.

O tranquilizante deveria surtir efeito, mas sequer abalou o sorriso frio que o alemão dirigiu ao jovem Ômega. Wolfang disparou novamente contra o peito do inimigo. Blöter não sorria por conta da ineficiência da droga, que apenas diminuiria parte de sua força descomunal. Ele piscou para o lobo branco e, num golpe eficaz, usou o cotovelo para quebrar um dos espelhos verticais e intactos à sua direita, ao lado de Amy.

Não previ o movimento, não pude impedir Blöter. Os cacos mortais do novo espelho destruído desabaram como chuva sobre Amy, estendida sobre o chão. Ela não teve tempo de gritar, de fugir. As várias faces do vidro, em milésimos de segundos, perfuraram seu corpo. E eu, ainda apoiado contra a porta, assisti, impotente, à morte da garota sob minha proteção.

Blöter riu, exultante, cruel, o desprezo por qualquer criatura viva ou morta. Agora era só degustar a vítima, alimentar o processo de metamorfose que despertava a fome selvagem que também me dominava, junto ao asco e à tristeza.

Tayra apareceu naquele instante. Cannish fugira, amedrontado, antes que a pantera sequer se transformasse e o derrotasse numa luta perfeita. Ao vê-la, Blöter mudou de ideia. Sabia que aquela mulher poderosa, imbatível contra qualquer lobo, até mesmo o Alpha, não se alimentava de mortos. E não permitiria que o lobo cinza tocasse sequer a pele da adolescente.

Blöter reassumiu a face gelada. Passou por nós, como se não notasse nossa presença, e abandonou a Sala de Espelhos. Não pude detê-lo. Simplesmente, eu não conseguia reagir. Meus olhos se prenderam aos olhos abandonados de Amy.

— Vou eliminar qualquer pista neste lugar que possa nos comprometer. Depois levaremos o cadáver da menina e o enterraremos na floresta — propôs Tayra, tocando meu rosto com carinho. — Sempre cuidarei de você, Wolfang...

*"All my life I've been searching for something
Something never comes, never leads to nothing
Nothing satisfies but I'm getting close
Closer to the prize at the end of the rope"*[1]
Dave Grohl

---

[1] Durante toda minha vida, procurei algo / Algo que nunca chega, que nunca leva a nada / Nada me satisfaz, mas estou chegando perto / Mais perto da recompensa na ponta da corda (*All My Life*, música do Foo Fighters, tradução livre).

Parte II
Lobo Ômega

Capítulo 1
Passado

ESTADOS UNIDOS, 1945.

HÁ LEMBRANÇAS DEMAIS PARA SEREM ESQUECIDAS. E SEMPRE HAVERÁ SOLIDÃO.

PARA ME MANTER O MAIS LONGE POSSÍVEL DE ANISA, WULFMAYER ME DESPACHOU PARA UM COLÉGIO INTERNO NO OUTRO LADO DO MUNDO.

ERA DIFÍCIL ENTENDER A LÍNGUA INGLESA, TÃO DISTANTE DO IDIOMA DA MINHA TERRA.

ERA IMPOSSÍVEL CONVIVER COM CRIANÇAS MARCADAS PELA GUERRA, MUITAS QUE PERDERAM OS PAIS EM BATALHAS CONTRA ITALIANOS E SEUS ALIADOS JAPONESES E ALEMÃES.

AGORA EU ERA O INIMIGO.

NÃO EXISTIA MAIS A VIOLÊNCIA BRUTAL DOS SOLDADOS.

MAS EU CONTINUEI A FUGIR, A ME ISOLAR PARA ME PROTEGER.

ITALIANO FILHO DA P...! POR QUE NÃO VOLTA PARA SUA MALDITA TERRA, HEIN?

WULFMAYER FOI UM TUTOR MAIS DO QUE DISTANTE.

POR ANOS, ELE PAGOU MEUS ESTUDOS, ME MANTEVE NUMA DAS MELHORES ESCOLAS NORTE-AMERICANAS, APESAR DE MINHAS NOTAS BAIXAS.

NUNCA FOI ME VISITAR. EU ERA O ÚNICO ALUNO A PERMANECER NA ESCOLA DURANTE AS FÉRIAS.

A NÃO SER POR UMA ÚNICA VEZ... MEU ÚLTIMO DIA NAQUELE COLÉGIO.

MEUS PARABÉNS PELA FORMATURA, MARCO AGOSTINI...

SUAS NOTAS FORAM EXCEPCIONAIS EM ARTES.

FORAM AS ÚNICAS NOTAS BOAS, SENHOR.

ME CHAME APENAS DE WULFMAYER, ESTÁ BEM?

O QUE ACHA DE ESTUDAR DESENHO E PINTURA EM PARIS?

SERIA... SERIA INCRÍVEL!

ESTÁ COMBINADO, ENTÃO. AGUARDE MINHAS INSTRUÇÕES.

CONHECI FANG LEI, O HOMEM COM AS INSTRUÇÕES.

ELE ME LEVOU À FRANÇA, ALUGOU UM APARTAMENTO PARA MIM, ME ORIENTOU SOBRE A MESADA A QUE EU TERIA DIREITO...

CUIDOU DE TUDO PARA QUE EU INGRESSASSE NUMA DAS MELHORES ESCOLAS DE ARTES DO MUNDO.

E DEPOIS PARTIU, SEM RESPOSTAS PARA MINHAS PERGUNTAS SOBRE O TUTOR QUE EU MAL CONHECIA.

FIZ BONS AMIGOS NAQUELA ÉPOCA.

FOI QUANDO CONHECI TAYRA.

Você vai me pagar um café, Wolfang?
C-COMO?
Um café...
VOCÊ ME CONFUNDIU COM OUTRA PESSOA... MEU NOME NÃO É WOLFANG.
Claro que é! O Fang não foi sua babá aqui em Paris?
HUM?
Wolf e Fang: Wolfang. É como chamam você.
QUEM ME CHAMA ASSIM?
Sua gente.
QUE GENTE?
Tem ou não café na sua casa?

EU GOSTARIA DE ALGUMAS RESPOSTAS E...

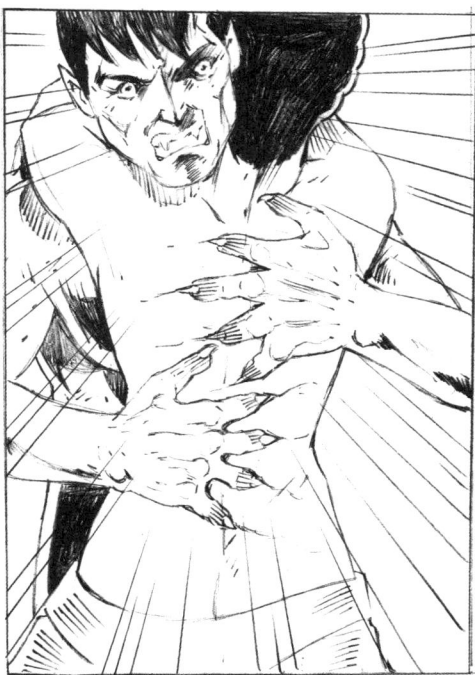

Então você ainda não descobriu...

EU PRECISAVA SABER TODAS AS RESPOSTAS.

Capítulo 2
Amy

Como prometera, Tayra cuidou de tudo. Eliminou provas que denunciassem a presença dos lobos no parque de diversões, recebeu o motorista do guincho com um sorriso inocente, despachando-o para longe com o carro velho que Wolfang alugara, e, por último, cuidou do enterro de Amy na floresta. Segundo a pantera, era assim que as criaturas sempre deveriam agir: apagar pistas e sumir com cadáveres que complicassem suas vidas junto às autoridades. A consciência de Wolfang protestou. Amy deveria ser entregue à família para um funeral decente. E o lobo branco, o responsável pela morte dela, deveria pagar por seus erros.

— Que erros, Wolfang? — brigou Tayra. — Você não bate mesmo bem da cabeça, né? O que pretende dizer à polícia?

— A verdade.

— Oh, claro, a verdade... Internariam você no primeiro sanatório!

— Eu mostraria...

— ... a transformação? Não mesmo! E como nós, criaturas, ficaríamos com nosso segredo exposto ao mundo? Seríamos perseguidas, idiota!

Com raiva, ela enfiou a pá na terra molhada e jogou a primeira porção de lama sobre o corpo estendido na cova que abrira com rapidez, aos pés de uma imensa árvore de flores amarelas, a quase dez quilômetros de distância do parque. A noite chuvosa terminava em um amanhecer que trazia uma luminosidade única, um novo dia ensolarado e quente. A lama cobriu parcialmente o rosto da menina sem vida, apagando aos poucos a existência de alguém que não merecia ser esquecida numa floresta.

Num impulso, Wolfang entrou na cova para se ajoelhar junto ao cadáver, tirou a camiseta que vestia e, com ela, limpou o rosto maculado pela lama. Tayra fez uma careta de irritação, mas desistiu de protestar ao vê-lo retirar a correntinha com o crucifixo que carregava desde criança e prendê-la ao redor do pescoço de Amy. Deus não existia, mas, se existisse... Na infância inocente do rapaz, quando a mãe o colocava para dormir, ela o abençoava com o sinal da cruz após murmurar uma oração em italiano. Há muito Wolfang não se lembrava das palavras exatas. Mas elas retornaram à sua mente e ele as repetiu, com fé, desejando ser ouvido em algum canto do universo.

Tayra cruzou os braços, impaciente. Não podiam perder mais tempo. Ao final da oração, o rapaz cobriu o rosto da menina com a camiseta e, lentamente, abandonou a cova. Não havia mais nada que pudesse fazer por Amy Meade.

O pesadelo não tinha mais fim. As horas se arrastaram, doloridas, silenciosas. Tayra obrigou Wolfang a se alimentar, a buscar o processo de autocura, depois arrumou roupas limpas para ele e, logo que alcançou Paris, o embarcou no primeiro avião de volta ao Brasil. A viagem terminou no aeroporto de Cumbica, em São Paulo. De lá, o rapaz pegou um táxi até Santos, a cidade litorânea a menos de uma hora e meia de carro.

O final de inverno no hemisfério sul insistia em manter o frio até seus últimos dias. Wolfang desceu do táxi em frente ao prédio branco de três andares onde morava, na Ponta da Praia, a poucos metros do mar cinzento, que batia contra a areia em ondas grossas e agitadas. Entre a avenida e a praia, havia um calçadão de cimento que se abria, à direita do prédio, para quilômetros e mais quilômetros de jardins, o cartão-postal da ilha, famosa por manter um porto fundamental para a América Latina. À esquerda, o calçadão ganhava uma interminável mureta, também de cimento, que o separava do contato direto com o mar por um bom trecho até encontrar uma plataforma de embarque e desembarque de barcas e balsas. Wolfang não reparou na paisagem — uma baía limitada por outra ilha, à esquerda, e por parte visível do continente, no outro extremo — e nem nos dois adolescentes, em roupas negras de neoprene, que passaram correndo por ele, carregando debaixo dos braços as pranchas para um dia perfeito de surfe. A tarde mal começara.

O lobo branco entrou no prédio e subiu as escadas para o segundo andar, direto para seu apartamento. Não conseguia mais segurar o desespero. Sem se importar com as roupas, ele invadiu o boxe do banheiro e abriu o chuveiro. A água quente se misturou às lágrimas, enquanto o rapaz deslizava de joelhos para o piso gelado.

NGLATERRA, HORAS DEPOIS

CONSPIRANDO CONTRA MIM...

CADELA IDIOTA!!!!

MANIPULANDO MEUS LOBOS CONTRA MIM!!!

BLÖTER E CANNISH NÃO SABIAM QUEM ESTAVAM MATANDO, WULFMAYER. NÃO CASTIGUE OS DOIS...

VOCÊ ESTRAGOU TUDO...

"TUDO!!!"

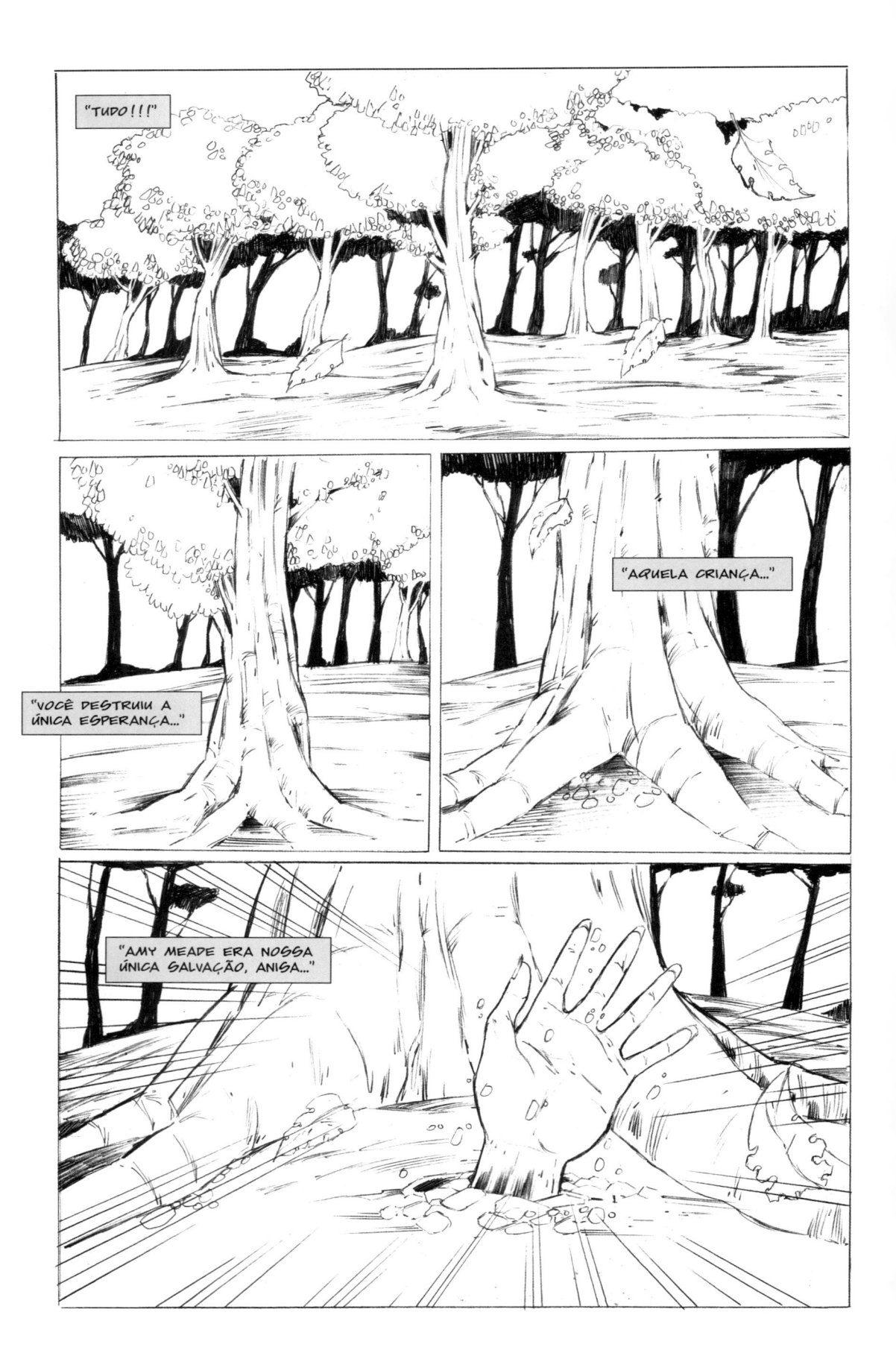

"VOCÊ DESTRUIU A ÚNICA ESPERANÇA..."

"AQUELA CRIANÇA..."

"AMY MEADE ERA NOSSA ÚNICA SALVAÇÃO, ANISA..."

Após muita insistência, Roger conseguiu ser recebido pelos Meade. A família vivia numa casa antiga, cercada por alguns carvalhos centenários e vários tipos de flores, um local que lembrava um bosque tirado de *As brumas de Avalon*. O jornalista sorriu ao pensar no seu livro preferido e parou o carro diante da residência. Amy ainda não retornara e o pai dela falava para todos que pretendia processar o governo italiano, que o expulsara do país sem qualquer consideração. Roger, no entanto, não descobrira qualquer envolvimento oficial naquela expulsão que, segundo tudo indicava, fora promovida por alguém que simplesmente não queria Ken Meade por perto.

O homem desceu do carro e atravessou o jardim para chegar até a porta da casa. Não precisou tocar a campainha. Uma bela mulher ruiva veio recebê-lo. Ela não aparentava ter mais de 40, apesar da idade real de 50 – Roger já apurara entre todos os dados que obtivera sobre a família — e vestia uma bata indiana que tocava o chão. Estava descalça e os cabelos avermelhados soltos e rebeldes batiam na cintura.

— Entre, sr. Alonso — disse Alice Meade, pregando o olhar azul e indecifrável nos olhos do jornalista.

O homem obedeceu, mais curioso em observar a decoração esotérica do ambiente. Havia velas e cristais misturados a estátuas indianas e elefantinhos de madeira. Os móveis, de acabamento rústico, e inúmeras almofadas rodeavam uma grande pirâmide transparente, com uns 70 centímetros de altura, plantada bem no centro da sala.

— O que deseja de nós? — perguntou Ken, parado junto a uma janela. O pai adotivo de Amy estava extremamente abatido e olheiras muito escuras marcavam-lhe o rosto.

— Descobrir o que aconteceu em um beco escuro de Hong Kong — disse Roger, direto.

Ken suspirou, cansado, e tornou a espiar a janela.

— Aceita uma xícara de banchá? — ofereceu Alice, referindo-se a um típico chá japonês, muito apreciado também por quem segue alimentação macrobiótica.

— Não, obrigado — dispensou Roger.

— O que quer realmente saber, sr. Alonso?

O jornalista desejou escapar daquele olhar feminino que lhe atravessava o espírito. Talvez... Talvez fosse melhor abrir o jogo. Ele colocou sobre o sofá a pasta que trazia debaixo do braço e mostrou a Alice algumas fotos dos cadáveres destroçados, cópias de relatórios dos peritos, alguns depoimentos...

— Foram ataques provocados por bestas humanas — explicou ele, à espera da reação de choque que provocaria no casal. Ken se recusou a ver o material, enquanto algumas lágrimas correram pela face de Alice.

— Não quero conversar sobre bestas, cachorros e nem lobos — resmungou Ken. — Por favor, vá embora!

A mulher devolveu as fotos e os papéis para tocar gentilmente o ombro de Roger e o levar de volta até a porta.

— Sra. Meade, eu preciso saber se... — tentou o jornalista.

— Você pretende publicar esse material?

— Parte dele. Trabalho nesta história há muitos anos e...

— Não publique. É uma história muito triste.

— Mas as pessoas têm o direito de saber que estas bestas existem!

Alice o acompanhou até o carro. Uma garoa fininha começava a molhar o cenário de sonhos, tornando-o ainda mais fantástico.

— E vocês já têm alguma notícia de sua filha? — perguntou Roger. Não pretendia ser dispensado com tanta facilidade.

— Amy sabe se cuidar sozinha.

— Mas...

— Mas você não sabe se cuidar, sr. Alonso.

— Isto é uma ameaça?

— Não, é apenas o destino que sempre tem a chance de ser mudado.

O jornalista não insistiu. Entrou no carro e deu a partida sem se despedir de Alice Meade. Em menos de dois dias, a grande reportagem sobre as bestas humanas estaria nas bancas.

Havia um peso fenomenal sobre seu corpo. Amy tentou se mexer, respirar, mas era... impossível! Onde a haviam colocado? "Vou contar até três e sair daqui!", resolveu, furiosa. Já movera a mão para fora do buraco... Reuniu, com vontade, toda a força de que era capaz e mais um pouco. "Um... dois... e... *três!!!*"

O impulso violento a arremessou de quatro para fora da armadilha, espalhando terra para todos os lados. Algo sujo lhe cobria a visão, um pedaço de tecido... Amy o arrancou para receber com intensidade total a luminosidade do dia quente. Ela piscou, cega por alguns segundos, adorando sentir sobre a pele imunda de terra cada raio solar existente naquele momento. *Estava viva!*

Como Wolfang tivera coragem de abandoná-la? Como ele...? Amy piscou novamente, sem reconhecer a floresta onde a haviam enterrado. Era uma paisagem bucólica, com árvores de folhagens delicadas, que se misturavam à relva. Dava para ouvir o canto dos pássaros animados com o fim do verão e o som da brisa que vinha de longe. "Será que Wolfang achou que... *eu tinha morrido*???" E se... e se tivesse morrido de verdade? Se agora fosse... fosse um... um... *zumbi*?

Decidida a descobrir a verdade, Amy levantou-se, endireitando os ombros com dignidade. Se fosse realmente um zumbi, seria um zumbi elegante e não aquelas criaturas nojentas que se desmanchavam nos filmes B! A garota examinou o próprio corpo. O vestido azul estava rasgado e sujo de sangue seco, mas não havia nenhum corte ou cicatriz em sua pele. Mas... ela não estava ferida? Como pudera se curar sozinha? Não, não. Ela não era como Wolfang e as outras criaturas, que se curavam sozinhas e... Bom, *e se fosse*? E se Blöter a tivesse contaminado quando a machucara e... Não, não, impossível! O lobo branco lhe contara que o processo não era contagioso. As criaturas apenas nasciam diferentes. E não contaminavam ninguém com suas características inacreditáveis. No entanto, Amy Meade se curara sozinha e praticamente retornara do mundo dos mortos! Wolfang a julgara morta e a enterrara na floresta... E ela saltara da terra com uma força descomunal que nunca tivera!

Os dedos de Amy tocaram com doçura a correntinha com o crucifixo, agora em seu pescoço. Sim, o rapaz se preocupara com a garota curiosa. E lutara muito para protegê-la...

"*Eu estou viva!!!*", comemorou Amy. Mas estava sozinha, abandonada numa floresta, longe de qualquer lugar civilizado. E dolorosamente faminta! Nunca sentira tanta fome, uma vontade selvagem capaz de devorar qualquer coisa comestível! "Ai, que m...!"

Foi então que a garota percebeu uma marca estranha no ombro esquerdo, de quase dois centímetros, um triângulo meio torto com um risco horizontal no topo. Parecia uma tatuagem, feita com tinta vermelha... Ao mesmo tempo, era algo muito natural, que nascera na pele, como uma pinta ou uma sarda.

"Preciso comer!", resolveu a garota. Buscaria respostas mais tarde, depois de aplacar a voracidade de um estômago que não via alimentos há mais de uma semana.

Calculara bem o tempo. Na verdade, estivera sob a terra por exatos oito dias. Amy descobriu isso após ser recolhida por uma caminhonete dirigida por um velhinho, numa estrada próxima à floresta. O homem, um francês de quase 80 anos, não entendia uma palavra de inglês. Só que a aparência horrível da garota, coberta de lama seca da cabeça aos pés, o comovera. Ele a levara para casa, num vilarejo próximo, e a deixara sob os cuidados da esposa e da filha. Amy ganhou um banho, roupas e muita comida. Foi para a neta do velhinho, a única que arranhava um pouco de inglês, que a garota contou uma história triste. Disse que era uma mochileira, que viajava sozinha pela França, que se perdera na floresta. Caíra num barranco, ficara sem seus pertences... Nem adiantava chamar a polícia. Ninguém ainda sentira falta dela. Amy só desejava ir a Paris, pedir um novo passaporte na embaixada norte-americana. A família, comovida com tanta desgraça, se propôs a pagar a passagem do primeiro trem para a capital francesa. Eram pessoas maravilhosas...

Antes de embarcar, a garota resolveu ligar para os pais, em Keene. Um emocionado Ken atendeu ao telefone.

— Estou indo pra casa — avisou ela.

— Vou promover uma mobilização internacional contra o governo italiano! É um absurdo o que fizeram comigo, me despachando para cá como se eu fosse uma mala velha e...

— Não, pai, por favor! Cancele tudo!

— E você ficou sozinha todo esse tempo! Um absurdo!

— Tudo não passou de um engano!

— Como cidadãos americanos, nós temos direitos e...

— Por favor, pai, não chame a atenção de ninguém.

— Wolfang vai trazer você?

— Ele está me ajudando... — concordou Amy lentamente. — Você promete cancelar a mobilização?

— Temos que lutar pelo que acreditamos e...

— Tentaram me matar, pai.

Chocado, Ken não conseguiu mais argumentar.

— Por favor, cancele a mobilização.

— Quem tentaria matar você?

— Depois eu conto, tá?

— Aqueles cachor... lobos?!

— Depois a gente conversa!

Se os lobos achavam que Amy Meade estava morta, então era melhor que continuassem pensando assim. "Como era mesmo o nome? Ah, sim... Hugo, do bistrô Chevalier, em Montmartre."

Paris era mesmo uma cidade mágica. Claro que Wolfang amava aquele mundo charmoso, com suas construções antigas que respiram mistério e sofisticação. Com certeza, o lobo desenhista morara no bairro de Montmartre, o ponto mais alto da cidade, famoso por reunir artistas e boêmios. Já era noite quando Amy, sem perder o fôlego, subiu as intermináveis escadarias até a impressionante igreja de Sacré-Coeur e, de lá, vagou pelas ruas à procura do tal bistrô. Na Place du Tertre, uma praça onde dezenas de pintores de rua expõem seus trabalhos, um moleque de uns 12 anos indicou o caminho até um restaurante praticamente escondido numa rua estreita.

O bistrô Chevalier era um local aconchegante e muito animado, com mesas cheias de clientes e garçons que desfilavam suas bandejas de um lado para outro, sem parar. A decoração do lugar tinha inspiração medieval. Havia espadas e escudos de metal pendurados em paredes rústicas, além de luminárias que pareciam archotes e que reforçavam a ambientação de taberna antiga. Logo na entrada do estabelecimento, o cliente se deparava com uma velha armadura em tamanho natural. O restaurante era bem maior do que Amy imaginara. Ela teve dificuldade para passar por tanta gente e alcançar o balcão.

— Monsieur Hugo, s'il vous plaît — pediu à atendente que a recebeu com um sorriso cortês. — Je suis... ahn... — como era mesmo a palavra em francês? — ... hum... sou amiga do Wolfang.

A mistura de idiomas deu certo. A moça sumiu em direção à cozinha e retornou meio minuto depois, acompanhada por um velhinho de aparência frágil e olhar esperto. Hugo Chevalier avaliou Amy de cima a baixo antes de indicar para ela a mesma porta por onde ele acabara de passar. Na cozinha, uma dezena de pessoas trabalhava em ritmo frenético para dar conta de inúmeros pedidos diferentes para o jantar.

— Você está com fome? — perguntou o velhinho, em inglês.

— Hum-hum!

Atencioso, ele instalou a recém-chegada numa mesa minúscula, no fundo do aposento amplo, e chamou um dos cozinheiros para fazer o prato que a garota desejasse.

— Coma — disse Hugo. — Volto daqui a pouco.

Amy descartou o prato de entrada e foi direto para o principal: salmão com ervas e batatas coradas. Não havia hambúrgueres no cardápio e nem fritas, mas tudo bem. Estava na França, jantando em um bistrô sofisticado, num dos bairros mais famosos do mundo...

— Tem coca-cola? — perguntou ela ao cozinheiro.

Ele arregalou os olhos, deu de ombros e lhe trouxe um vinho delicioso pouco antes de servir a refeição, que preparou com talento e rapidez. Amy nunca acompanhara a produção incessante na cozinha de um restaurante como aquele. Os pedidos chegavam a cada instante, trazidos pelos garçons, e eram preparados com eficiência no meio do caos de panelas, frigideiras e ingredientes espalhados por todo o local.

Hugo só apareceu para conversar quando o último cliente foi embora. Com um sorriso simpático, ele levou a amiga de Wolfang de volta ao salão, agora vazio, e indicou uma mesa para que ela se sentasse enquanto pegava uma garrafa de licor e despejava parte do conteúdo em dois cálices. Entregou um deles para a garota e se acomodou numa cadeira diante dela.

— Qual é seu nome?

— Amy.

— E o que deseja de mim?

— Documentos falsos e uma passagem aérea para os Estados Unidos. Eu não tenho dinheiro agora, mas pagarei tudo para você assim que chegar em casa e...

— Por que me procurou?

— Wolfang disse que você me ajudaria a sair da Europa.

— E por que você precisa de ajuda?

— Porque os lobos me mataram — respondeu a garota, sem hesitar. A verdade poderia lhe render algumas respostas. — Mas voltei à vida e vim procurar você!

Hugo não piscou, com o olhar fixo na garota. De certa forma, ele realmente lembrava um réptil...

— Mostre-me seu ombro esquerdo — pediu ele, num tom gentil.

Amy ergueu a manga da camiseta e exibiu o que ele queria ver: o triângulo em vermelho. O velhinho pareceu satisfeito e voltou a pregar os olhos imóveis no rosto da jovem.

— Uma criatura morre se for retalhada em vários pedaços — disse, sem alterar a voz. — Caso contrário, nosso organismo cura todos os ferimentos e nos devolve a saúde, exceto se estiver enfraquecido demais para se recuperar.

— E esta marca...?

— Toda criatura tem uma igual. Ela nasce logo após nossa primeira mutação. Em que animal você se transformou?

Amy pensou com cuidado antes de responder. Não sabia o que tinha acontecido de verdade. Recordava-se dos cacos de vidro que Blöter quebrara desabando sobre ela e... nada mais.

— Acho que virei uma minhoca — respondeu a garota, cansada. — Acordei debaixo da terra!

Hugo, enfim, piscou e quase caiu da cadeira de tanto rir. Amy bebericou o licor, sem achar qualquer humor naquela situação. Acabara de confirmar uma terrível suspeita: também era uma criatura.

— Esta tatuagem esquisita significa alguma coisa? — disse ela para interromper o riso.

O velhinho se endireitou na cadeira e, com o rosto ainda muito bem-humorado, não escondeu a explicação.

— É um símbolo da alquimia que significa fogo.

— Alquimia?

— Já ouviu falar dela?

— Um tipo de estudo antigo... Tem aquele livro, *O alquimista*, e...

— Vem do árabe Al-kimia. Um estudo que reunia conhecimentos sobre os fenômenos da natureza e se propunha a transmutar metais...

— Transformar metais em ouro, não é isso?

— ... descobrir a pedra filosofal e...

— Ah, tinha uma pedra assim no filme do Harry Potter...

— ... criar um remédio único que curasse todos os males.

— E o que a alquimia tem a ver com...?

— Com a gente? Grandes segredos, minha cara, grandes mistérios. Não tenho as respostas.

— Quem tem?

— Talvez... talvez Wulfmayer saiba.

— Quem?

— O lobo Alpha.

— E o que *você* sabe?

— Não somos apenas criaturas. Somos metahumanos.

— Algo como os X-Men?

— Somos um passo além da evolução humana.

— Tem certeza? Este lance de virar bicho não parece...

— Você poderia me explicar como uma garota franzina como você conseguiu sair de um buraco a sete palmos abaixo da terra?

Amy abriu a boca, mas não tinha argumentos contra a verdade. Sem dúvida, a morte dera início a um processo inexplicável que a tornara incrivelmente mais forte e resistente.

— Somos quase invencíveis — concluiu Hugo, com um olhar triste para a armadura na entrada do restaurante.

— Era sua?

— A armadura?

— É.

— Sim. Eu a usei em batalhas ao lado de Joana D'Arc.

— Nossa! Você é tão velho assim?

— Sou ainda mais velho do que você imagina, minha cara.

"As criaturas, então, não param de envelhecer... Apenas envelhecem de forma muito mais lenta do que o restante da humanidade", deduziu a garota, com a atenção voltada para o anel que Hugo exibia no dedo anular da mão esquerda, a mesma com que segurava o cálice de licor que ainda não bebera. "Estranho... O anel tem o desenho de um dragão chorando."

— Somos algum tipo de brincadeira genética de... sei lá, alquimistas entediados? — retomou Amy.

— Pergunte ao Alpha.

— E o Wolfang? Ele tem mais informações?

— Ele domina as informações que você agora também domina. Wulfmayer nunca lhe entregou as respostas. Talvez você tenha sucesso.

A cabeça curiosa de Amy enumerou mais dez perguntas. Hugo, porém, a dispensou sem qualquer constrangimento ao lhe entregar a chave da adega, onde a garota encontraria um colchonete e cobertores para a noite de sono.

— Você terá o que me pediu pela manhã — disse o velhinho, abandonando a bebida sobre a mesa. — Durma bem, adorável minhoca!

Capítulo 3
Vítimas

Feras devoram motorista e mendigo em Hong Kong

Outros casos de crimes brutais podem envolver a existência de bestas humanas

ROGER ALONSO

O motorista Fang Lei, 95 anos, e um mendigo não identificado foram encontrados na noite do último dia 12 com os corpos mutilados por uma ou mais feras, a poucos metros de distância um do outro, na área urbana de Hong Kong. Ambos foram parcialmente devorados. Seres humanos não conseguiriam provocar tal nível de mutilação, conforme o médico-legista Pai Tsung. "As mordidas foram tão profundas e devastadoras, levando à conclusão de que é impossível que homens tenham causado tal estrago." Partes do corpo foram arrancadas por mordidas, de acordo com o especialista, que examinou os cadáveres. "O que nos leva à conclusão de que as mortes foram causadas por feras de origem desconhecida. As vítimas foram devoradas vivas."

Os policiais que atenderam a ocorrência também jamais haviam visto tal nível de barbárie. Yun Yang, 54 anos, ficou horrorizado com o cenário do local onde as vítimas foram encontradas. "Fiquei surpreso, pior, fui tomado por uma sensação indescritível ao ver o que sobrou dos cadáveres." Ele disse que não consegue imaginar que tipo de fera devorou o motorista e o mendigo. "Um homem, com certeza, não conseguiria fazer isso."

Fang Lei era natural de Hong Kong. Ele trabalhou durante 55 anos como motorista da família De Vallance, da Inglaterra, pertencente à aristocracia britânica. O magnata Dennis De Vallance é acionista majoritário da corporação Symbols, de Tecnologia da Informação, que, entre outros empreendimentos, participa da pesquisa e do desenvolvimento de material bélico para o governo norte-americano.

O caso levanta coincidências macabras. Há 18 anos, a pianista Fang Yu foi assassinada com mordidas brutais e semelhantes às que matariam seu pai, o motorista Fang Lei. O corpo da jovem de 23 anos, também nascida em Hong Kong, estava ao lado de um bebê do sexo masculino, de apenas uma semana de vida, igualmente mutilado. Na época, acreditou-se que ele era filho da vítima. Os crimes ocorreram em Montreal, Canadá, e até hoje não foram solucionados pelas autoridades. Ninguém conseguiu averiguar quem ou o que poderia cometer tal atrocidade.

Há cerca de um mês, o inquérito sobre a morte de Fang Yu e do bebê foi reaberto a pedido da professora Nancy Stolt, 44 anos, e seu marido, o engenheiro Walter Stolt, 45. O filho do casal, Dave, foi sequestrado na véspera do assassinato de Fang Yu. Sem esperanças de encontrar vivo o filho após 18 anos de buscas, o casal conseguiu comprovar que o bebê assassinado, na verdade, era Dave.

Nos dois momentos, hoje e há 18 anos, cogitou-se a possibilidade das mortes terem sido provocadas por animais selvagens. Não foi constatada, no entanto, a existência desses animais próximos aos locais dos crimes e nem registrada qualquer fuga de zoológico, circo ou qualquer lugar que pudesse abrigá-los. "O poder da mordedura verificada nas vítimas assemelha-se à de um leão imenso", avalia Pai Tsung. "As marcas deixadas nos cadáveres, porém, não correspondem às marcas produzidas por qualquer ser vivo existente na natureza." A avaliação do especialista é precipitada? De forma surpreendente, ela traz a mesma conclusão a que o médico-legista Adam Brown chegou após examinar os corpos de Fang Yu e do bebê Dave Stolt, quando cuidou do caso há 18 anos.

Tsung: "As marcas deixadas nos cadáveres não correspondem às marcas produzidas por qualquer ser vivo existente na natureza"

Coincidência macabra: a pianista Fang Yu, assassinada da mesma forma que o pai seria morto 18 anos depois

Crimes se repetem através dos tempos — O procedimento do assassino — ou assassinos — repete o padrão em épocas distintas. Ele ataca a vítima, literalmente, a dentadas, devorando os pedaços que arranca até lhe provocar a morte. Nunca há testemunhas, nem relatos de animais selvagens rondando os locais dos crimes e redondezas. A teoria — aparentemente absurda e profundamente aterrorizante — que nenhum dos especialistas que investigaram as mortes até hoje assumiu em público é apenas uma: a existência de bestas humanas, seres dotados de força descomunal, apetite por carne humana e a aparência de pessoas comuns.

Para comprovar essa teoria, foram vasculhados arquivos em várias partes do mundo e uma pesquisa minuciosa foi feita. Foram reunidos documentos raros e preciosos. O relato mais antigo e comprovado por autópsia data do século XIX. Um comerciante, vendedor de vinhos e outras bebidas alcoólicas, teve o corpo amplamente mutilado por mordidas, na véspera do Natal de 1895, em Londres, Inglaterra. As autoridades jamais descobriram a autoria do crime.

O número de vítimas aumenta em situações de guerra, onde registros se perdem e há centenas de desaparecidos. Da Primeira Guerra Mundial, existem vinte casos comprovados de soldados retalhados por mordidas. As autoridades militares dos países envolvidos no conflito também não conseguiram decifrar tal enigma.

"O que espanta é a ocorrência em lugares tão diferentes"

A Segunda Guerra Mundial foi outro período que conservou registros inacreditáveis de crimes hediondos que vitimaram não apenas soldados, mas civis também. Na noite de 31 de outubro de 1940, na pacata Suíça, em Lausanne, outra vítima levou o horror à tranquila cidade, um relojoeiro, de 60 anos, que também voltava para casa, após uma reunião da associação comercial local. As autoridades o identificaram com relativa facilidade, porque o rosto estava intacto. As demais partes do corpo foram mutiladas com fúria. Mais um mistério que as autoridades não decifraram.

No dia 11 de setembro de 2001, um trabalhador do Porto de Nova York, 45 anos, foi mutilado, às primeiras horas da madrugada, na área do cais. O fato não despertou a atenção da opinião pública porque o atentado terrorista ao World Trade Center desviou o interesse geral. Mas o fato não passou despercebido pelos jornais, que deram um registro curto na página policial.

Não se pode desconsiderar a probabilidade de existirem mais vítimas além dos casos resgatados. No entanto, é preferível trabalhar com provas palpáveis. Após serem traçadas as semelhanças entre os crimes e o padrão de mutilação, autoridades policiais e especialistas foram procurados para darem uma opinião sobre o assunto. Poucas pessoas levaram a sério a teoria de bestas humanas. Oficialmente, ela foi classificada como absurda.

"Os casos são mais antigos e frequentes do que você imagina", afirmou uma fonte na Interpol. "O que espanta é a ocorrência em lugares tão diferentes, como Hong Kong, França, Alemanha, Estados Unidos, Canadá e outros países."

Lenda ou realidade?

Na segunda metade do século XVIII, um animal enigmático dilacerou cerca de 100 pessoas nas montanhas ocidentais da França, em especial mulheres e crianças. A criatura, nunca identificada, se tornou conhecida como a Besta de Gevaudan, um dos mitos franceses.

A matança durou dois anos e abalou todo o país até que a Besta foi derrotada sob circunstâncias misteriosas. Diziam que o animal era gigantesco, uma espécie de dragão, considerado ainda a reencarnação do diabo.

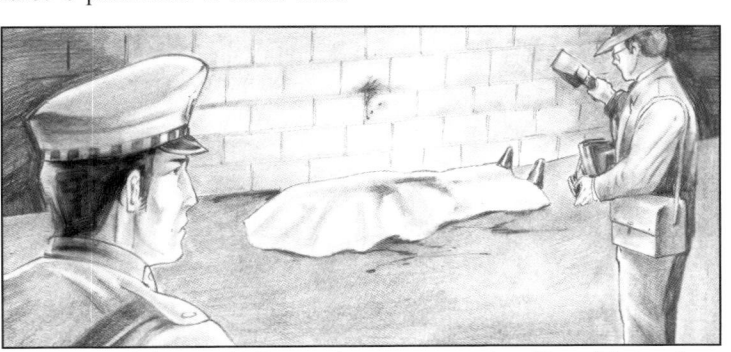

Leia mais detalhes em
www.loboalpha.com.br

Lausanne, na Suíça, em 1940, na noite em que uma das vítimas foi atacada

Internacional

Jornalista morre mutilado por animais selvagens em NY

O jornalista Roger Alonso, 52 anos, foi encontrado morto ontem, às 23h25, em seu apartamento de cobertura em Nova York. Os sinais de mutilação do corpo indicam que a vítima pode ter sido atacada por algum animal selvagem, de acordo com informações da polícia.

O namorado de Alonso, o publicitário Peter Hamilton, 27 anos, encontrou o corpo do jornalista ao retornar de um evento para uma das empresas clientes da agência de publicidade para a qual trabalha.

Premiado com o Pulitzer há dois anos, Alonso trabalhou em jornais como *The Washington Post* e atuou como correspondente para a CNN durante os conflitos na Bósnia e no Oriente Médio.

Considerado um profissional sério e respeitado, Alonso provocou polêmica ao publicar, no mês passado, uma reportagem sobre a possível existência de bestas humanas, seres, segundo ele, "dotados de força descomunal, apetite por carne humana e a aparência comum de pessoas como você e eu".

A polícia ainda não divulgou detalhes sobre a morte do jornalista. De acordo com uma fonte policial, Alonso teria sido devorado vivo, assassinado da mesma forma que as outras vítimas dos crimes bárbaros que investigava. Entre eles, dois casos ocorridos no último dia 12, em Hong Kong.

Alonso atuou como correspondente na Bósnia e no Oriente Médio

Do cadáver

Encontrado em decúbito-ventral, o cadáver de um homem, semidespido, de cor branca, identificado posteriormente como Roger Alonso, com 52 anos de idade, pela sua arcada dentária.

Inspecionado minuciosamente o corpo da vítima, no próprio local e no necrotério, constataram-se mutilações generalizadas e evisceração parcial, bem como ferimentos generalizados, incisos e perfuro-incisos, abrangendo as regiões: dorsal direita, glútea direita, parte anterior do pescoço, facial esquerda e direita, toráxica, abdominal, pubiana, coxa esquerda, braço e antebraço esquerdos.

Esses ferimentos se apresentam grandes e de características indefinidas, circundados por áreas de equimoses de colorido róseo e violáceo.

A face da vítima achava-se destituída do respectivo nariz e globo ocular esquerdo. Eram visíveis ainda nessa região ferimentos característicos daqueles produzidos por dentes, porém identificados como não humanos.

O maxilar da vítima achava-se parcialmente destruído, impossibilitando seu reconhecimento facial. Embaixo das unhas e entre os dedos da vítima foram encontrados pêlos, reconhecidos como não humanos.

Junto ao corpo, foram encontrados seus sapatos, sua pasta de trabalho e um vaso quebrado. Não foram encontradas nenhumas digitais diferentes das digitais dos moradores da residência e também nenhuma pegada.

Dra. Itamara Mendonça

CONFIDENCIAL

Gillian Korshac engoliu a vontade de chorar, a raiva, a frustração, o ímpeto de estrangular a chefia. Sua investigação particular sobre a morte de Roger Alonso, por conta de "ordens superiores", nas palavras de seu chefe, seria arquivada.

Ironicamente, Roger também terminara como as vítimas que investigava. Gillian espiou mais uma vez a pasta com recortes de jornais e revistas, o relatório da perícia... Como aquilo tudo poderia ser simplesmente arquivado? Só porque alguém graúdo, dentro do governo, exigia isso? As provas estavam ali, provas que Roger reunira pacientemente desde que a jovem Fang Yu fora assassinada com um bebê, dezoito anos antes. Na época, Roger trabalhava para uma TV local, no Canadá, e ficara impressionado com a brutalidade do crime que, de acordo com o legista, jamais poderia ter sido cometido por humanos. Então, o jornalista começara a pesquisar outros crimes semelhantes em épocas distintas, ouvira dezenas de especialistas e montara um dossiê impecável ao longo dos anos. A novata agente Gillian, uma amiga do namorado dele, Peter, fora fundamental para lhe trazer provas confidenciais, que escavou com cuidado e em segredo nos vastos arquivos do FBI.

Apesar da excelente reputação profissional de Roger, a reportagem exclusiva fora considerada um golpe de marketing para levantar as vendas da revista *Times News*. O jornalista recebera ataques furiosos de todos os lados, como ele já esperava.

— Há muito mais nisso do que a gente imaginava, Gil — dissera-lhe Roger, horas antes de ser assassinado, ao telefonar para a amiga e fonte, em Washington. — Cutuquei gente poderosa... Gente que está fazendo de tudo para me ridicularizar, para abafar o caso...

Roger, agora, estava morto. E Gillian, que tentara levar as investigações adiante, recebera um belo sinal vermelho.

— Ninguém acredita nessa baboseira de bestas humanas! — rira o chefe, ignorando os sinais gritantes de verdade no caso. — Quem você pensa que é? A Scully, do *Arquivo X*?

A novata forçara uma risada também. Claro, chefes estão sempre certos! Minutos depois, trancada em sua sala, Gillian traçou sua estratégia. Pegaria férias, as mesmas que adiava há tempo demais, e visitaria Peter, em Nova York. Roger Alonso havia deixado para ela o dossiê com informações muito mais completas do que publicara na revista.

CAPÍTULO 4
Criatura

Todo mundo só falava da reportagem publicada pela *Times News*, uma revista de tiragem pequena, mas de circulação nacional. A edição vendera absurdamente bem e rendera matérias em outros veículos, inclusive fora dos Estados Unidos. O mistério das mortes teoricamente provocadas por bestas humanas provocara pânico e, a seguir, comentários irônicos e descrentes. Aparecera muita gente para atacar a veracidade das denúncias de Roger Alonso, inclusive autoridades policiais. A tendência, apesar do assassinato recente do jornalista, era o assunto cair no esquecimento. Talvez ganhasse livros e sites na internet, recheados de boatos e supostas denúncias, como acontecera com o acidente em Roswell — onde uma nave alienígena teria caído em 1947 — e outros tantos mistérios inexplicáveis. Amy vira uma notinha no site *Ain't It Cool News* sobre um grande estúdio de Hollywood que procurara Peter Hamilton, o namorado de Roger, para comprar os direitos da história. E o ator Johnny Depp estava cotado para o papel do jornalista assassinado num possível filme dirigido por Michael Moore...

Amy leu várias vezes a reportagem de Roger, publicada há mais de um mês — dias após a morte de Fang Lei, em Hong Kong. Havia ainda referências à filha dele, Yu, e a um bebê sequestrado, Dave Stolt, por muito tempo considerado filho da própria Yu. Já o magnata citado na revista, Denis De Vallance... Amy tinha certeza de que *ele* era o famoso Alpha, Wulfmayer, o lobo que teria todas as respostas que procurava. Para confirmar a hipótese, a garota pesquisou tudo o que podia sobre De Vallance na internet e... *voilà*! Além de fornecer tecnologia de armamentos para o governo americano, a empresa dele, a Symbols, ligada a inúmeras outras pelo mundo, sustentava ninguém menos que a ONG Speranza!

Aquele mês de novembro, em Keene, estava mais frio do que se esperava. As pessoas pareciam mais tristes, mais isoladas umas das outras. Ou talvez Amy apenas se sentisse diferente do restante da humanidade. Como Hugo prometera, a garota havia recebido um passaporte falso e uma passagem aérea de volta para casa. E o amigo de Wolfang ainda a dispensara de reembolsá-lo por qualquer despesa.

— Se você quiser me retribuir, ajude outra pessoa — disse o velhinho, com um sorriso gentil. — É assim que funciona a corrente da vida...

Era estranho retornar à velha rotina. Apesar da felicidade dos pais adotivos em reencontrá-la, Amy não conseguia mais ser a pessoa de antes. Contara tudo a Ken e a Alice, sem esquecer detalhe algum, nem a estranha morte que experimentara. Nenhum dos dois parecera chocado com a história. Ficaram preocupados, aflitos com o futuro da menina se o Clã descobrisse que ela sobrevivera, mas, em nenhum momento, haviam deixado de acreditar na história bizarra que ela narrava. Bom, os Meade acreditavam firmemente em discos voadores, na existência de Atlântida, nos mistérios do Triângulo das Bermudas, na fuga de Hitler para a América do Sul após a Segunda Guerra, em viagens no tempo, no monstro do lago Ness, em vida após a morte e, claro, em espíritos que viviam nos minerais, nas plantas, nas florestas e nos animais. Aceitar que a filha virava minhoca não era tão impossível assim...

A dúvida sobre que animal habitava agora a essência de Amy Meade a atormentava. Hugo estava certo. Ela não era uma minhoca. O que era, então? Lobo também? Era óbvio que não havia se transformado! Wolfang e os outros tinham consciência da mutação e total controle sobre ela. A garota apenas apagara... ou melhor, morrera.

Ao sair da Biblioteca Pública da pequena cidade do estado de New Hampshire, a garota esbarrou em um rapaz um pouco mais velho do que ela. Muito constrangido, ele pediu desculpas num inglês carregado por um sotaque forte e tentou entrar no local, mas Amy o segurou pelo cotovelo.

— Que cheiro é esse? — perguntou, muito séria. Acabara de reconhecer o perfume que Wolfang também usava.

O rapaz demorou alguns segundos para entender a pergunta, espantado pela postura da garota.

— Cheiro? — repetiu ele, confuso.

— Você é brasileiro?

— Sou...

— E mora aqui, em Keene? É algum imigrante ilegal?

Agora o rapaz estava assustado. Tentou, sem sucesso, se livrar das mãos fortes que o prendiam.

— Você fala... do meu perfume?

— Isso! É um perfume brasileiro, não é?

— É um desodorante...

— Desodorante?!

— É... O nome é Sr. N, da Natura... Será que dá pra me soltar?

Amy o dispensou, com a mente e o coração muito longe de onde estava. Não podia mais adiar uma decisão.

A casa dos Meade ficava a dez minutos de carro do centro de Keene. Amy, no entanto, estava a pé. De qualquer forma, preferia andar, ter tempo para ordenar os pensamentos enquanto passava pelas ruas da cidade e seus prédios de dois e três andares. Sempre vivera naquele mundo charmoso, localizado em um vale, a duas horas de viagem da praia mais próxima.

Após deixar a biblioteca, Amy circulou pela praça principal e seu coreto, próxima à prefeitura, e parou na Jean´s Pastry para comprar dois deliciosos donuts. Sua nova condição de criatura a jogara numa vida de eterna esfomeada! Por sorte, ainda não engordara um grama a mais. Da doceria, ela desceu a West Street e tomou a direção do parque Ashuelot. Atravessar aquela reconfortante área coberta de vegetação lhe traria paz de espírito. Ou não. A garota devorou os doces, completamente alheia à nova e bucólica paisagem. O sol abandonava a tarde aos poucos.

Na verdade, não havia uma decisão a ser tomada. Amy só deveria convencer seus pais a deixá-la viajar sozinha para o Brasil.

Se o exterminador do futuro havia encontrado o endereço de Sarah Connor através da lista telefônica, Amy também conseguiria descobrir onde Wolfang morava! Tudo bem, a vida não era um filme, mas valia a pena tentar. Sem entender uma palavra de português, a garota desembarcou no aeroporto de Cumbica, no Brasil, e tomou um táxi para a cidade em que o lobo branco devia se esconder sob o nome de Sergio Moura. Arrumou uma lista telefônica e, com a cumplicidade do taxista de meia-idade que se comunicava com ela por sinais — ele não entendia nada de inglês! —, visitou todos os Sergios Moura existentes em Santos.

O dono da primeira entrada do nome na lista telefônica já tinha morrido. Amy teve muita dificuldade para explicar à viúva enciumada (e nada poliglota!) que aquele não era exatamente o Sergio que procurava... A segunda entrada pertencia a um rapaz tímido e simpático, um jornalista que trabalhava num jornal local como diagramador. O jeito era pular para a terceira entrada do nome na lista, um senhor aposentado que morava próximo à praia. O táxi seguiu, então, para o outro extremo da orla, direto para o endereço do quarto e último Sergio Moura da lista. Infelizmente, não passava de um adolescente no primeiro ano do curso de Medicina, que estava há poucos meses na cidade. Wolfang não usava em Santos o mesmo nome que constava de seu passaporte.

— E agora? — perguntou Amy, desolada, ao reencontrar o taxista que a esperava em pé, junto ao carro que parara próximo ao calçadão de cimento. Acabara de tocar o interfone do prédio do último Sergio, no outro lado da avenida da praia. Era o único da lista com quem pudera conversar em inglês.

O taxista não entendeu a pergunta e nem precisava. Sabia perfeitamente o significado. A garota americana viera de tão longe por nada. Ele fez uma careta, preocupado, e olhou para o mar, que quase tocava a mureta do calçadão naquele trecho da orla, à procura de alguma ideia para ajudar a pobre turista infeliz. Amy preferiu fitar a areia que nascia no ponto exato em que haviam parado e se estendia para longe como praia, do mesmo jeito que o calçadão estreito que se expandia para virar um gigantesco jardim. "E agora?"

Santos mostrava um dia quente, ensolarado, um final de manhã que lotava a praia. Era domingo. Naquela ponta de praia, um trecho do mar fora reservado para jet-ski, preservando os banhistas. Na areia, pessoas tomavam sol, passeavam, um pai jogava bola com dois meninos. Um ambulante vendia água de coco. Um rapaz sem camisa, apenas de short e tênis, passou pelo ambulante, numa corrida cadenciada, sem velocidade, parte de alguma rotina de condicionamento físico. Estava suado, um boné cobria seus cabelos castanhos, um par de óculos escondia o rosto charmoso...

— Marco?!!! — reconheceu Amy, eufórica.

Wolfang a viu naquele minuto. Ele diminuiu o ritmo da corrida até parar a quase três metros de distância. A garota voou para abraçá-lo, mas parou a centímetros do rapaz, sem coragem de ir em frente. Wolfang não se mexia, como se não acreditasse nos próprios olhos.

— Você tem telefone? — perguntou Amy.

Ao ouvir a voz feminina, ele estremeceu. Apenas assentiu com um movimento de cabeça.

— E que nome você colocou na lista telefônica?

— O meu... — disse Wolfang, num tom quase inaudível.

— Marco Agostini?!

Ele novamente assentiu, retomando o silêncio.

— Que óbvio, não? — riu a jovem. — E eu atrás de todos os Sergios Moura que moram em Santos!

O rapaz continuava imóvel, sem se manifestar. Guiada pelo instinto, Amy avaliou o corpo masculino exposto diante dela, o visual mais do que valorizado pelos músculos bem definidos, o bronzeado, o short curto, pernas deliciosas que via ao natural pela primeira vez. À esquerda da barriga enxuta, sem qualquer sinal de flacidez ou gordura, havia a tatuagem de um dragão chinês que seguia pela lateral do corpo por alguns centímetros, uns quinze, talvez. O triângulo em vermelho, a marca da criatura, estava onde deveria estar: no ombro.

Duas mulheres bonitas, com biquínis minúsculos, caminhavam próximo aos dois e entortaram o pescoço para não perder de vista o rapaz alto e sedutor que nem notou o quase assédio. Elas riram e cochicharam entre si ao sentirem o olhar furioso de Amy.

A americana estava cada vez menos à vontade em suas roupas pesadas, adequadas somente ao frio que deixara para trás: calça comprida, botas e uma blusa grossa, de manga longa. A jaqueta e o agasalho de lã estavam no táxi.

— Você mora aqui perto? — quis saber Amy, ainda irritada.

Wolfang apontou para um prédio branco e próximo, do outro lado da avenida, uma construção de três andares que se destacava da maioria dos prédios da orla, quase todos entre 15 e 20 andares. A garota já podia dispensar o taxista, que assistia à cena com satisfação. O tal Sergio Moura fora encontrado.

O lobo branco finalmente se moveu. Num gesto rápido, ele secou o queixo com as costas da mão direita e se virou para atravessar a avenida.

— Venha! — disse, ríspido.

Não se livrara de gotas de suor, mas das lágrimas inconvenientes que denunciavam a emoção em rever a garota curiosa. Esta mal teve tempo de pagar o taxista, colocar a jaqueta e o agasalho debaixo do braço, pegar o mochilão em que carregava suas coisas e correr atrás do homem que a sorte lhe entregara.

O apartamento de Wolfang era pequeno, de um quarto apenas, e exibia um mínimo de móveis. Na sala, uma estante imensa guardava centenas de CDs, antigos discos de vinil, livros e pastas. Havia uma TV grande e um DVD ao lado de um antiquado aparelho de som. De resto, o aposento tinha um sofá espaçoso e uma mesa para desenhista, com prancheta e dezenas de lápis, pincéis e potes de tinta, junto a uma bancada com computador, impressora e scanner. Amy espiou o quarto, com sua cama de casal e guarda-roupa, largou a bagagem no sofá e foi para a cozinha apertada. Sem convite, ela abriu a geladeira cheia de comida e optou por um pacote de biscoitos de aveia.

— Quem cuida do apartamento pra você? — perguntou a garota, com a boca cheia.

— A esposa do zelador vem duas vezes por semana — disse o rapaz, parado em pé no centro da sala.

— Ela também cozinha?

— É. E deixa os pratos prontos. É só esquentar...

— Você sabe cozinhar?

— Não.

Amy retornou à sala, direto para a prancheta. Alguns dos desenhos de Wolfang estavam espalhados sobre a superfície de madeira.

— Você faz histórias em quadrinhos? — constatou, admirada. Uma das folhas trazia o esboço de uma página de HQ, o trecho de uma aventura com um super-herói mutante.

— É o meu trabalho.

— Você trabalha para alguma editora americana?

— Já desenhei para todas nestas últimas décadas.

— E você... hum... é famoso?

— É. Digo, meu pseudônimo é famoso.

— Como assim?

— Eu tenho um agente em Nova York e mando meus trabalhos para ele, que encaminha para as editoras. Não posso aparecer.

— Ninguém acreditaria em um desenhista famoso, na área sei lá há quantas décadas...

— Quase cinco.

— Ninguém acreditaria em um desenhista que trabalha há quase cinquenta anos, mas que tem a aparência de um rapaz de trinta!

— Seria... estranho. Prefiro me manter anônimo.

Amy abandonou o pacote de biscoitos ao lado do computador e apoiou as mãos sobre os quadris. Iria tocar no assunto mais importante daquele encontro.

— A Tayra também mora aqui?

Wolfang a encarou, surpreso, antes de esboçar um sorriso.

— Moro sozinho.

— Mas ela vem sempre aqui, não é?

— Não vem mais.

— Por quê? Vocês brigaram?

— Não é da sua conta, menina.

Amy estreitou os olhos, fervendo de raiva. Custava ele dizer a verdade? A garota tivera um trabalho imenso para convencer os pais a deixá-la viajar sozinha, gastara na passagem aérea parte do dinheiro reservado para pagar a universidade que pretendia cursar no ano seguinte, atravessara o continente apenas para conversar com ele! Também queria saber mais sobre Wulfmayer, sem dúvida, só que isto não era importante naquele momento. Estavam falando da perigosa Tayra!

O lobo branco ligou um ventilador na sala e se dirigiu ao banheiro. O dia estava mesmo muito quente e as roupas de Amy pesavam cada vez mais. Ela precisava de um banho. Esperou alguns minutos, indecisa sobre o que fazer. *Ele a largara falando sozinha!*

Foi quando Wolfang retornou, com os cabelos molhados. Tomara um banho rápido e trocara o short por uma bermuda, além de colocar uma camiseta regata e um par de chinelos de tira.

— Também vou tomar banho! — resmungou Amy, entre dentes, ao passar por ele para se trancar no banheiro.

"Homens são todos idiotas!", gritou um pensamento, sem dar trégua para a razão. Como Wolfang podia gostar daquela pantera vulgar? Por que homens nunca pensavam com a cabeça? Eram guiados apenas pelo prazer?

Amy se livrou das roupas e mergulhou na ducha refrescante. Quase meia hora depois, resolveu sair. "Ai, esqueci de pegar uma roupa limpa... Droga!!!" A solução foi se enrolar na toalha e sair em busca do mochilão na sala. Quase tropeçou em Wolfang no caminho.

— Coloquei sua bagagem no quarto — disse ele. — À noite, você pode ficar com a cama que eu vou dormir no sof...

O lobo branco não completou a palavra. Como se confirmasse uma teoria, ele olhava atentamente para a marca que nascera há mais de um mês no ombro feminino.

— Acordei sem qualquer ferimento, oito dias depois que você me *abandonou* naquela cova! — disparou Amy, ainda com a imagem de Tayra entre eles.

— Eu não...

— Agora sou uma criatura! Como você, a babaca da Tayra e o Hugo!

— Você falou com o Hugo?!

— Quem você acha que me ajudou a voltar pra minha casa? O Marco Agostini é que não foi!

O ataque injusto provocou a reação que a garota não desejava. O lobo branco desviou o rosto e decidiu se afastar da garota parada a dois passos dele. Voltaria a se isolar em si, manter infinitamente o silêncio irritante.

Amy mordeu os lábios, arrependida por magoá-lo. Sentiu o peso suave do crucifixo no pescoço, preso à correntinha que se tornara uma extensão da garota. Viera de tão longe para brigar com o homem que lutara tanto para salvá-la? Claro que viajara para saber mais sobre as criaturas, para falar sobre o tal Alpha... e para roubar Marco Agostini das garras de Tayra! Era preciso agir rápido.

A garota curiosa não permitiu que o rapaz escapasse. Esticou os braços para amarrá-lo contra si, puxá-lo para o beijo que esperava ganhar, já na ponta dos pés. Sentiu o perfume dele... Wolfang tentou resistir, lutar contra a atração que ele agora não disfarçava. Os lábios dele tocaram com hesitação os lábios femininos. Amy se livrou da toalha e apostou tudo. "*Eu vou conquistar você, Marco Agostini!*"

Wolfang nunca experimentara tanta doçura. Não havia a voracidade egoísta de Tayra, sempre interessada apenas nela mesma, sem demonstrar qualquer manifestação de carinho, de afeto. Amy se importava. Naquela tarde ensolarada, o rapaz solitário conheceu o amor que podia despertar numa mulher, o momento de realmente partilhar um ato único, especial, a verdadeira troca, sem fingimento, a entrega total e cativante. Existia o prazer do corpo, mas também a ternura do coração, a sensibilidade do espírito. Amy se revelava por inteiro para envolver o lobo branco que não sabia amar.

O lado conservador de Wolfang estranhou o fato de não ser o primeiro homem para a jovem de 18 anos. Ela era experiente, sábia, segura de si. Para ele, no entanto, soava como uma primeira vez, como se tudo o que soubesse sobre mulheres não passasse de um engano, um conhecimento falso e ilusório. Sua relação com Tayra nunca avançara do estágio de pura satisfação de uma necessidade física. Jamais houvera um relacionamento, sequer um namoro. Existia apenas o encontro casual de desconhecidos que compartilham uma cama algumas vezes ao ano.

Com Amy, a menina que o surpreendera ao voltar da morte... Ela o fazia se sentir vivo, parte integrante de um todo, de um processo maior, como se o reconectasse a algo que ele havia perdido em algum momento do passado. Talvez... talvez não precisasse mais fugir, não tivesse mais que se esconder. Ele não era mais o menino assustado que se refugiava nas ruínas provocadas pela guerra.

Já era noite quando os dois resolveram se vestir e deixar o quarto para jantar. Wolfang esquentou no microondas dois pratos de lasanha ao molho branco, abriu uma garrafa de vinho e pôs a mesa para a garota que o observava, divertida.

— Que foi? — perguntou ele, constrangido.

— Como um lobo pode ser vegetariano?

— Sendo, ora!

— Você não come nem uma lasquinha de bacon?

— Não.

— E como pretende aprender a lidar com seu lado animal se você nem tenta enfrentá-lo?

— Eu o ignoro. É melhor assim.

— Quem disse?

— Eu disse! Agora fique quieta e coma!

O rapaz se sentou na cadeira e pegou o garfo para espetá-lo na refeição. Amy, já acomodada à mesa, diante dele, sorriu.

— Ter um lado animal não pode ser tão ruim assim. Deve ter algo bom que possa ser aproveitado e...

— Não tem.

— Quem disse?

— Ninguém disse. Eu sei.

— Você pode estar errado. Os outros lobos exploram este lado, ganham mais força e...

— Comem gente! Matam, destroçam...

— Estupram... Eu sei. Deve ser doloroso pra você conviver com Blöter depois do que ele fez com sua mãe...

Um calafrio gelado percorreu o corpo do rapaz. Sem perceber, ele soltou o talher, que bateu na mesa para despencar direto no chão.

— *Quem...?* — murmurou ele, com esforço.

— Blöter. Você não se lembra?

Wolfang não conseguiu falar. Não se lembrava, não queria lembrar, nunca pudera lembrar. *Blöter???*

— Ele vestia um uniforme nazista — continuou a garota, apreensiva com a palidez no rosto do rapaz. — E havia outro sujeito com ele, um soldado norte-americano. Mas não vi quem era.

— Como você...?

— Sei disso? Porque vi tudo no meu sonho! Tenho pesadelos com coisas reais desde criança... Sonhei com aquele encontro no beco, em Hong Kong, umas duzentas vezes! E sempre acordava quando as três criaturas pulavam em cima de mim... Quer dizer, eu não imaginava que você fosse me salvar. Também nunca sonhei com este meu lance de ser uma criatura. Em que bicho você acha que me transformei? Não me lembro!

A estratégia para mudar de assunto não funcionou. Wolfang se ergueu, um pouco zonzo, e rumou para a prancheta, na sala. Precisava desenhar, precisava fugir daquele inferno. Não estava mais em Roma. O lápis em sua mão começou a rabiscar nervosamente, sem orientação, sem sentimento. O rapaz buscou a concentração, o desligamento que sempre o conduzia para um mundo irreal, onde ele podia decidir o rumo dos personagens, os traços, a personalidade, onde tinha poder de vida e de morte sobre eles. Não contara a Amy que, além de desenhar, ele também criava histórias. E apenas elas bastavam para tornar sua vida agradável e menos solitária. Elas preenchiam o vazio doloroso que o mundo real produzia. Desenhar não era apenas um prazer. Era o ópio que amortecia suas reações, o portal para a fuga mais ágil e eficiente.

— Desenhe pra mim a sua infância — pediu Amy após carregar a cadeira da cozinha para se sentar à direita da prancheta.

— Não dá.

— Dá sim. Do que você brincava quando era pequeno?

Wolfang respirou fundo. Sim, havia lembranças boas... Por que não desenhá-las? Ele pegou uma nova folha e apontou o lápis enquanto Amy retornava à cozinha para trazer o prato de lasanha que pretendia devorar em minutos.

Wolfang desenhava com rapidez. Amy acompanhou cada traço, atenta às reações dele. Estava em terreno perigoso, remexendo em fatos que obviamente sua memória bloqueara para ele continuar sobrevivendo. O primeiro quadro nasceu para mostrar um grupo de meninos que jogava bola nas ruas de uma cidade de torres medievais. A letra bonita registrou a época: Itália, Segunda Guerra Mundial. A cena retratava um momento feliz do garotinho que Amy conhecera em sonho. Já a seguinte trazia uma ameaça, um avião nazista que sobrevoava o mundo perfeito. Os desenhos continuaram a aparecer, febris. Eram esboços sem acabamento, como se o autor não desejasse perder tempo e nem esquecer a ideia seguinte. Nazistas invadem a cidade, há uma explosão, o mundo mergulha na escuridão. Caos. Na página seguinte, surge a mãe que Marco perderia. Uma jovem morena com a beleza que ele herdara, a garota que Amy vira sofrendo nas mãos dos soldados. Os novos quadros ganham sombras terríveis, sufocantes. Ruínas. Medo, pânico. Mãe e filho tentam fugir. A criança leva um soco, sofre. A mãe será atacada.

Nesse instante, uma lágrima caiu sobre a folha, uma lágrima silenciosa do Wolfang real, o desenhista que finalmente suspendeu o lápis. A lasanha que Amy desejava comer continuava no prato, intocada e fria.

— Não posso mais desenhar isso — disse o rapaz. — Desculpe.

Ele abandonou a prancheta. Deu alguns passos e parou, vulnerável e perdido, sem notar as lágrimas que escorriam de seus olhos azuis.

— Peraí! — decidiu Amy, num pulo para alcançá-lo.

O prato, em seu colo, foi arremessado sem querer para longe. Um impacto o quebrou em três pedaços, espalhando molho branco e massa no piso de madeira. O barulho do desastre pareceu despertar Wolfang.

— Não se preocupe, eu vou limpar tudinho! — garantiu a jovem, sem hesitar em abraçá-lo. Nunca mais permitiria que ele se fechasse na própria solidão.

Assim que os braços o tocaram, o lobo branco relaxou o corpo tenso, como se ansiasse pelo apoio que, na prática, evitava. Gentilmente, Amy puxou o rosto dele para perto do seu e o cobriu de beijinhos brincalhões até que o rapaz exibisse um sorriso, apesar de tímido.

— Que tal um pouco de TV? — sugeriu ela. — Li numa revista que o Brasil é o país das novelas... É verdade?

O ódio pode ser um sentimento cultivado dia após dia, alimentado com força e dedicação. Mas ele também pode brotar do nada em segundos se encontrar um terreno fértil no ciúme e na humilhação. E Tayra estava ressentida, triste, revoltada. Perdia o que jamais conseguira conquistar de verdade. E agora *ele* dedicava o sorriso bonito a outra, tocava um corpo que não era o *dela*! Wolfang traía a antiga amante... Trocava-a por uma garotinha imbecil e vulgar!

Tayra afundou os pés descalços na areia da praia, iluminada pelas luzes do jardim e pela noite cheia de estrelas. Adiante, alguns rapazes jogavam futebol. Um casal idoso caminhava de mãos dadas próximo ao mar, seguido por uma menininha que arrastava uma boneca maior do que ela. O prédio branco de Wolfang estava perdido no meio de outros prédios bem mais altos do que ele, distante cerca de dois quilômetros de onde Tayra estava. O faro do lobo branco não chegava tão longe. Além disso, ele estava entretido demais com o novo brinquedinho para reparar na proximidade da pantera negra que o vigiava há dias sem que desconfiasse.

Era irônico. Wulfmayer contratara dois humanos idiotas para raptar e dopar a filha, achando que isso a colocaria a salvo das garras de Anisa. Lobo estúpido! Não contentes em apenas falhar na missão, os humanos haviam armado um imenso caos na Piazza di Spagna. Só então o Alpha concordara com o preço exorbitante exigido por Tayra para proteger a herdeira. Apesar de sua eficiência, a pantera não chegara a tempo ao parque de diversões e, portanto, ficara sem o pagamento.

Era realmente irônico. A volta da defunta exigia um ato acima de qualquer lance que Wulfmayer pudesse oferecer. Nenhum valor exorbitante seria capaz de impedir que a invencível pantera negra executasse até o fim o que Blöter não conseguira. Amy Meade teria a morte definitiva para encerrar a curta existência como criatura. E ninguém poderia depois remendar seus pedaços.

Capítulo 5
Lembranças

O Brasil não exibia novelas aos domingos. Amy se contentou com um tradicional programa de notícias e variedades, o Fantástico. Wolfang, ao lado dela no sofá, lia com atenção um livro de Dean Koontz, *Lágrimas do dragão*. Como ele conseguia ficar tanto tempo sem abrir a boca?

Entediada, a garota se levantou, desligou a TV e foi fuçar a estante cheia de livros e CDs. O gosto musical do lobo era bem eclético, com espaço para todos os tipos de ritmos.

— Charlie Brown Jr... — leu Amy ao pegar uma pilha de CDs. — É uma banda?

— Daqui, da cidade — respondeu o rapaz, sem tirar os olhos da página. — Caras muito bons. A formação antiga da banda, então, era perfeita.

— E... Edith Piaf?

— Uma deusa.

— Francesa?

— Hum-hum.

— Uma cantora bem antiga, né?

— Não muito... Me apaixonei por ela quando eu era adolescente...

— Sua adolescência foi há mais de 40 anos, Marco.

Wolfang olhou para a garota curiosa e sorriu antes de retomar a leitura.

— Elvis Presley, Frank Sinatra, Audioslave, Rolling Stones, Jota Quest, Green Day, Linkin Park e... — hesitou Amy. A língua portuguesa tinha uns acentos estranhos que não existiam em inglês. — Como você lê este nome?

— Legião Urbana — respondeu ele, após olhar para o CD que a jovem lhe mostrava. — O vocalista era um poeta incrível.

— Ele já morreu?

— Já. Uma grande perda.

Era hora de explorar os livros nas prateleiras. A garota pegou um volume, depois outro e mais outro. Havia publicações em inglês, italiano, francês, português, árabe, espanhol e chinês.

— Quantas línguas você fala, afinal?

— Algumas.

— Você é um cara muito inteligente. Eu mal sei o inglês.

— Não é inteligência. É necessidade.

Amy insistiu mais um pouco na conversa que Wolfang fazia questão de terminar. A história que Koontz escrevera não devia ser uma desculpa para evitar a garota real que exigia atenção. Com sua eterna cara de pau, Amy empurrou firmemente o livro para o lado e se sentou no colo do lobo branco, de frente para ele.

— Você não vai perguntar o que aconteceu comigo depois que saí daquela cova?

— Você foi procurar o Hugo, em Paris.

— Não quer saber os detalhes?

— Se você achar que é importante...

Importante ou não, Amy contou tudo. Até os argumentos que usara para convencer os pais a deixá-la partir sozinha para o Brasil.

— Que argumentos você usou?

— Na verdade, foi um só.

— Qual?

— Que amo você, Marco Agostini. Amo demais e precisava dizer isso olho no olho.

Wolfang prendeu o olhar no dela, emocionado, mas não beijou os lábios femininos para o final perfeito de uma cena de amor. Num gesto um tanto brusco, ele a tirou do colo para se levantar.

— E por que Wulfmayer teria tanto interesse em atrair você e seu pai para Roma?

— Para me matar! — respondeu ela, mal-humorada.

— Não. Acho que ele quis proteger você. Aqueles dois humanos na Piazza di Spagna... Eles queriam dopá-la, talvez para protegê-la e tirá-la do alcance de quem realmente queria matar você. Acho que trabalhavam para o Alpha.

— E quem queria me...?

— Blöter e Cannish seguiam ordens de Anisa.

— Anisa?

— A esposa do Alpha.

— E por que ela...?

— Nós temos que descobrir.

— Nós? Isto quer dizer que você vai comigo até a Inglaterra atrás desse tal de Dennis De Vallance...?

— Wulfmayer — corrigiu o lobo. — Ele me deve algumas respostas há muito tempo.

Amy torceu o nariz.

— Só por causa disso você vai me acompanhar? Apenas para encontrar respostas?

O rapaz se virou para ela, sem entender as dúvidas de uma mulher ainda insegura sobre o coração que não sabia se havia conquistado.

— E tentar proteger você — admitiu ele, desviando o rosto para a cozinha. — Mas não sou bom nisso e...

Ele não terminou a frase. Amy o abraçava naquele minuto difícil e o enchia de beijinhos como fizera antes. Bom, ela não teria a declaração de amor que esperava, mas, pelo menos, Wolfang não recusava o carinho que apenas não tinha ideia de como retribuir.

Na manhã seguinte, Amy pediu para conhecer a cidade de Santos. Wolfang, então, a levou ao Centro Histórico, com suas fachadas antigas e charmosas. Havia ainda o Outeiro de Santa Catarina — marco inicial da povoação —, as igrejas do Valongo e do Carmo e a Bolsa do Café, um local de belos vitrais e pinturas onde funcionara o ponto central da economia cafeeira na região, no início do século XX. Depois, Wolfang e Amy subiram de bondinho o Monte Serrat e se depararam com uma incrível visão da cidade, assessorada pelo dia claro. O calor excessivo da véspera resolvera não dar as caras, oferecendo a chance para uma brisa gostosa amenizar os efeitos do sol.

No meio da tarde, o lobo e a garota, mortos de fome, foram almoçar na área de alimentação do Praiamar Shopping, um dos centros de compras mais badalados de Santos. Como boa americana, Amy optou por um gigantesco hambúrguer e uma porção extra de fritas. Wolfang continuou respeitando a linha vegetariana e preferiu investir em dois tipos de saladas. A praça de alimentação vivia uma típica segunda-feira à tarde, com pouca circulação de pessoas. Havia inúmeras mesas disponíveis. O casal escolheu um lugar próximo à entrada das salas de cinema, do lado oposto ao McDonald's e, portanto, longe das crianças que sempre invadiam a lanchonete.

— Você não vai sentir fome mais tarde? — perguntou a garota, de boca cheia.

— Não.

— Podemos tomar sorvete depois... O que você acha de uma taça enooorme? Hum, este lance de ser criatura mexeu mesmo com meu apetite!

Como era possível aquela menina tão frágil e pequena devorar tanta comida? E ela falava muito também, incapaz de passar qualquer minuto em silêncio. Para Wolfang, era estranho se sentir obrigado a conversar a todo instante. Não estava acostumado. De certa forma, nunca recebera tanta atenção, nunca haviam se preocupado tanto com ele desde que perdera sua família. E a sensação de estar perdido no meio do amontoado de palavras que a garota disparava como uma metralhadora não era ruim. Pelo contrário, transmitia carinho e segurança. E lhe fazia um bem imenso.

Amy contava algum fato engraçado que acontecera com ela durante a infância. Wolfang tentou ouvir as palavras, mas não conseguiu encontrar concentração suficiente. Agora entendia porque as mulheres sempre se queixam que os homens não ouvem realmente o que elas dizem...

As palavras da garota se uniram ao ruído de um grupo barulhento de adolescentes que chegava para a próxima sessão de cinema. As vozes se misturavam, se confundiam. Adiante, um menininho brincava com um punhado de lápis de cor que espalhara sobre a mesa que ocupava com a mãe. Pacientemente, a mulher — uma jovem morena, um pouco mais velha do que Amy — tentava fazer com que ele comesse algumas batatas fritas. O menino mordia uma batata e logo perdia o interesse para empilhar os lápis pela décima vez. O pai chegou naquele minuto, trazendo uma folha em branco. A criança se pendurou no pescoço dele, alegre, antes de pegar a folha e começar a desenhar.

— Um homem me tirou de lá... — murmurou Wolfang, em italiano.

— Aí minha amiga se virou e... hum, o que você disse? — perguntou Amy, sem entender o idioma.

— Depois que os soldados... depois que eles abusaram da minha mãe... — continuou o rapaz, agora em inglês. A dor que as lembranças provocavam o impedia de recordar rostos, detalhes. Havia apenas vultos e os gritos de uma mulher desesperada. — Os soldados, sabe, eles... eles não eram humanos...

— Eram lobos. Você só conseguiu se lembrar agora?

Wolfang assentiu, sufocando com dificuldade a emoção.

— Depois que eles abusaram dela... — retomou ele, a voz sumindo aos poucos. — Eles... eles...

— Eles se transformaram em lobos?

— Foi.

— E então? O que aconteceu?

Era uma pergunta difícil, mas a garota não hesitara em fazê-la. Wolfang respirou fundo, as lágrimas silenciosas surgindo em seus olhos... Não podia fugir mais.

— Eu vi... eu vi muito sangue. Eles mordiam...

Amy apertou com firmeza as mãos do rapaz. Ele tremia.

— Havia focinhos e dentes afiados... eles rasgaram o corpo da minha mãe...

— E você assistiu a tudo?

— Não... Eu vi quando começaram e... Alguém disse que eu não devia assistir àquilo e me tirou de lá.

— Um terceiro soldado?

— Não sei se era soldado. Era um homem. Ele me pegou no colo e me levou para a rua. Me mostrou as estrelas e falou que minha mãe ia ser uma delas... Que toda noite ela tomaria conta de mim, lá do céu. E falou que Deus a protegeria...

— Você sabe quem é esse homem?

— Não. Mas...

— Mas...?

— Ele tomou conta de mim depois. Avisou aos outros soldados que me levaria para a Inglaterra...

— Ele falou isso para os soldados que atacaram sua mãe?

— É.

— E ele levou você para lá?

— Hum-hum. E me deu uns biscoitos para comer e...

— E...?

Wolfang mordeu os lábios e deixou de acompanhar a família feliz que tomava lanche para encarar o rosto sério de Amy.

— Foi ele quem colocou no meu pescoço a correntinha com o crucifixo...

— Esta que você me deu?

— Sim. Era da minha mãe. E ele falou... falou que Deus nunca me abandonaria. Amy, por que nunca me lembrei disso antes?

— Você bloqueou isso, para se proteger.

— Sei que Wulfmayer me levou para o castelo dele, que me mostrou para Anisa...

— O Alpha era o terceiro homem? Foi ele quem salvou você?

— Blöter era um dos homens que mataram minha mãe... Você o viu no sonho, não foi?

— E quem era o outro? Cannish?

O rapaz não conseguia se lembrar de mais nada. De forma abrupta, ele retirou as mãos que Amy ainda segurava e cruzou os braços.

— Você ficou morando com eles? — perguntou a garota.

— Não. Wulfmayer me mandou para um colégio interno nos Estados Unidos.

— E ele cuidou de você?

— Ele pagou meus estudos até que terminei a faculdade, em Paris. Depois disso, não aceitei mais o dinheiro. Tentei pagar tudo o que o Alpha tinha investido em mim, mas ele não aceitou.

— Vocês dois se dão bem?

— Eu me afastei do Clã. Nunca fomos amigos.

Wolfang mergulhou em um novo silêncio. Não queria mais falar do passado, de nenhuma parte dele, na verdade. Amy se levantou da cadeira e, num gesto brincalhão, o abraçou pelas costas.

— Vamos tomar sorvete... — sussurrou ela, junto ao ouvido do rapaz. — Adivinha...? Estou morrendo de fome!

Wolfang mal tocou o sorvete, que derreteu rapidamente enquanto ele mantinha os pensamentos em algum lugar distante. Amy tomou o conteúdo da taça imensa que pedira e decidiu respeitar o silêncio do rapaz. De alguma forma, ela o levara a desencadear um processo de redescobertas dolorosas. Não tinha certeza se isto era o melhor para ele.

— Eu amo você, tá? — disse a garota, apertando a mão masculina contra a sua.

— Tayra está por perto — murmurou o lobo, sem perceber o toque.

— *Hum?*

— E há mais alguém nos vigiando...

— Vigiando???

— Uma mulher... Ela nos segue desde cedo.

— Outra namorada? — retrucou Amy, sem esconder o ciúme.

— Quem...?! — perguntou Wolfang, ainda distraído. De repente, suas bochechas ficaram vermelhas. — Não, nenhuma namorada...

— Quem, então?

— Uma humana. Alguém seguiu você até aqui?

— Você quer dizer... dos Estados Unidos até aqui?

— É.

— E por que alguém me seguiria? Para me matar? Você acha que essa tal de Anisa...?

— Tayra... — cortou Wolfang.

Amy se virou para a direção que o queixo do rapaz indicava. A pantera negra, deslumbrante num minivestido amarelo, caminhava até eles sem qualquer pressa. Ao se aproximar da mesa, curvou-se para roçar os lábios dela contra os de Wolfang, que não reagiu, e depois se sentou à direita de Amy.

— Belo dia, não? — disse Tayra, com uma ponta de tédio.

Amy apertou ainda mais a mão do rapaz. Não desgrudaria dele por nada no mundo!

— Quem é a humana que está seguindo vocês? — perguntou a pantera, dirigindo-se a Wolfang.

— Ela não é daqui — respondeu ele. — Parece que é...

— Sim, ela é americana. Acho que veio seguindo esta criança até Santos — continuou Tayra, com um olhar rápido para Amy.

"Não sou criança!", retrucou um pensamento furioso da garota.

— O que você sabe? — perguntou Wolfang, nem um pouco preocupado em defender Amy das palavras venenosas da pantera. Chateada, Amy largou a mão do rapaz. Talvez ele também a considerasse uma criança!

— Que informação você quer? — ofereceu Tayra.

— Quero tudo.

— OK. Lembra aquele bebê que Anisa degolou após matar a Yu...?

Tayra apoiou os cotovelos na mesa e o queixo sobre as mãos entrelaçadas, pronta para contar uma fofoca mais do que interessante. Wolfang se manteve impassível.

— Há pouco tempo, a polícia reabriu o caso, que nunca foi resolvido, a pedido de um casal que teve o filho recém-nascido sequestrado um dia antes de Yu ser morta —

continuou a mulher. — Imagine só! Conseguiram provar que o menino era mesmo o filho do casal.

— Conte algo novo. Li isto na imprensa.

— Fang sequestrou um bebê inocente para colocar no lugar do neto verdadeiro... Isto não te deixa chocado? Descobrir que um velho amigo fez algo tão... tão...

Como aquela criatura poderia comentar tantas atrocidades no mesmo tom que usaria para falar do lançamento da nova coleção primavera/verão? Amy sentiu o coração pesado.

— ... tão baixo?

— E o neto verdadeiro?

— Você ainda pergunta, Marco?

O rapaz não respondeu. Ele fitou a pantera por alguns segundos antes de, muito pálido, olhar para Amy.

— Eu não entendi! — protestou a garota.

— Quer que eu explique detalhe por detalhe, benzinho? — ironizou Tayra.

A vontade era dizer "não" e sair da mesa. Amy, porém, aceitou a humilhação de descobrir algo que prometia ser bombástico pela boca da mulher que odiava.

— Explique!

— Pois bem! Há 19 anos, Wulfmayer e Yu foram amantes. Quando ela engravidou, Anisa ficou possessa e a perseguiu durante meses até encontrá-la no Canadá, já com o bebê recém-nascido. Como a loba cruel que é, a fêmea Alpha devorou os dois, deixando os pedacinhos para a polícia recolher...

Amy imitou o jeito indiferente de Wolfang. Não se mostraria abalada com fatos que aquela gente considerava corriqueiros.

— Anisa ficou feliz, Wulfmayer a perdoou e a vida continuou até que aquele casal canadense pediu a abertura do caso sobre a morte de Yu e do bebê. Assim que se confirmou a identidade da criança, Fang fugiu da Inglaterra. O Alpha resolveu investigar o assunto por conta própria e Anisa, claro, se empenhou em descobrir onde Fang estava escondido até que o achou em Hong Kong. Usando a autoridade de fêmea Alpha, ela enviou Blöter e Cannish para lá, com a missão de descobrir onde estava o filho de Wulfmayer, hoje com 18 anos.

Ainda entediada, Tayra se endireitou na cadeira. Passou o dedo indicador na calda de chocolate que boiava sobre o sorvete derretido na taça de Wolfang e depois o levou até a língua.

— Os dois lobos não conheciam a missão completa — retomou, após uma pausa. — Sabe, querida, eles nunca matariam um filho do Alpha. Anisa não revelou quem era a criança que deveria ser encontrada e morta.

— Eles mataram Fang — disse Amy.

— E não descobriram nada. Um pouco antes de morrer, Fang chamou Wolfang até Hong Kong para lhe pedir ajuda, pois descobrira que Wulfmayer já sabia qual era a identidade secreta da criança e estava armando para levá-la até ele. Só que Fang também não lhe contou o que estava acontecendo realmente. Então, Anisa achou que Wolfang conhecia o esconderijo da criança e o mandou para mim, em Roma. Ela sabe que gosto de passar o verão naquela cidade adorável...

— Ela contratou você?

— Hummm, não exatamente. Me pediu para distraí-lo, o que sempre é um grande prazer para mim!

Mais uma vez, a pantera mergulhou o dedo no chocolate para lambê-lo sem qualquer constrangimento, num gesto, aliás, muito sexy e atrevido.

— Wulfmayer já sabia que a criança tinha sido adotada por um casal norte-americano — disse ela. — E fez de tudo para aproximar a filha da vida dele sem que ninguém desconfiasse...

— Filha? — estranhou Amy.

— Mas Anisa descobriu a jogada do marido. Ele contratou dois humanos para sequestrar a filha em Roma e protegê-la dos lobos que ele não conseguia contatar para impedir a ordem de Anisa. Mas os homens falharam e Cannish e Blöter acharam a criança logo depois. E ela foi morta.

Amy parou de respirar. *Ela... ela era filha de Wulfmayer???* Não, aquilo era maluquice demais! O pai dela jamais poderia ser uma criatura...

— Vou ao banheiro — anunciou a garota, abandonando a mesa sem olhar para trás. Não pretendia acreditar pura e simplesmente nas palavras de uma pantera mentirosa como aquela. Ia investigar o assunto, perguntaria ao Alpha em pessoa se aquilo tinha uma mínima chance de ser verdade.

Amy passou longe do corredor que levava aos sanitários e rumou para a escada rolante. Meio minuto depois, Wolfang a alcançou. Tayra não o seguia.

— O que acha de andarmos um pouco na praia? — perguntou Amy, sem olhar para ele. — Parece que teremos um final de tarde bonito...

Não foi difícil para a agente Gillian Korshac chegar até Amy Meade. Na verdade, ela seguiu as pistas no relatório secreto de Roger, o mesmo que Peter lhe entregara havia alguns dias. O material continha, com detalhes surpreendentes, tudo sobre a garota que fora vista fugindo do beco onde Fang Lei morrera, em Hong Kong. Ela retornara para casa apenas no início de outubro. Assim que soube de seu regresso, Roger, de acordo com Peter, decidira conversar pessoalmente com a menina. Foi morto horas antes da viagem que pretendia realizar a Keene.

Gillian, que vigiava Amy à distância havia algum tempo, não teve dúvida em seguir a garota até o Brasil. Entrava um novo personagem na trama que Roger descobrira com tanto empenho, um tal de Marco Agostini. Gillian tivera muito pouco tempo para investigar o rapaz desde que Amy o encontrara no dia anterior. Um amigo de um amigo no consulado americano, em São Paulo, conseguira com o governo brasileiro algumas informações sobre Agostini. Era um rapaz de 28 anos, nascido em Santos, com o imposto de renda em dia e ficha criminal em branco. Nenhum dado animador para uma agente em férias que realizava uma investigação perigosa por conta própria.

Assim que percebera que Agostini e a menina ficariam passeando pela praia após deixarem o shopping, Gillian voou para o apartamento do rapaz. Era sua chance de revistar o local, de achar algum vínculo, alguma pista sobre as bestas e, claro, Dennis De Vallance, o empresário ligado a duas vítimas, Yu e Fang Lei.

A porta do apartamento foi aberta com facilidade, e Gillian entrou sem fazer barulho. A claridade do final da tarde a ajudaria na busca que pretendia a mais discreta possível. O local era pequeno, com poucos móveis. A prancheta foi a primeira coisa que lhe chamou atenção. Havia várias folhas com desenhos para HQ, rascunhos, pincéis... Agostini era um artista talentoso.

— Quer ajuda, moça? — perguntou alguém, logo atrás de Gillian.

Ela se virou, assustada, e encontrou um sujeito grandalhão, de quase dois metros de altura. Tinha a pele muito branca e olhos azuis que intimidavam, carregados de maldade. O homem raspara a cabeça, o que ressaltava os ossos grandes e salientes do rosto.

— Você viu o Marco? — disfarçou a jovem, tentando ser a mais natural possível. — A gente combinou de sair para comer uma pizza...

Neste segundo, Gillian reparou no segundo homem. Este, um ruivo de porte atlético e muitas tatuagens nos ombros e braços, estava encostado no batente da porta da cozinha, cortando com um pequeno bisturi uma maçã que segurava com um ar despreocupado. Ao contrário do outro, vestido num terno escuro, ele usava bermudão, camiseta regata, tênis e, como acessório, um par de óculos escuros de uma grife famosa.

— Ei, Blöter, essa aí não é a garota que vimos no enterro do Roger Alonso? — perguntou ele, zombeteiro.

— É verdade — concordou o outro, nem um pouco surpreso.

— E é a mesma garota que vimos conversando no outro dia com o namorado dele...

— É verdade.

— Isto é que chamo de mundo pequeno!

O ruivo mastigou o pedaço de maçã antes de cortar outro.

— E esta garota não é aquela agente do FBI que tirou férias e vigia Amy Meade há dias? — continuou ele. — Sabe, acho que ela quer descobrir quem matou Roger Alonso... Como é mesmo que o cara nos chamou naquela matéria?

— Bestas humanas.

— Taí! Gostei do nome. Impressiona, né?

Blöter quase encostou o nariz no rosto de Gillian, a respiração pesada e nauseante tocando a pele feminina.

— Nós matamos seu amigo Roger Alonso... — sussurrou ele, com prazer. — E agora faremos o mesmo com você!

Amy adotou o jeitão sisudo do lobo branco e permaneceu quieta por algum tempo enquanto caminhavam pela areia, os pés descalços sendo tocados por ondas cada vez mais expansivas, graças à maré que subia. Estavam de costas para o sol que se escondia atrás dos morros da cidade. A noite se aproximava.

— Posso mesmo ser filha do Alpha? — perguntou Amy, decidindo quebrar o silêncio que o rapaz também mantinha.

— Isto explicaria tudo.

Num movimento tenso e brusco, Wolfang parou de andar. Ele olhou para o prédio branco onde morava, não muito distante de onde estavam, e se abaixou para calçar o par de tênis.

— O que foi? — quis saber a garota, preocupada.

— Você não sente?

— Não...

— Cannish e Blöter...

— Eles estão no nosso apartamento?

Amy quase mordeu a língua. O apartamento era dele e não "nosso", só que Wolfang não percebeu a troca de pronomes.

— Há mais alguém com eles, alguém que está em perigo...

— Vou com você! — disse a jovem, colocando as sandálias.

— Não!

— Você vai me deixar sozinha aqui na praia? Não mesmo!!! E, depois, não acho que aqueles dois tenham coragem de machucar a suposta filha do Alpha...

O lobo não discutiu, mas também não a esperou. Saiu numa corrida desabalada para tentar impedir a morte de mais uma vítima dos lobos.

Gillian reagiu rápido. Ela sacou a arma que trazia escondida no coldre, sob a jaqueta, e a encostou contra a barriga do homem. O gesto fez com que ele sorrisse.

— Puxe o gatilho — disse Blöter, os olhos azuis faiscando de ódio. O ruivo mastigava o segundo pedaço de maçã enquanto começava a cortar um terceiro.

Gillian hesitou. Era uma agente novata, que sempre realizara trabalho de apoio. Blöter, sem dúvida, aproveitou a inexperiência dela para empurrá-la com violência para trás no mesmo instante em que arrancava a arma da mão dela. A jovem desabou sobre a prancheta e, depois, para o chão, levando com ela uma pilha de desenhos.

— Wolfang chegou... — avisou o ruivo ao jogar a maçã na pia da cozinha. O bisturi foi guardado num dos bolsos do bermudão. — Será que o caçulinha quer brincar com a gente?

A jovem se preparou para levantar. Daria um jeito de recuperar a arma e... Assustada, ela interrompeu o movimento, sem aceitar a própria visão. O ruivo crescia, numa transformação inacreditável que lhe conferia pelos avermelhados, garras... As roupas, o par de tênis e os óculos escuros desapareciam, como mágica, para esconder qualquer sinal de humanidade e revelar o aterrorizante corpo animal. "Um lobisomem!!!"

Blöter também assumiu a forma de um lobo gigantesco, só que cinza e ainda mais forte do que o outro homem.

Agostini, ou Wolfang, como os homens o chamavam, entrou naquele momento. Não pareceu chocado com a recepção que o aguardava: dois focinhos furiosos, com dentes afiados à mostra, ansiosos em retalhar o recém-chegado. Apenas fechou a porta atrás de si e espiou a jovem ainda caída no chão. Gillian pensou em Roger, na morte horrível que ele tivera, no quanto o amigo sofrera durante o ataque daquelas bestas cruéis e assustadoramente reais. Aquela atrocidade não deveria se repetir...

A agente rolou o corpo para a esquerda, recuperando a arma que Blöter abandonara no chão, acertou a pontaria e disparou contra o lobisomem cinza. A bala o acertou em pleno peito. Blöter, então, pulou sobre a jovem, que continuou a atirar. Wolfang correu até ela, mas o outro lobo, o de pelo avermelhado, o atacou antes que o rapaz a alcançasse. As garras de Blöter rasgaram os ombros de Gillian. As balas haviam perfurado a carne do lobo cinza, mas não lhe diminuíram a força. A agente engoliu o grito de dor e usou toda a resistência dos braços para impedir que os dentes de Blöter lhe destroçassem o pescoço.

Foi tudo muito rápido. Wolfang conseguiu chutar o lobo avermelhado e se desvencilhar dele para se pendurar sobre as costas do lobo cinza. Este, sem perceber, diminuiu a força do ataque, a chance para Gillian enfiar um dos dedos nos olhos agora vermelhos do agressor no instante em que o rapaz o agarrava pelo pescoço. Blöter rosnou alto, enfurecido, mas não pôde impedir que Wolfang o desequilibrasse e o jogasse para o lado. Os dois rolaram no chão, a besta humana automaticamente recuperando o controle da situação para prender o rapaz sob o peso de seu corpo. Ela iria matá-lo!

Apesar da dor que sentia nos ombros, Gillian se levantou num pulo, pegando a primeira cadeira que viu pela frente para arrebentá-la contra o lobo cinza. Alguém, no entanto, a segurou pelo pulso com firmeza, impedindo-a de agir. Era o ruivo, que retomara a forma humana.

— Não se meta — disse ele, com frieza. Então, o sujeito chutou com força a perna traseira do lobo cinza, como se o chamasse para a realidade. — Deixe o cara em paz, Blöter! O Alpha quer falar com ele...

Blöter, no entanto, continuou a manter Wolfang preso em suas garras, afundando-as com prazer nos ombros da vítima, como fizera com a agente.

— Você não ouviu, alemão? Solte o cara! — insistiu o ruivo.

O lobo cinza não saiu do lugar. Continuou impassível, encarando com desprezo e arrogância o rapaz que não parecia temê-lo. Por fim, Blöter reassumiu a forma humana, esboçou um sorriso para Wolfang e o largou para observar a garota que acabava de chegar: Amy Meade. Ela olhou para os quatro, apreensiva pelos ferimentos que descobria em Gillian e Wolfang. O peito de Blöter exibia as marcas dos tiros e o sangue que encharcava seu terno, o que não parecia incomodá-lo de modo algum.

— Deu para ouvir os tiros da rua — disse Amy. — Os vizinhos vão chamar a polícia...

Wolfang se mostrou irredutível. Só concordou em enganar a polícia se os lobos libertassem a garota que Amy descobriu ser uma agente do FBI que investigava a morte de Roger Alonso. E que não a perseguissem, nem tentassem matá-la ou feri-la. Contrariado, Cannish aceitou todos os termos, reclamando que era um absurdo um membro do Clã, apesar de ser um Ômega, não ter nenhum escrúpulo em denunciar — e provar — publicamente a existência das criaturas.

— Você é doido mesmo! — rosnou o irlandês, enquanto ajudava Amy a arrumar a bagunça que a luta provocara no apartamento. Blöter já trocara de roupa, algumas peças que pegara do guarda-roupa de Wolfang, e estava mais interessado em devorar, na cozinha, um prato de nhoque que descobrira na geladeira.

Após fechar o acordo que desejava, Wolfang se jogou no sofá e fechou os olhos, acionando a autocura para seus ferimentos. Faltaria apenas substituir a camiseta suja de sangue por outra limpa.

Gillian estava encolhida na cadeira junto à prancheta. Os ferimentos nos ombros pediam cuidados urgentes. Ao lembrar do estojo de primeiros socorros que vira no banheiro, Amy voou para pegá-lo. Quando retornou à sala, Cannish assumiu os curativos. Com cuidado, ele tirou a jaqueta de Gillian — uma bonita jovem de uns 25 anos, com olhos verdes e cabelos castanhos num corte channel — e cortou a parte superior, acima dos seios, da blusa que ela vestia. Depois, limpou os cortes, aplicou um remédio e os cobriu com gaze e esparadrapo.

— É provisório, tá? — disse ele para Gillian. — Você vai ter que levar uns pontos se quiser que isso cicatrize decentemente.

— Onde você aprendeu a fazer curativos? — perguntou Amy, espantada com a habilidade quase profissional daquele assassino.

— Participei de algumas guerras... A gente aprende a se virar.

— Como soldado?

— É.

— Você lutou na Segunda Guerra?

— Sim, lutei.

— E esteve na Itália?

— Estive... Ei, por que tantas perguntas?

Amy não olhou para Wolfang, mas sabia que ele estava acordado. Não era o momento de confirmar quem era o segundo homem que atacara a mãe dele. Na verdade, a garota não tinha mais dúvidas. Com raiva, enfrentou o olhar do irlandês sobre ela. Estava diante de um estuprador, uma criatura nojenta, revoltante.

Cannish estremeceu, desviando o rosto para o último esparadrapo que colava na paciente. Gillian analisava os dois, tentando entender como um homem jovem como aquele, que aparentava menos de 40 anos, poderia ter participado da Segunda Guerra Mundial.

— Esqueça o assunto... — aconselhou Amy, dirigindo-se à agente. — Acredite, será melhor para você!

A polícia chegou no minuto seguinte e encontrou um cenário pacífico. Wolfang, o único que falava português, recebeu os policiais com uma camiseta limpa e um rosto inocente e muito preocupado com a segurança no bairro. Sim, ele e os amigos também tinham ouvido os tiros, mas era óbvio que não haviam sido disparados naquele apartamento. A polícia já tentara o prédio vizinho?

Assim que se viu livre de qualquer suspeita, Cannish avisou que o Alpha mandara buscar Amy e Wolfang para uma conversa. Blöter, ainda na cozinha, devorava metade de uma melancia.

— Nós vamos para a Inglaterra? — perguntou a garota.

— Pegamos o avião amanhã — respondeu o irlandês. Ele analisava Wolfang que, da janela, observava a movimentação dos policiais, agora do lado de fora do prédio. — Por que você não se transformou para brincar com a gente, hein, caçulinha?

O homem mais jovem ignorou a pergunta, ainda atento aos policiais. No fundo, Amy sabia que ele lutava contra a consciência e a vontade de denunciar todos os crimes do Clã. Gillian, que vestia uma blusa de meia manga de Amy para esconder os ferimentos, encarou Cannish, surpresa, e, a seguir, se virou para Wolfang. Então, aquele também era uma besta humana...

— Sim, minha querida, somos todos criaturas — sorriu o irlandês, debochado, também acompanhando o raciocínio da agente. — Mas este é um grande segredo que você não vai passar para frente, não é? Se você abrir a boca, aí quebro meu acordo com Wolfang e você vai virar uma bela franguinha em pedaços prontos para assar!

Gillian não se abalou com a ameaça. Pegou a arma que Amy escondera numa das gavetas e, calmamente, a colocou de volta no coldre.

— Eu vou com vocês — avisou, sem demonstrar qualquer emoção. E ninguém a faria mudar de ideia.

Capítulo 6
Wulfmayer

A viagem, para Amy, foi uma verdadeira tortura. Preocupava-se com o destino da tonta da Gillian — que desperdiçou a chance de sair ilesa das mãos das criaturas —, era obrigada a suportar a companhia asquerosa de Blöter e Cannish e, pior, lidava com a indiferença de Wolfang. O lobo branco se enfiara num silêncio enlouquecedor e sequer segurava a mão da garota que dizia tanto querer proteger. Durante o voo, o grupo fora separado. Blöter e Gillian ocupavam uma fileira logo na frente, Wolfang viajava solitário no meio do avião e Amy ficara com Cannish em poltronas bem ao fundo.

— Acha que sou mesmo filha dessa tal de Yu? — perguntou Amy, mais de duas horas após a decolagem.

Cannish, entretido na leitura de um livro sobre os maiores crimes contra a humanidade, deu de ombros.

— O Alpha diz que é! — respondeu ele.

— E você a conheceu?

— Quem?

— A Yu, ora!

O irlandês franziu o nariz, contrariado.

— Era uma mulher traiçoeira — disse, com desdém. — Ninguém que merecesse respeito.

Uma imensa vontade de chorar dominou o coração de Amy. Aquele lobo nojento estava falando de alguém que poderia... que deveria ser a mãe verdadeira da garota. Uma jovem que tivera uma morte horrível...

Amy se virou contra a janela do avião, de costas para Cannish, e começou a chorar baixinho para que ninguém a ouvisse. Não entendia uma porção de coisas, era desprezada por Wolfang depois de tudo de bonito que ocorrera entre eles, fora gerada por uma mulher traiçoeira e pelo líder de um Clã cruel...

E a garota curiosa permaneceu ali, com a cabeça apoiada contra o vidro gelado da janela, dando espaço para o medo e a solidão que nunca deveriam afetá-la. Não impediu o sono que a conquistou devagarinho, nem o momento em que o irlandês a cobriu com uma manta oferecida pela comissária de bordo.

A residência do poderoso Alpha, na verdade, era um imponente castelo medieval no interior da Inglaterra, o centro de uma propriedade rural, ladeado pelos bosques de uma paisagem pacífica que incluía ainda um pequeno lago. Já o interior do castelo era extremamente luxuoso e sofisticado. Amy foi separada do grupo — que viajara de carro desde o desembarque em Londres — e ganhou um quarto só para ela, assim como Wolfang e Gillian. O mordomo que a conduziu ao aposento lhe explicou que ela teria uma hora para se aprontar para o jantar. Escurecia rapidamente do lado de fora da construção.

Antes de mais nada, Amy examinou o quarto, interessadíssima em cada item que formava o ambiente, tudo da melhor qualidade e, portanto, muito valioso. A cama era imensa, digna de uma princesa, um modelo antigo com cortinas de seda e entalhes de ouro na madeira escura. A seus pés, havia um baú e, à direita, junto à janela, uma suave poltrona azul. Já o gigantesco closet, para deslumbre total da garota, estava abarrotado de roupas e calçados de grife. Detalhe: todos no tamanho e na numeração certa de Amy Meade! Wulfmayer parecia dizer à filha que ela era muito, muito bem-vinda.

Após perder uma eternidade na banheira coberta de espuma no enorme banheiro anexo, a garota escolheu um maravilhoso vestido negro e longo, sem alças, o que, sem dúvida, a faria aparentar, pelo menos, a idade de Gillian. Depois, ela prendeu o cabelo liso no alto da cabeça para completar o visual que pretendia irresistível. Acima de uma penteadeira com inúmeros tipos de perfumes e produtos para maquiagem, Amy encontrou uma caixa de joias que a fez perder o fôlego. Escolheu um delicado colar de brilhantes e o colocou ao redor do pescoço, cobrindo a corrente com o crucifixo. Mais um par de brincos e pronto!

Na hora combinada, o mordomo veio buscar a hóspede e a guiou pela escadaria de volta ao andar térreo. Wolfang apareceu logo em seguida. Ele tomara um banho, mas vestia as mesmas roupas que trouxera do Brasil. Quando descobriu o visual de Amy, o rapaz mordeu os lábios, um pouco decepcionado, numa reação completamente oposta ao que a garota pretendia produzir nele. Wolfang procurou com os olhos o minúsculo crucifixo de madeira, soterrado pelos diamantes, mas não o viu. Então, desviou o rosto e entrou no salão preparado para o jantar, sem esperá-la. Gillian chegara um pouco antes e agira exatamente como o lobo branco. Mantivera as roupas, aceitando do anfitrião apenas a ducha quente. Cannish bebia um copo de uísque em um canto e Blöter estava acompanhado por uma mulher pequena e magricela, metida num vestido sóbrio demais para a ocasião. Os dois capangas usavam smokings, a vestimenta dos outros homens presentes ao jantar. Havia algumas mulheres também, em trajes caríssimos. Seriam todos membros do Clã?

— Olá, Amy — disse uma reconfortante voz masculina à direita da garota.

Ela se virou, tentando disfarçar a ansiedade. Wulfmayer, ao lado de uma loira muito sexy, apenas sorriu. Também estava ansioso por conhecer a jovem que considerava sua filha.

Amy o achou bonitão, elegante, um homem bastante charmoso que aparentava pouco mais de 50 anos. Os cabelos de Wulfmayer eram acinzentados e longos, puxados para trás num simples rabo de cavalo. Os olhos, muito negros, pareciam brincalhões. Era um pouco mais baixo do que Wolfang e, sem qualquer sombra de dúvida, ostentava o corpo atlético semelhante ao do rapaz. No momento, o Alpha estava impecável de smoking. No dedo anular da mão esquerda, havia um anel que Amy já vira em algum lugar... Claro! O objeto tinha o mesmo desenho do anel que Hugo usava, um dragão e suas lágrimas...

A loira deveria ser Anisa, dona de um corpo escultural ressaltado pelo vestido longo e vermelho, de alcinhas. Ela também optara por um valioso colar de diamantes. Ao contrário da felicidade explícita do marido, Anisa ostentava uma raiva contida em cada traço do rosto perfeito.

Wulfmayer, seguindo a etiqueta, apresentou Amy a todos os membros do Clã. A mulher grudada a Blöter era a esposa dele, Ingelise, tão antipática quanto Anisa e, como a garota descobriu depois, atuava como o braço direito da fêmea Alpha.

Após as apresentações, o líder pediu aos convidados que se sentassem ao redor de uma longa mesa retangular. Ele ocupou a cabeceira, ladeado por Anisa e Amy. Ao lado da dona da casa, estavam Wolfang e Ingelise. Blöter se sentara quase colado a Amy. Cannish, que repetia a dose de uísque pela quinta vez, e Gillian, atenta a qualquer movimento daquela gente perigosa, ficaram distantes do Alpha, quase no extremo oposto da mesa.

— Antes que o jantar seja servido, há algo que devo revelar — anunciou Wulfmayer. Conquistou o silêncio absoluto no mesmo segundo. — Caros amigos, nunca menti a vocês. Portanto, gostaria de aproveitar a presença dos membros do nosso querido Clã para esclarecer fatos do passado... E dar as boas-vindas a um futuro inacreditável!

Muitas cabeças assentiram, interessadas. Um homem de meia-idade, ao lado de Gillian, foi o único a exibir um ar de deboche.

— Esta noite, eu apresentei a vocês nossa convidada especial, Amy Meade — continuou o Alpha, radiante. — Agora é momento de lhes contar que esta bela jovem é filha de uma humana que vocês conheceram como Fang Yu.

A *novidade* não era tão nova assim. As palavras não provocaram nenhum impacto, apenas confirmavam o que praticamente todos, àquela altura dos fatos, já deviam saber. Eram apresentados ao herdeiro do poderoso líder.

— Amy é uma mestiça gerada por humana e criatura, um fato raro e, ao mesmo tempo, inquietante.

— O quanto esta menina herdou da nossa natureza? — quis saber o homem de meia-idade. Ele possuía um forte sotaque croata.

— Tudo ao seu tempo, caro Vuk. Ela agora faz parte do nosso Clã.

— Por ser sua filha?

Amy sentiu os ombros tensos. Não aceitara nenhum convite para participar de qualquer clã, ainda mais daquele! Wulfmayer era seu pai verdadeiro, mas isso não queria dizer que ela excluía Ken Meade por completo de sua vida!

Wolfang fitava o prato vazio, alheio ao que acontecia ao redor. Amy procurou o olhar do rapaz que amava, um sinal de que ele não a abandonara. O lobo branco, entretanto, continuava a ignorá-la.

— Esta pergunta me leva ao que devo revelar hoje a vocês — disse Wulfmayer, com um sorriso maravilhoso. — Todos aqui sabem o quanto aprecio mulheres bonitas, apesar do meu espírito pertencer apenas a Anisa...

A fêmea Alpha ergueu uma das sobrancelhas, numa expressão muito cínica. Mas a frase seguinte a fez se remexer involuntariamente na cadeira e disparar um olhar feroz para Amy.

— Yu era uma jovem atraente... — prosseguiu o líder. — Sim, eu a cobicei, a desejei a ponto deste desejo me cegar... Mas, ao contrário do que Anisa e vocês acreditam, Yu não se deixou seduzir por mim simplesmente porque amava *outro* lobo.

Todas as cabeças giravam para o apático Wolfang, que continuava a não expressar qualquer reação. Um calafrio percorreu dolorosamente o corpo de Amy.

— Até hoje vocês acreditam que o Ômega e eu disputamos a mesma mulher e ele levou a pior. Até Wolfang acredita nisso. Pois esta não é a verdade.

— E qual é a verdade? — perguntou Anisa, confusa.

— A verdade, minha amada, é que não existem obstáculos para o que desejo. Se não tenho o que quero, eu destruo.

Amy estremeceu. A bondade que pensara deslumbrar no Alpha se dissipava para revelar uma natureza feroz e sádica. O olhar brincalhão se transformava em crueldade.

— Uma noite, há quase 19 anos, Blöter e eu encontramos Yu sozinha num dos parques de Madri. Ela esperava pelo lobo que amava e não por nós. Mas ele não apareceu para defendê-la... O herói de Yu não passa de um grande covarde que a abandonou à própria sorte!

— O que aconteceu? — perguntou Amy, sem perceber as palavras que escapavam de sua boca.

Pela primeira vez desde que começara a falar, Wulfmayer se virou para a garota, ligeiramente espantado com a pergunta ingênua. Para os demais membros do Clã, muito acostumados às atitudes selvagens de seu líder, a resposta parecia óbvia. Wolfang ergueu o rosto, encarando o Alpha para escutar a verdade que também ignorara durante anos.

— Digamos que Blöter e eu nos divertimos muito com sua mãe, minha querida — sorriu o Alpha, num tom sarcástico.

Vuk, o lobo croata, deu um murro na mesa. A esposa, uma japonesinha mais jovem do que ele, tentou acalmá-lo.

— Somos criaturas e não monstros que estupram mulheres! — rugiu ele.

— Somos o que somos — retrucou Wulfmayer, com tranquilidade.

— Nosso grande Alpha não permite a morte de crianças, esqueceu? — comentou Cannish, a língua um pouco enrolada pela bebida.

— Por acaso, Vuk, você está questionando as decisões do Alpha? — disse Blöter, com uma voz gelada.

O lobo croata engoliu o que pretendia criticar junto com a ameaça velada que recebia. A japonesinha lhe pediu calma novamente e, desta vez, conseguiu manter o marido calado. Ele dirigiu a Amy um olhar triste, misturado à revolta que sufocava.

— Confesso a vocês que Blöter e eu estávamos famintos, prontos para destroçar aquele corpo jovem e delicioso — retomou Wulfmayer, com a atenção centrada no lobo branco. Este voltara a fitar o prato vazio. — Foi então que senti... Aquela mulher gerava uma criança há três meses... Gerava o filho de um lobo... *O filho de Wolfang!*

O lobo branco cerrou as pálpebras, como se sentisse uma dor terrível. Anisa, feliz e aliviada, suspirou profundamente.

— A simples existência daquela criança mestiça era e ainda é um milagre fabuloso! — disse o líder. — Nós poupamos a vida de Yu e fomos embora... Meses depois, Anisa descobriu a gravidez de Yu e deduziu erroneamente que a criança era minha, passando a perseguir as duas para matá-las.

A última frase soou como uma acusação terrível, o que obrigou a orgulhosa Anisa a abaixar o queixo e assumir a culpa diante do Clã.

— Minha fêmea quase destruiu um ser que nos conduzirá ao futuro...

— E o que isso significa, Alpha? — perguntou outro lobo, um rapaz um pouco mais velho do que Wolfang.

— Significa que temos um mistério a desvendar — sorriu o outro, enigmático, tocando de leve a mão esquerda de Amy, abandonada junto a uma taça. — E este mistério vive agora sob o meu teto.

Amy respirava com dificuldade. Não podia aceitar... não, aquilo era loucura... E muito, muito irônico e tremendamente injusto... Wolfang não podia ser seu pai, *não podia!!!*

Mais uma vez a garota procurou o apoio do rapaz. Ele, porém, continuava de olhos fechados, perdido em sua dor.

— Como se sente, hein, caçulinha? — provocou o Alpha, delirando com a humilhação que realizava de forma perfeita. — Como é dormir com a própria filha?

Amy não suportou mais aquela situação. Empurrou a cadeira com força e saiu correndo do salão, ouvindo atrás de si o som das gargalhadas grotescas que se seguiram.

"O homem é a única criatura que se recusa a ser o que ela é."
Albert Camus

Parte III
Lobo Branco

Capítulo 1
Presente

INGLATERRA, 1956.

NÃO EXISTIAM RESPOSTAS PARA MIM. ENCONTREI APENAS O QUE DEVERIA ENCONTRAR, O DESTINO QUE ENFRENTO DIA APÓS DIA.

EU DESOBEDECIA ABERTAMENTE A UMA ORDEM DE ANISA.

JAMAIS DEVERIA ME APROXIMAR DAQUELA GENTE.

AQUI NÃO É SEU LUGAR...

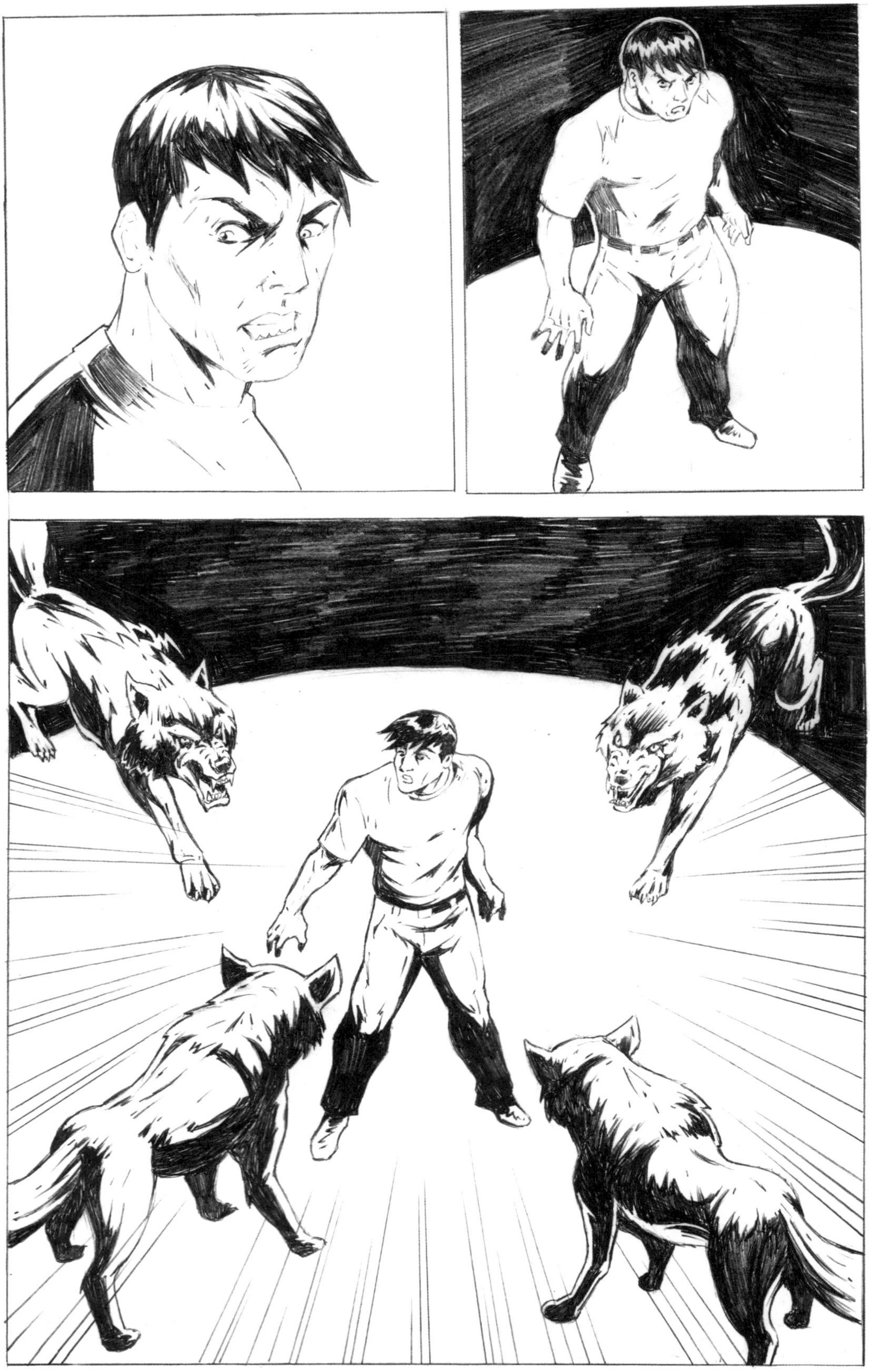

A MALDIÇÃO ME APRISIONOU PARA SEMPRE.

MAIS UM LOBO SOB O COMANDO DO ALPHA.

O RESULTADO DA LUTA DEFINIU MEU PAPEL DENTRO DA HIERARQUIA DO CLÃ.

FANG, ENSINE NOSSO NOVO ÔMEGA.

FANG SE TORNOU MEU MESTRE. ELE ERA O DRAGÃO, O HUMANO QUE CONHECIA OS SEGREDOS ENTRE O REAL E O IMAGINÁRIO...

TAYRA E EU VOLTAMOS A NOS ENCONTRAR, NOS TORNAMOS AMANTES.

MUITO TEMPO DEPOIS, EM HONG KONG, EU CONHECERIA YU, A FILHA DE FANG. UMA LEMBRANÇA QUE NÃO PRETENDO APAGAR.
UMA OUTRA HISTÓRIA...

Capítulo 2
Pai

A humilhação diante do Clã fazia parte do tratamento que Wolfang *merecia receber* por ser o Ômega do grupo. Também fora uma excelente oportunidade para o Alpha reafirmar a liderança ao revelar aos outros a brutalidade que cometera contra Yu. Wulfmayer tinha o poder absoluto, e a impunidade como consequência natural de seus atos. Sim, ele podia agir como bem entendesse. E estava acima de qualquer crítica, principalmente de Vuk, o lobo considerado Ômega antes de Wolfang ocupar o pior e mais desprezível posto dentro da hierarquia do Clã. Ser Ômega significava ser o mais fraco, o eterno alvo de zombarias, aquele que merecia ganhar chutes e pontapés por onde passasse, sempre de cabeça baixa, submisso até a última célula do corpo.

Wolfang executou seu papel à perfeição. Quando as gargalhadas cessaram, quando Wulfmayer se virou para Blöter para comentar os resultados do último jogo do Chelsea contra o Manchester United, várias conversas paralelas surgiram entre os convidados. Gillian observava o lobo branco. Era a única. O Ômega agora ganhava o desprezo, como deveria ser. Não havia mais graça em provocá-lo, uma trégua que duraria até a próxima humilhação.

O rapaz se levantou da mesa, sem que este movimento fosse realmente notado, e abandonou o salão para procurar Amy. A garota ainda não entendia o funcionamento daquele mundo estranho, as relações de poder e submissão e as motivações de cada membro do Clã que Wulfmayer organizara há séculos, um conhecimento que até Wolfang dominava de modo superficial.

Amy saíra do castelo. Estava parada junto à margem do lago, oposta aos grandiosos jardins ao redor da construção e próxima à floresta, com o olhar fixo nas águas que ondulavam levemente sob o toque da brisa noturna. Fazia o frio típico de novembro naquela região, mas a jovem, sem qualquer agasalho, parecia não se importar. Wolfang tirou a jaqueta e a cobriu, hesitando em abraçá-la.

— Eu morava em Madri, na época — disse ele. — Yu veio me visitar e almoçamos juntos. Eu precisava ir até Barcelona naquela tarde e não tínhamos muito tempo para conversar... Ela... ela queria se despedir de mim.

A garota o encarou, ainda muito magoada com o que presenciara há pouco no salão.

— Yu amava um lobo que abandonaria tudo por ela — continuou Wolfang. — Os dois iam sumir por uns tempos, talvez para sempre.

— Quem ia fugir com ela?

— Não sei. Yu nunca me contou.

— Ela lhe disse que estava grávida?

— Não. O que sei é que, após aquele almoço, nunca mais a vi. Soube do assassinato dela e do bebê apenas pelos jornais. E, como todos no Clã acreditavam, também achei que o lobo que Yu amava era o Alpha.

Amy começou a chorar. Tremia, apertando os braços num desespero silencioso.

— Você... você é meu pai? — murmurou ela, quase sem voz.

— Sem chance! — disse o rapaz com simplicidade. — Sua mãe e eu fomos grandes amigos, estávamos sempre juntos, mas nunca fomos íntimos. Eu a amava demais, só que nunca... nunca consegui dizer isto a ela.

— Tem certeza?

— Sobre ter amado a Yu?

— Sobre não ser meu pai... Lá na mesa... Você se comportou como... como...

— Como um pai incestuoso e cheio de culpa?

— É.

— Não era como o Alpha queria que eu me sentisse?

— Não entendi...

— Enquanto ele achar que sou seu pai, não irá procurar o lobo que realmente gerou você.

— O lobo que Yu amava?

— Sim. E isto nos dá a dianteira para investigar o assunto. Primeiro, quero confirmar seu parentesco com os Fang. Não duvido que tudo seja uma bela encenação do Alpha! Como foi seu processo de adoção?

— Sei que um amigo de um amigo de um amigo dos meus pais me deixou com eles. Depois de um tempo, fui adotada oficialmente. Meus pais não quiseram me dar detalhes do assunto.

— Acho que já está na hora de perguntarmos para eles, né?

Amy assentiu, com um movimento de cabeça. Ainda parecia uma menininha perdida e indefesa. Wolfang queria muito abraçá-la, dizer que ela era especial... Se ela fosse realmente a filha de Yu... Saber que a mãe sofrera tanto nas mãos dos lobos a aproximava da dor que o rapaz também sentia por uma perda semelhante. Não, aquele não era o momento para investigar aquele passado.

— Você vai me abraçar? — perguntou Amy, mordendo o lábio inferior.

O lobo branco, enfim, estendeu os braços para ela e a envolveu contra o peito, sem ideia exata de como agir. Aquela garota tão independente, tão corajosa, precisava dele como nunca precisara antes, nem mesmo durante o ataque no beco, em Hong Kong.

— Amo você... — murmurou ele, sentindo que o coração dela batia junto ao seu, colados no abraço que deveria uni-los para sempre.

Amy começou a rir, chorava e ria, o que deixou o lobo muito desconcertado. Nunca se declarara para alguém! E aquela, com certeza, não era a reação que esperava encontrar.

— Também amo você! — riu a jovem, erguendo para ele o rosto borrado pela maquiagem. — Amo muito, muito, muito!!! Estou doida para beijar você, levá-lo para aquela cama de princesa, esquecer que o mundo existe só para ficar com você! E não posso fazer isso porque todo mundo agora acha que você é meu pai!

— É, não ia ficar bem mesmo... — concordou ele, sem jeito. Era complicado lidar com a garota moderna que sabia exatamente o que desejava da vida.

Alguém se aproximava. Num gesto rude, Wolfang soltou a garota e se afastou para receber o lobo croata com quem jamais conversara antes.

Vuk deixou Okami, a esposa japonesa, ao lado da limusine que trouxera o casal ao castelo, cruzou as alamedas dos jardins e contornou o lago, parando a poucos passos de Wolfang e Amy.

— Não ficaremos para o jantar — justificou Vuk. — Para nós, esta noite já terminou.

— Você conheceu minha mãe? — perguntou Amy, direta como de costume.

O homem reservou para ela um sorriso cheio de ternura. Uma manifestação que Wolfang nunca vira entre os únicos lobos com quem convivera de verdade: Blöter, Cannish e, de maneira distante, Wulfmayer e Anisa. Jamais procurara os outros membros e tampouco sentia vontade de conhecê-los.

Sobre Vuk, Wolfang sabia apenas o que Yu lhe passara. O croata era um maestro talentoso, que trabalhara com a pianista Yu em Londres. A jovem reverenciava o mestre, o que sempre deixara Wolfang morto de ciúme.

— Sim, eu a conheci — respondeu o croata. — Ela era uma grande pianista. E tive a honra de tê-la em minha orquestra filarmônica.

Amy retribuiu o sorriso. Devia ser reconfortante para ela ouvir alguém falar bem de sua mãe.

— Uma pessoa maravilhosa... — acrescentou Vuk, emocionado.

O croata era o que Yu costumava chamar de homem bonitão: alto, cabelos escuros levemente grisalhos, olhos claros e sorriso cativante. Distante do lago, Okami falava ao celular enquanto andava de um lado para o outro, impaciente. Fora a penúltima a entrar para o Clã, meses antes de Wolfang, mas só se unira a Vuk havia poucos anos, bem depois da morte de Yu.

Wolfang não precisava fitar Amy para constatar o que a garota imaginava naquele momento. Sim, Vuk era o único candidato a pai que o lobo branco poderia imaginar para ela. Yu era romântica, sonhadora, sensível. Teria sido um processo natural se envolver com o mestre que também a admirava.

Mas Vuk como pai... Algo não se encaixava naquela situação. Amy não se parecia fisicamente com Yu e tampouco herdara o temperamento tranquilo e sensato que marcava cada movimento da filha do velho Fang. Era muito difícil engolir a história que o Alpha contara. No fundo, Wolfang desejava que tudo não passasse de uma grande mentira, informações que Wulfmayer manipulava de acordo com os próprios interesses. Yu e Amy eram muito diferentes para ser mãe e filha.

O lobo croata se despediu de Amy e retornou ao encontro da esposa. Partiram imediatamente, acelerando a limusine assim que alcançaram a estrada de pedras que seguia para o norte.

— Você acha que ele...? — perguntou Amy, ansiosa. — Há alguma possibilidade dele ser meu... hum... meu pai?

Wolfang não escutou a pergunta. O coração gelara de repente, assustado com uma opressiva sensação de perigo.

— Volte para o castelo — disse ele, girando o rosto para a floresta.

— Por quê?

— Volte já!!!

Amy não saiu do lugar. Voltar para aquele castelo infestado de lobisomens?! Não mesmo! Wolfang só podia estar maluco. O rapaz havia farejado algum perigo no ar, algo que, sem dúvida, parecia ser terrível. Seja lá o que fosse, não podia ser pior do que olhar para a cara nojenta do Alpha.

— Vou ficar com você! — resolveu a garota, com firmeza. O plano dele era óbvio: ficar para trás e ganhar tempo para que a garota pudesse escapar em direção ao castelo. — Enfrentamos isso juntos, certo?

O rapaz a fitou, ainda mais aflito, e não insistiu. Então, num processo que se tornava cada vez mais familiar para a garota, ele se transformou em segundos no imenso lobo branco. Amy fechou os punhos e esperou, cerrando os olhos para a escuridão que ocultava a floresta.

Cannish havia parado no sexto copo de uísque. Ele cruzara os braços para observar, com uma expressão maliciosa, a humana que se sentara diante dele na mesa. Fervendo de raiva, Gillian pensou na arma que Blöter tirara dela logo que haviam chegado ao aeroporto, ainda no Brasil. Se pudesse, encheria de balas a cara do lobo irlandês. Aliás, sua vontade era dizimar aquela gente feroz, amoral, sem qualquer traço de humanidade.

Gillian respirou fundo, cansada. Na verdade, jamais faria isso. Desde que comprovara a existência das bestas humanas — ou criaturas, como elas mesmas se definiam —, sua mente trabalhava febrilmente, tentando encontrar uma saída legal para aquele caso. Como provar ao mundo a existência de seres tão bizarros? Como puni-los por seus crimes? Gillian também pensava em Amy e Wolfang que, apesar de serem criaturas, eram vítimas inocentes. Como ela poderia protegê-los?

Era presunção achar que uma agente novata pudesse ter algum poder para lutar contra aquelas criaturas. Aliás, nem sabia se sobreviveria ao jantar. Pelo jeito irritante de Cannish, não tinha dúvidas de que pudesse ser a sobremesa...

— Estamos sendo invadidos! — vociferou Wulfmayer, levantando-se bruscamente da cadeira como um animal que fareja o pior inimigo. A conversa animada abandonou os convidados imediatamente. — São elas...

Uma sensação de terror impregnava o silêncio. Amy e Wolfang seriam cercados, sem chance para fugir. Em segundos, a escuridão da floresta trouxe o inimigo, sua respiração ameaçadora, os olhos brilhantes ansiosos pelo sangue das presas. Era como fazer parte de uma caçada, só que na pele da vítima...

Wolfang rosnou, o lado animal procurando a melhor defesa para o ataque iminente. Mais de vinte feras se aproximaram lentamente do casal, suas garras deslizando sobre a relva. Elas rugiram em resposta ao lobo, um som ensurdecedor que feriu os ouvidos de Amy. A garota nunca vira criaturas como aquelas, com enormes cabeças de leoas e corpos musculosos e gigantescos, quase humanos, apesar de quadrúpedes. Nenhum pelo cobria a pele dourada e exposta sem qualquer vestimenta. Amy não conseguia tirar os olhos dos dentes brancos e pontiagudos que preenchiam todo o contorno de mandíbulas poderosas, suspeitando do poder de destruição contido em cada mordida.

— Ainda dá tempo de corrermos para o castelo? — perguntou a garota, dando um passo involuntário para trás.

Três leoas se destacaram do grupo para rodear o casal, numa atitude que parecia ser uma estratégia de caça. O lobo permanecia imóvel, atento a cada movimento das adversárias. Foi quando uma quarta leoa, inesperadamente, investiu em um impulso violento para pular em cima de Amy.

Com agilidade impressionante, os lobos do Clã abandonaram o jantar e voaram para fora do castelo. Gillian correu para acompanhá-los, mas não conseguiu. Eles já não tinham mais a aparência humana.

Wolfang pulou na direção da quarta leoa, interceptando o bote. Os dois caíram no chão e se engalfinharam numa luta selvagem até que a fêmea, de repente, desistiu do ataque e se afastou. As garras e as mordidas feitas pelo lobo mal passavam de arranhões na pele dourada das leoas. Wolfang, no entanto, tinha um ferimento grande na altura do pescoço e alguns cortes feios espalhados pelo corpo.

— Só queremos a mestiça, lobo — disse a leoa, numa voz gutural. — Mas, se você prefere lutar...

Ela olhou para as companheiras, comunicando a decisão ou, simplesmente, traçando a próxima estratégia. Wolfang, parado na frente de Amy como um escudo, voltou a rosnar.

Quando Gillian passou pela entrada principal do castelo, os lobos já avançavam pelos jardins em direção ao lago. Apesar da escuridão, a jovem conseguiu distinguir o vulto de Amy, protegido por um animal — com certeza, Wolfang — e cercado por criaturas três vezes maiores do que os lobos.

— Teremos um espetáculo empolgante... — disse Cannish.

Assustada, Gillian se virou para o irlandês, parado ao lado dela. Nem um pouco interessado com a invasão audaciosa que o Clã sofria no próprio quartel-general, o capanga mantinha a aparência humana e muito despreocupada.

— Você não vai fazer nada para ajudar? — criticou Gillian.

Cannish sorriu, irônico.

— É, tem uma coisa que posso fazer — disse ele, apoderando-se dos pulsos de Gillian. — Você vem comigo agora!

A jovem tentou se desvencilhar, chutar o inimigo, resistir. O lobo irlandês a imobilizou com firmeza e, sem qualquer dificuldade, a arrastou para os jardins no lado oposto à batalha que se iniciaria em segundos.

As três leoas que observavam Wolfang o atacaram simultaneamente. As outras, com exceção da quarta fera, contornaram o lago em direção ao castelo, prontas para combater os lobos que se aproximavam. Amy precisava fazer alguma coisa! Sem nenhuma ideia na cabeça e com os punhos preparados para descarregar sua fúria, ela partiu para cima das leoas que massacravam o lobo branco. Não chegou a tocá-las. A quarta criatura caiu sobre Amy e a jogou de costas no chão.

— Você vem com a gente... — disse a voz gutural.

— Não mesmo!!! — gritou a mestiça.

Amy chutou com raiva as costelas da leoa e a empurrou para longe. A excepcional força humana pegou a fera de surpresa. Esta tombou de lado, muito zonza. A garota se levantou num pulo e correu para ajudar Wolfang. Bastante ferido, ele conseguira afastar uma das leoas, que quebrara a pata da frente, a do lado esquerdo, e tentava derrubar as outras duas feras, apesar da inferioridade física.

Anisa já tivera a oportunidade de lutar contra as leoas. Perdera. E teria perdido também a vida se Wulfmayer não a tivesse salvado no último minuto. Apesar do medo que sentia daquelas criaturas grotescas, compartilhado por quase todos no Clã, a fêmea Alpha continuou avançando contra as invasoras que agora vinham na direção dos lobos.

Aquela situação era simplesmente absurda! Nenhuma outra criatura jamais tivera a audácia de atacar o Clã no próprio quartel-general. Como um recurso para aumentar a força física, Anisa liberou por completo seu lado animal. Não haveria qualquer gesto de misericórdia em relação àquelas malditas leoas.

Amy escolheu uma das leoas que atacavam Wolfang e a golpeou na barriga antes de chutá-la junto ao pescoço, dando a chance para o lobo branco abocanhar a jugular da outra fera. A resposta adversária veio numa patada intensa e arrasadora que derrubou a garota. A quarta leoa se ergueu e, num movimento de milésimos de segundos, muito ágil e felino, prendeu Amy novamente contra o chão. Neste momento, a leoa que quebrara a pata se tornou bípede, assimilando a aparência humana que a mutação ocultava. Era uma jovem loira e bonita, de pele muito clara, vestida com elegantes roupas de couro negro. Ela se aproximou rapidamente de Amy e, num gesto eficiente, enterrou a agulha de uma seringa no braço da mestiça. Esta se debateu para se livrar da prisão, mas a força da rival, ainda sobre ela, parecia aumentar.

Com os sentidos distorcidos pelo sonífero, Amy virou o rosto para Wolfang. Ele ferira gravemente uma das leoas e agora enfrentava a outra numa resistência espantosa, contra todas as expectativas.

— Você vem com a gente — reforçou a jovem loira.

Enfim, o corpo de Amy aceitou a sonolência inevitável. A fera que a segurava, satisfeita, resolveu largá-la para ir ao socorro da companheira que, de forma inesperada, perdia a luta para Wolfang.

O choque entre as leoas e os membros do Clã ocorreu a poucos metros do lago. O inimigo, em maioria, demonstrava uma ferocidade muito além da natureza dos lobos. Anisa pensou em atacar uma das leoas, mas foi imediatamente cercada por duas delas. Wulfmayer tentou atravessar o bloqueio e impedir o sequestro de Amy. Foi jogado dentro d'água por uma atacante muito maior e bem mais forte do que ele. Blöter ganhou alguma vantagem ao derrubar duas criaturas e investir contra uma terceira que abocanhava o flanco de Ingelise. A situação, porém, não era melhor para os outros onze lobos.

As leoas adotavam uma estratégia de combate que visava, acima de tudo, cansar o adversário e enfraquecê-lo em ataques alternados. Enquanto uma delas atacava, a outra recuperava o fôlego para um novo ataque. A vítima não tinha tempo sequer de respirar na tentativa praticamente inútil de se defender. Para Blöter, o Beta e segundo melhor do Clã, os ataques eram simultâneos e avassaladores. O Alpha ainda continuava na água, numa desvantagem gritante contra a felina que queria afogá-lo. Os dois afundaram no instante seguinte.

Anisa gemeu ao receber o primeiro ferimento na altura do focinho. A segunda fera que a rodeava a mordeu na anca, arrancando uma boa quantidade de sangue. Wulfmayer, demonstrando a superioridade como líder da espécie, emergiu, deixando a adversária no fundo do lago, e nadou para a outra margem. Amy desaparecera.

A fêmea Alpha gemeu alto, chamando pelo lobo que idolatrava. Estava acuada. Wulfmayer lançou um último olhar para a floresta antes de retornar para a batalha. Sua gente precisava dele.

A luta foi insana, macabra. E dolorosamente longa. A superioridade das leoas era inquestionável. Blöter conseguiu a façanha de matar duas delas, uma vantagem que nem Wulfmayer pudera obter, mesmo após afogar uma leoa e ferir algumas outras. Mas houvera baixas demais no Clã, com a morte de quatro lobos. O massacre poderia ter sido maior se as leoas não tivessem abandonado a batalha no momento em que os lobos sobreviventes estavam cansados e feridos demais para segui-las na retirada de volta à floresta.

Anisa contabilizou seus ferimentos, exausta e faminta. Precisava urgentemente de carne humana para recuperar a saúde. Até Blöter parecia esgotado, incapaz de dar um passo. Ingelise cuidava dele, esquecendo-se da própria dor — um corte imenso, que sangrava muito, lhe rasgara as costas.

Todos haviam retomado a aparência humana. E todos tinham a idêntica sensação de vulnerabilidade e fracasso, o gosto ruim na boca dizendo que o Clã só escapara da extinção total porque as leoas assim o haviam desejado.

O Alpha enfrentava a derrota fenomenal com o ódio que ele não controlava mais. Amy fora raptada bem debaixo de seu focinho! Apesar das pernas ensanguentadas, ele conseguiu se firmar sobre elas e olhar para a floresta numa postura desafiadora. O sol nasceria em breve.

— Aquela mestiça é minha... — murmurou ele, como se falasse sozinho. — E eu a quero de volta!

Capítulo 3
Lyons

Não havia mais cores no mundo, exceto pelos tons de cinza que cobriam a lua numa estranha sequência de camadas sucessivas, eclipses que se repetiam segundo a segundo. O céu era negro e indecifrável. O medo dominava Amy. Aquela sensação inquietante e opressora, entretanto, não pertencia a seu coração. A garota inspirou muito ar e se virou para a cena que ainda não tivera coragem de assistir.

Um cavaleiro tirado da Idade Média, protegido por uma armadura de metal, acabara de usar a espada para decapitar um ser imenso, irreal, um personagem de lendas. Ele matara um dragão. As asas do animal tombavam abertas sobre a relva cinza-chumbo, escondendo parcialmente o corpo coberto por escamas. O sangue, um líquido negro, escorreu da garganta exposta. Amy sentiu uma dor horrível pela perda daquela vida mágica. A cabeça do dragão repousava docemente aos pés do cavaleiro, que observava, intrigado, algumas lágrimas que caíam dos olhos do animal. A primeira delas, ao tocar o solo, desencadeou um fascinante processo que trouxe de volta a cor verde que a relva jamais deveria perder. A segunda lágrima repetiu a trajetória da primeira e expandiu sua ação para o bosque ao redor, uma paisagem escura e apática. Imediatamente, todo o ambiente recuperou as cores naturais de um dia de primavera. Sem ideia de como agir, o cavaleiro largou a arma que ainda segurava, retirou a manopla e esticou a mão, ferida, para a terceira lágrima. O toque provocou um processo instantâneo de cura.

O homem riu, estupefato. Com pressa, pegou um saco de couro que pendia junto à bainha da espada e recolheu em seu interior as lágrimas restantes, ainda presas aos olhos do dragão.

— Nunca vi nada igual... — comentou alguém.

Amy espiou o adolescente de uns 15 anos que também acompanhava a cena. Ele estava em pé e segurava as rédeas de dois cavalos castanhos. Era o escudeiro.

— Vida e morte numa mesma semente — disse o cavaleiro.

A voz... aquela voz pertencia a Hugo!

— Isto é muito confuso... — disse o escudeiro.

— Tudo ao seu tempo, Wulfmayer, tudo ao seu tempo.

Com o coração acelerado, Amy reconheceu a armadura que Hugo usava, a mesma que decorava a entrada de seu restaurante, em Paris. "Mas... peraí! Aquele adolescente é o Wulfmayer???"

Neste momento, o corpo do dragão, de um vermelho-vivo, ganhou um brilho suave antes de encolher de forma fantástica para se transformar no corpo de uma jovem mulher de pele alva e cabelos negros. Ela estava nua e era belíssima.

— Matamos a última — disse Hugo.

Sem perceber, Amy voltou a olhar para a lua. Esta, porém, desaparecera, encoberta pelo brilho do sol. A garota tinha que acordar!!! Aquela não era hora para ter sonhos enigmáticos. Wolfang, na certa, precisava de ajuda... Será que ele ainda estava lutando com as leoas? Estava muito ferido? Ou... morto? A possibilidade terrível agitou o corpo adormecido de Amy com um calafrio. Ela se remexeu, fazendo o impossível para abandonar a sonolência pesada que a imobilizava. "Um, dois e... três!", ajudou um pensamento. Amy ergueu o tronco estendido sobre a terra e se sentou, abrindo as pálpebras com dificuldade. Ainda estava no bosque...

Não, aquela era a floresta real, algum trecho bem distante do castelo do Alpha. As leoas grotescas formavam um círculo ao redor de uma clareira, a poucos passos de onde a mestiça fora largada. Um pouco tonta, Amy ficou em pé e esticou o pescoço para ver o que acontecia. No interior do círculo, estava o macho que liderava aquelas leoas. O corpo dele, curvado para frente, era ainda maior do que as fêmeas, mais musculoso e igualmente sem pelos, com exceção de uma volumosa juba castanho dourada, que nascia no alto da cabeça e percorria o pescoço numa volta completa. O focinho, tão ameaçador quanto os focinhos femininos, exibia os dentes prestes a abocanhar a refeição. Ou melhor, o corpo ensanguentado de Wolfang, em sua aparência humana, jogado diante do poderoso leão.

— Pois pode ir escolhendo outro item do cardápio! — rugiu Amy, furiosa, avançando a passos largos para o interior do círculo.

O leão, tão surpreso quanto as leoas por aquela interferência, girou o focinho na direção da mestiça. Esta parou diante dele e, sem hesitação, se agachou para checar o estado do lobo branco. Uma respiração muito débil escapava do rosto irreconhecível devido aos cortes e hematomas. Havia outros ferimentos espalhados pelo corpo, o que agravava ainda mais seu estado de saúde bastante precário. Wolfang ainda vivia.

Com uma pontada no estômago, Amy se lembrou de um documentário sobre felinos que assistira pouco tempo atrás no National Geographic Channel. A caça era responsabilidade das leoas, que traziam a vítima diretamente para o leão, o primeiro a se fartar com a refeição. Só depois elas se serviam...

— Não é justo que eu me alimente da presa mais corajosa que minhas fêmeas abateram? — disse o leão, na voz gutural que caracterizava aquela espécie de criatura.

— Peça uma pizza, droga! — retrucou Amy.

Ela prendeu a mão esquerda de Wolfang contra a sua. Apesar de inconsciente, talvez ele pudesse sentir a presença da mulher que o amava e que lutaria até o fim para salvá-lo.

— Este lobo é tão importante assim para você? — perguntou o leão.

— Você ainda duvida?

— E o que você me daria em troca se eu o poupasse?

— O que você quer?

— Uma aliança entre nós.

A garota fixou o olhar nos olhos selvagens e amarelados da fera. De alguma forma inesperada, aquele leão a respeitava.

— Que tipo de aliança?

— Intercâmbio de informações, ajuda e apoio mútuos.

— Por quê?

— Você é uma Derkesthai.

— E esta aliança comigo é tão importante assim para você?

— Será, no futuro.

Sem ideia do que realmente assumia, Amy concordou com um movimento de cabeça. O leão recuou e endireitou as costas, numa postura triunfante diante de suas leoas. No mesmo segundo, a transformação lhe devolveu a aparência humana. Era um rapaz de cabelos muito curtos num tom castanho claro e, para imensa surpresa de Amy, o ex-integrante de uma famosa *boy band* norte-americana que fazia um tremendo sucesso internacional na carreira solo.

— Ei, eu sou sua fã! — disse a garota, eufórica. — Tenho todos os seus CDs! E ainda torço pra você voltar com a sua ex! Ela é tão maravilhosa... E devia ter casado com você e não com...

— A Derkesthai é minha fã... — riu o rapaz, espantado.

A um sinal dele, as leoas também recuperaram os corpos humanos, garotas loiras, jovens e muito bonitas.

— Estas são minhas *grupies* — apresentou o rapaz, com a voz humana e adorável que conquistara Amy na época da adolescência. — Elas me acompanham em todos os lugares.

— E agora? — perguntou Amy.

— Tenho um show daqui a pouco... — disse ele, cansado, antes de se dirigir às leoas. — Meninas, que tal pegarmos umas pizzas? Estou faminto!

O dia já amanhecera havia algum tempo quando o grupo, ocupando vários carros, chegou a uma discreta pista de pouso, onde o jato particular do cantor o esperava.

— Vou dar uma carona pra você — disse o rapaz, esticando a mão para ajudar Amy a sair do carro. Duas leoas já se encarregavam de levar Wolfang, ainda inconsciente, para dentro do pequeno avião.

A mestiça ia perguntar qual era seu novo destino, mas quase engasgou ao descobrir que duas pessoas os aguardavam junto aos degraus de embarque: Vuk e Okami. O cantor as cumprimentou, apertando a mão do lobo croata e dedicando dois beijos estalados nas bochechas da esposa japonesa.

— Não sabemos como lhe agradecer... — começou Vuk.

— Eu devia um favor pra você, lembra? — disse o cantor.

— Mesmo assim, você se arriscou muito.

— Nada sério. E vocês? Tem certeza de que não querem ir com a gente?

— Há contatos que precisam ser feitos. Devemos ficar, por enquanto.

— E se o Alpha descobrir que foram vocês que me pediram para salvar a mestiça?

— Correremos este risco.

O cantor deu de ombros. Vuk, então, se virou para Amy, apoiando as mãos sobre os ombros dela num gesto paternal.

— O leão levará você até Hugo, em Paris — disse ele, com suavidade. — Protegeremos você...

— Meus pais adotivos... — disse a garota, apavorada com a possibilidade de retaliação por parte do Clã. — Tenho medo que Wulfmayer...

— Pedirei a um amigo que os proteja. Eles ficarão bem.

— Obrigada... Vuk, o que está acontecendo realmente?

— Hugo explicará tudo. Confie em nós.

— Wolfang... ele está ferido e...

— As criaturas se recuperam sozinhas. Ele ficará bem.

— Por que... — murmurou Amy. Ela hesitava. — por que você está me ajudando?

O lobo croata sorriu.

— Sua mãe foi muito importante para mim...

— Você a amava?

Foi a vez de Vuk hesitar, inibido pela presença da esposa. Okami, no entanto, sorriu também, liberando-o para a verdade.

— Sim, eu a amei — disse ele, emocionado. — E não vou permitir que nada de mal aconteça a você!

Amy o abraçou, sem deter as lágrimas. E os dois permaneceram alguns minutos unidos naquele abraço protetor até que o leão, apressado, os lembrou de que não havia mais tempo a perder. Precisavam partir o mais rápido possível.

Em Paris, o cantor colocou Amy e Wolfang num táxi e se despediu, retornando para o jatinho. Um megashow beneficente o esperava em Munique, na Alemanha, onde dividiria o palco com vários músicos famosos, inclusive a ex, uma cantora de sucesso.

O lobo branco ainda não recuperara a consciência. Parecia mergulhado numa desafiadora luta interna que, infelizmente, travava sozinho. Com a ajuda de duas *grupies*, ainda no avião, Amy limpara o sangue dos ferimentos e providenciara os curativos.

Muito bem pago pelo cantor, o taxista não fez perguntas sobre o rapaz ferido que transportava e ainda ajudou Amy a tirá-lo do carro assim que pararam na porta do bistrô Chevalier, em Montmartre. A atendente, a mesma que recebera Amy semanas antes, a reconheceu, abrindo a adega para que Wolfang fosse colocado com cuidado sobre o colchonete que ainda permanecia no local. Por sorte, o restaurante acabara de abrir e estava vazio. O taxista foi dispensado e Amy recebeu a má notícia.

— Monsieur Hugo não estar — disse a atendente, num péssimo inglês. — Ele viajar.

— Quando ele volta?

— Hum?

— Quando ele retorna?

— Não saber. Esperar aqui você e seu amigo. Fome?

— Sim, estou faminta!

A atendente sorriu, feliz em cooperar, e se dirigiu para a cozinha. Amy tirou o blusão de lã e se sentou junto a Wolfang. Uma das *grupies* lhe emprestara algumas roupas — calça jeans e camiseta, além do blusão —, que agora substituíam o odioso vestido negro que fora devidamente despachado para a lata de lixo. Amy, entretanto, tivera que guardar no bolso o colar de diamantes. Deixara tudo no castelo do Alpha: passaporte, dólares, pertences pessoais. Poderia vender a jóia e ganhar algum dinheiro para pagar as despesas dessa nova reviravolta em sua vida... E agora? O que seria deles? Hugo não tinha previsão de regressar tão cedo. E o que era, afinal, uma Derkesthai?

— Não desista... — pediu a garota, sussurrando ao ouvido do rapaz inconsciente. — Enfrente seus demônios e volte pra mim... Eu amo você!

Wolfang recuperou a consciência, mas não melhorou como deveria. Dois dias depois, apresentava febre altíssima e não conseguia engolir nenhum dos remédios ou alimentos que Amy e a atendente ofereciam para ele. Os ferimentos não queriam cicatrizar. O rapaz continuava deitado no colchonete da adega, sofrendo em silêncio. Nada parecia aliviar sua dor. Amy, sentada ao lado dele em mais uma madrugada insone, acompanhava, atenta, cada mudança em sua respiração. O restaurante fechara havia algum tempo. Estavam sozinhos.

— Não podemos... não podemos ficar esperando... — murmurou ele, abrindo os olhos com dificuldade. Os lábios estavam inchados, com cortes que não davam sinais de cicatrização. — O Alpha...

— Você acha que ele vai nos procurar aqui?

O rapaz assentiu com um movimento de cabeça. Era a primeira vez que conseguia dizer algumas palavras, o que não deixava de ser um bom sinal. Amy aproximou o ouvido dos lábios masculinos para ouvir melhor as palavras que soavam quase incompreensíveis.

— Hugo e Wulfmayer são amigos? — perguntou ela.

— Velhos conhecidos...

— Bom, isso eu sei, Marco! Hugo nos entregaria para ele?

— Não...

— E para onde iremos? Você não pode se mexer ainda...

— Telefone para Tayra...

— Não mesmo!!!

— Depois do Hugo... ela é a única... que pode nos ajudar.

Amy se esforçou para engolir o orgulho. Wolfang tinha razão. Deixaria o ciúme de lado para se aliar a uma traiçoeira pantera negra se isso ajudasse na recuperação do lobo branco. A possibilidade de perder o rapaz a apavorava. Desperdiçava um tempo precioso naquela adega, mas... para onde ir? Ela simplesmente não sabia o que fazer! Pela primeira vez na vida, Amy Meade se sentia acuada, perdida, sem vislumbrar qualquer esperança que a confortasse.

— Tá. Você se lembra do número do telefone daquela filha da...?

A garota parou de falar de repente, presa a uma sensação de perigo que ganhava cada vez mais força nas últimas horas. Amedrontada, ela se endireitou e olhou para a porta segundos antes de um vulto familiar abri-la com a maior tranquilidade.

— Vim buscar você, moça — disse Blöter, sem qualquer expressão no rosto truculento, de olhar vazio.

Amy se levantou num impulso, pronta para se defender. Não olhou para Wolfang, mas sabia que ele também percebera o recém-chegado. Este avançou sobre o piso de madeira da adega, produzindo um som abafado e seco.

— Não se aproxime! — mandou a garota.

— E por que não? — disse ele, sem interromper a caminhada lenta. O olhar nojento não se desviava do colo de Amy, delineado pela camiseta justa. — Podemos nos divertir um pouco antes de partirmos...

A garota cerrou os dentes. Encheria aquela cara branquicela de socos e pontapés. Não conseguira derrubar sozinha uma leoa?

Foi então que outro vulto passou pela porta: Cannish.

— Só agora você resolveu aparecer, irlandês? — rosnou Blöter, como se já esperasse a chegada do parceiro.

O alemão continuou a andar, sem pressa, sem desprender a atenção da garota. "Não posso lutar contra dois lobos...", desesperou-se Amy. Wolfang, num esforço inacreditável, conseguira se sentar. O ódio o fortalecia. "Ele vai tentar lutar... E vai morrer!"

— É, alemão... Às vezes, a gente tem que aparecer pra dar uma mãozinha, né? — disse Cannish.

— Arranque logo a cabeça daquele Ômega inútil. Vou brincar um pouco com a garotinha...

— Quer que eu deixe um pedaço de lobo pra você?

— Sim. Vou sentir muita fome daqui a pouco.

Cannish se transformou no mesmo segundo, o lobo de pelo avermelhado que pularia para destroçar mais uma vítima. E ele pulou, as garras afiadas preparadas para arrancar pedaços de suas vítimas. Amy abriu os braços, uma reação inútil para proteger Wolfang. Blöter estava próximo demais, prestes a tocá-la. Ele estendeu o braço, abrindo os dedos da mão para aprisionar o pescoço feminino...

Cannish aterrissou sobre o lado esquerdo do alemão, derrubando-o sem piedade contra uma parede de prateleiras carregadas de garrafas. Gillian apareceu na porta neste instante, com uma espingarda com tranquilizantes em posição de disparo. Ela fez pontaria e apertou o gatilho, aproveitando a desvantagem de Blöter, ainda humano, para acertá-lo no pescoço. O alemão, porém, não se deixou abater. Apesar das mordidas que recebia do lobo vermelho, ele conseguiu se transformar, o que viraria o jogo a seu favor. Os dois rolaram sobre o piso de madeira numa luta medonha, batendo em novas garrafas e espalhando mais vinho e cacos de vidro. Amy se abaixou para apoiar o braço direito de Wolfang sobre os ombros dela e tirá-lo do meio do campo de batalha, procurando abrigo no lado oposto da adega.

Gillian continuou a disparar, sem pausas, acertando o lobo alemão em várias partes do corpo. "Ela é uma atiradora excepcional!", pensou Amy. A agente não desperdiçava praticamente nenhum dardo de tranquilizante, apesar da velocidade com que os dois lobos se moviam durante a luta. Cannish era visivelmente mais fraco, embora muito mais ágil do que Blöter. O objetivo do irlandês era apenas o de cansar o adversário até que o tranquilizante em dose cavalar surtisse efeito. Deu resultado. Blöter mostrou os primeiros sinais de exaustão após alguns minutos. Ao final, ele retomou a aparência humana e tombou ofegante sobre o piso. Gillian gastara toda a munição.

Cannish se tornou bípede mais uma vez, reassumindo também a forma humana. Tinha alguns cortes profundos no peito e nos braços, mas, no geral, parecia bem.

— Vou estraçalhar você e mandá-lo para o inferno... — rosnou Blöter, a língua dopada mal articulando as palavras. A força o abandonava, deixando-o completamente vulnerável.

— Nem precisa ter este trabalho — sorriu o irlandês, nada abalado com a ameaça. — Deus já me condenou ao inferno há muito tempo...

Cannish se virou para Amy e Wolfang, ainda parados junto às únicas garrafas intactas da adega, e retirou do bolso da calça um par de luvas cirúrgicas.

— Me esperem no carro — disse o irlandês.

— O que você vai fazer? — preocupou-se Gillian.

— Tenho que resolver um assunto particular. Leve os dois para o carro.

— Você vai matá-lo?

Antes de responder, o irlandês colocou rapidamente as luvas, como se as usasse todo dia, e, também do bolso, pegou um pequeno bisturi.

— Não, não vou matá-lo. Ainda não. Me esperem no carro. Não vou demorar.

Ainda sem acreditar na reviravolta fantástica que acabara de acontecer, Amy seguiu a agente até a rua, deserta durante a madrugada. Gillian a ajudou a colocar Wolfang no banco de trás do carro, guardou a espingarda no porta-malas e voltou para a calçada. Amy se apoiou na porta entreaberta do veículo, com os pés sobre o meio-fio, apertando com carinho a mão do rapaz, que lutava para permanecer acordado.

— Desde quando ele resolveu nos ajudar? — perguntou Amy, nervosa.

— Cannish me tirou do castelo durante o ataque das lyons — respondeu a agente.

— Lyons?! Ah, é assim que os lobos chamam as leoas? O que aconteceu depois?

— Ele pediu minha ajuda para lidar com Blöter.

— Obrigou e torturou você?

— Ele pediu, apenas... O Alpha enviou o que sobrou do Clã aos quatro ventos atrás de vocês dois. Cannish tinha certeza de que Blöter os encontraria e resolveu segui-lo. Por isso estamos aqui.

— E por que aquele lobo irlandês está nos defendendo agora?

— É melhor você perguntar isto pra ele.

Cannish demorou poucos minutos para aparecer. Ainda usava as luvas, agora sujas, e carregava um pedaço de carne encharcado de sangue dentro de um saco plástico.

— Você o matou! — constatou Gillian, furiosa. — Eu sou uma policial! Não posso permitir que você saia por aí fazendo justiça com as próprias mãos e...

— Eu não o matei — disse Cannish, muito satisfeito consigo mesmo. — Agora, mais do que nunca, eu o quero bem vivo!

— Mas... isso... isso não é o coração dele?

— Ele não tem coração.

— Então...

— Eu já trabalhei como cirurgião, sabia?

— O que você...?

— O que eu extraí?

— É...

— Algo que ele nunca mais poderá usar contra mulher alguma.

— Hum?

— Eu o castrei.

Amy arregalou os olhos para o punhado de carne e sangue dentro do saco plástico que agora Cannish jogava de uma mão para outra, como se brincasse com uma bola de beisebol.

— Livre-se logo disso! — brigou Gillian, chocada.

O irlandês, um pouco contrariado, a obedeceu. Arremessou o saco plástico no bueiro mais próximo, livrando-se em seguida das luvas.

— O caçulinha ainda não se recuperou? — perguntou ele, preocupado, ao se dirigir para o carro e perceber o estado crítico do lobo branco.

— Ele não consegue se recuperar — disse Amy, ainda encostada na porta entreaberta, mantendo com firmeza o posto de vigilância entre Wolfang e o mundo. Estava lidando com um capanga ainda mais perigoso e cruel do que imaginava e não pretendia confiar nem um pouco nele. — E está com muita febre...

— Lobo anêmico e idiota... — resmungou Cannish, contornando a traseira do carro. — Isso é que dá se entupir de salada!

Ele abriu a outra porta do veículo, sentou-se ao lado de Wolfang e, num gesto rude, apertou o antebraço contra o rosto do rapaz mais jovem.

— Ei, o que você pensa que está fazendo? — irritou-se Amy, também entrando no carro.

— Ele precisa de sangue — explicou o irlandês. Seu braço tinha um rasgo imenso, provocado por Blöter durante a luta, exatamente no trecho que pressionava contra os lábios do lobo branco. — Vamos, garoto, beba... Você não tem escolha!

Wolfang estava fraco demais para insistir em suas crenças vegetarianas. O gosto do sangue em seus lábios atiçou a natureza animal, sedenta por energia, e ele sugou com vontade cada gota oferecida pelo irlandês. A doação durou um pouco mais de um minuto.

— Pronto, agora ele tem o suficiente para se recuperar — disse Cannish, retirando o braço com cuidado. Wolfang se remexeu, agitado, e só pareceu se acalmar quando Amy o abraçou.

— Era o que eu devia ter feito? — perguntou a mestiça. — Dar sangue para ele?

— O seu sangue.

— O meu?!

— O seu, o meu ou o de qualquer outra criatura.

— Como assim?

— As criaturas trazem dentro de si o poder de cura.

— Vida e morte numa mesma semente?

— É isso aí. Trazemos em nós o poder de curar e o poder de destruir.

— Minhas lágrimas... elas também o teriam curado?

— Lágrimas?! Hum, acho que não. As minhas não prestam pra nada.

Amy parou de falar, avaliando o homem que também a avaliava. Gillian quebrou o silêncio, que se tornava difícil, ao assumir o volante.

— É melhor partirmos agora — disse a agente, colocando a chave na ignição. — Ainda temos muitas horas de viagem pela frente.

Capítulo 4
Treinador

— Ei, temos que esperar pelo Hugo! — lembrou-se Amy assim que Cannish passou para o banco da frente, ao lado de Gillian, e abriu uma gigantesca barra triangular de Toblerone, que devoraria em segundos. O lobo irlandês exibia uma aparência exausta e envelhecida.

— Não confio naquele velho — resmungou, mal-humorado.

— Para onde vamos?

— Para um esconderijo seguro. Temos que descobrir quem está do nosso lado.

— Nosso lado?! E por que, logo você, está nos ajudando?

— Yu estava certa. Eu devia ter largado aquele maldito Clã há muito tempo.

Amy sentiu o coração gelar. E se...? Não, impossível! Era melhor não fazer mais nenhuma pergunta. O carro abandonava rapidamente a rua estreita. O bairro de Montmartre ficaria para trás.

Cannish tirou de dentro da camiseta regata que vestia um pequeno medalhão de bronze, preso a uma grossa corrente de ouro, e o entregou a Amy.

— Abra — pediu, apoiando o braço tatuado no alto do banco para encarar a garota. — Dentro desse medalhão, você vai encontrar uma pintura. É minha imagem aos 16 anos. Se você olhar bem, analisar meus traços... Hum, você não é parecida fisicamente com a Yu... Você se parece comigo.

O medalhão, agora sobre a palma aberta da mão de Amy, parecia queimar sua pele. A garota não o abriu. Nunca iria aceitar aquela mentira!

— Não mesmo! — gritou Amy, atirando o medalhão contra o painel do carro. O objeto chocou-se contra o vidro e caiu próximo ao câmbio. — Você não é meu pai!

— Demorei a enxergar o óbvio porque...

— Eu quero que Vuk seja meu pai e não você!

— Não vai dar — insistiu Cannish, com cautela. Wolfang abrira os olhos, muito alerta. Sua melhora era visível. — Fui o único homem na vida da sua mãe.

Amy tentou respirar, cada vez mais nervosa. Aquelas palavras absurdas a sufocavam, como se duas mãos lhe apertassem com força a garganta.

— Yu nunca se apaixonaria por você! — disse, com dificuldade. — Você é um... uma coisa odiosa e nojenta! Você abusou da mãe do Wolfang e...

— Eu fiz o quê???

— Você é um criminoso!!! Matou o Fang, o mendigo e muitos outros... e tentou me matar duas vezes!

— Bom, eu...

— Odeio você!!!

Cannish coçou a cabeça, indeciso sobre continuar o assunto. Lentamente, ele se endireitou no banco do carro, virando-se para frente, para a paisagem noturna de uma cidade que acordaria em breve.

— Era por mim que Yu esperava no parque, em Madri — disse, numa voz cansada.

Amy não queria ouvir mais nada. A vontade dela era abrir a porta do carro e...

— Calma... — sussurrou Wolfang, pressionando com carinho a mão da garota, ainda presa junto à dele. O inchaço imenso nos lábios cortados diminuía numa rapidez espantosa. Os ferimentos espalhados pelo corpo também desapareceriam em minutos.

Cannish engoliu o último pedaço de chocolate, amassou a embalagem e a largou sobre o painel do carro. A refeição não o satisfazia tanto quanto um bom pedaço de carne humana, mas teria que quebrar o galho naquela situação difícil. O lobo irlandês pegou o medalhão e o guardou num dos bolsos do bermudão, junto ao bisturi que sempre o acompanhava.

— Yu era especial — começou ele, como se falasse sozinho. Gillian lhe lançou um olhar rápido e continuou a prestar atenção no caminho que tomavam. O irlandês lhe contara tudo ao salvá-la das mãos do Clã, quando lhe pedira ajuda para pegar Blöter e proteger Amy. — Yu era uma mulher fascinante, suave, linda... Havia uma bondade excepcional em cada gesto, em cada palavra. Era como... era como admirar um anjo, alguém puro, que parecia pertencer a outro mundo. Impossível não se apaixonar por ela.

— Como minha mãe foi se envolver logo com você? — disse Amy, cuspindo as palavras com raiva e desprezo.

— Apenas... aconteceu. Vuk e Wolfang eram loucos por ela, Wulfmayer a cobiçava abertamente... E eu... eu não sei porque Yu me escolheu.

— E ela escolheu o cara errado, não é? Você a abandonou sozinha no tal parque! Se tivesse aparecido...

— Nós íamos fugir juntos. Eu pretendia largar o Clã para viver com ela, longe de tudo. Mas, naquela semana, o Alpha me enviou à Nova Zelândia para resolver um assunto...

— Que assunto? Matar algum inimigo do Clã?

Cannish assentiu. Pretendia ser totalmente honesto com a filha que o odiava. Amy bufou, ainda muito agitada.

— Eu não conseguiria chegar a tempo em Madri — retomou ele. — Pedi a Vuk que avisasse Yu, mas ele não a avisou.

— Vuk sabia sobre vocês?

— Era o único. Sua mãe confiava nele.

— E ele não avisou? Por quê?

— Vuk sempre me odiou.

— Por que será, né? — ironizou a garota.

— Hoje, acredito que Vuk não deu o recado apenas para que Yu achasse que eu a tinha abandonado. Só que, na época, não pensei isso.

— E o que pensou?

— O que Vuk queria que eu pensasse: que Yu estava grávida de Wolfang e que os dois haviam fugido juntos.

— Você está mentindo! Vuk não usaria um golpe tão baixo...

— Pois usou. E o idiota aqui acreditou em tudo, acreditou na carta...

— Que carta?

Cannish se virou para entregar à filha uma folha velha e amassada. Desta vez, Amy examinou a prova com curiosidade.

— "Sean..." — leu a garota. — Quem é Sean?

— É meu nome: Sean O'Connell.

— E esta letra é dela?

Wolfang, que também analisava o papel, confirmou a autoria do bilhete.

— "Sean, o amor não existe mais" — continuou Amy. — "Tudo não passou de um engano. Não me procure. Yu." Por que ela escreveria isto pra você?

— Para salvar a vida dele — respondeu Wolfang. — Preferiu mentir para afastá-lo e impedir que ele descobrisse o que Blöter e Wulfmayer fizeram com ela. Se Cannish descobrisse...

— Eu os mataria — disse o irlandês.

— Não — disse Wolfang. — Você seria morto por eles. Yu quis salvar você. Só não entendo porque Vuk inventou que ela estava comigo.

— Você sumiu na mesma época que Yu — continuou Cannish. — Procurei vocês dois como um doido durante meses, fuçando em todos os cantos do planeta...

— Quando ela me falou que iria embora com outro cara, eu... Achei que era hora de fazer uma longa viagem e desaparecer por uns tempos. Estive no Nepal, no Uzbequistão e em muitos outros lugares. Eu precisava tirar Yu da minha cabeça.

— Pela reação de Vuk durante o jantar — analisou Cannish, relembrando a dor e o ódio que sentira ao descobrir a verdade pela boca do próprio Alpha —, Yu não contou nada a ele sobre o estupro. Deve ter pedido apenas que ele me entregasse o bilhete e fugiu, na certa com a ajuda de Fang. E Vuk aproveitou para inventar a história que quis para mim e me afastar definitivamente da Yu para ficar com ela.

O irlandês voltou a se endireitar na poltrona. Alimentara um rancor interminável por Wolfang durante anos. Tinha certeza de que ele abandonara Yu sozinha no Canadá, largando-a indefesa para as garras de Anisa. Soava estranho, após tanto tempo, aceitar a ideia de que o caçulinha era inocente.

— Você e Yu estavam sempre juntos — disse Cannish. — Bons amigos, quase irmãos. Eu me ressentia disso, de não poder me encontrar com ela em lugares públicos como você fazia, odiava os comentários maldosos sobre um caso entre vocês dois, de como eram inseparáveis. Não foi difícil, para mim, acreditar na versão de Vuk.

— E o que o fez enxergar a verdade? — perguntou Wolfang.

— O que Wulfmayer contou... Yu estava me esperando no parque, como havíamos combinado dias antes. Droga, Wolfang, ela estava em Madri, na cidade onde você morava, e esperava por mim! Ficou óbvio que Vuk não tinha dado meu recado para ela, como me prometeu. Se ele havia mentido uma vez...

— Podia muito bem ter mentido outras vezes.

— Exato. E ele tinha todo o interesse do mundo em me tirar da vida de Yu.

— Não acredito que Vuk seja mentiroso! — explodiu Amy. — Ele chamou as leoas para me tirar do castelo e está fazendo de tudo para me proteger! Sabe por quê? Porque sou filha dele!

— Porque você é a filha que ele gostaria de ter feito em Yu e não conseguiu! — cortou Cannish, sem paciência.

— Não quero mais ouvir suas mentiras!

— Amy, eu estava tão envenenado pelas palavras de Vuk que não parei sequer para um cálculo básico. Nove meses antes de você nascer, Yu e eu estávamos em Hong Kong. Você foi concebida lá. Foram os dias mais felizes da minha vid...

— Cale esta maldita boca, seu assassino!

O irlandês desistiu do assunto. Amy, afinal, tinha o direito de repudiá-lo como pai.

— Vire à esquerda na próxima rua — disse ele para Gillian. — Vamos parar na casa de um velho conhecido. Vocês duas vão precisar de documentos falsos para andar por aí.

Retornar a Portugal tranquilizava o espírito de Wolfang. Ele vivera na cidade do Porto durante alguns anos, antes de se mudar para o Brasil, mas realizara duas viagens ao norte de Portugal, a região belíssima que percorriam agora no carro alugado em Salamanca, na Espanha. Já era o terceiro veículo que os quatro utilizavam, sempre com o cuidado de despistar qualquer criatura que tentasse segui-los.

A saúde de Wolfang retornara. Os ferimentos, como sempre ocorria, haviam desaparecido sem deixar qualquer cicatriz. A única preocupação era Amy, a garota corajosa que se fechara como uma ostra desde que haviam deixado Paris. Ela viajava abraçada ao rapaz, sem vontade de comer, de dormir e até de espiar a paisagem pela janela do carro que Cannish dirigia naquele momento. E as imagens eram incrivelmente sedutoras naquela manhã clara de novembro: o Concelho de Vila Nova de Foz Côa reúne montes e vales entrecortados por riachos, numa região agrícola que vive do cultivo de videiras, amendoais e oliveiras. Um mundo inocente que fazia bem aos olhos tristes do lobo branco.

— Entre fevereiro e março, esta parte do país parece coberta de rosa e branco graças às amendoeiras em flor — disse Wolfang, querendo despertar o interesse da garota. — Além das amêndoas, o pessoal daqui produz um vinho maravilhoso e um azeite quase sem acidez.

Não deu resultado. Amy se encolheu ainda mais contra o peito do rapaz.

— Você devia comer alguma coisa... — disse Gillian, no banco da frente, ao oferecer para a garota um pacote de biscoitos. — Estão deliciosos!

Amy recusou, balançando a cabeça, e abriu a boca para um único pedido.

— Marco, me fale da Yu...

Cannish espiou Wolfang pelo espelho retrovisor do carro antes de fixar novamente a atenção na estrada.

— Fang e a esposa se separaram quando Yu era bebê. As duas deixaram a Inglaterra e foram viver em Hong Kong — disse o lobo branco. — Yu tinha 20 anos quando a mãe morreu e Fang me pediu para acompanhá-lo na viagem até Hong Kong. Ele mal conhecia a filha e se sentia inseguro para lidar com ela naquela situação de perda.

— E os dois se deram bem?

— Sim, Fang era um bom homem. Mas o Alpha o chamou de volta à Inglaterra e ele não pôde ficar muito mais do que alguns dias com a filha. Fang, então, me pediu que tomasse conta dela até que ele pudesse retornar a Hong Kong. Passei quase dois anos na cidade. Acabei me tornando vizinho da Yu, nos víamos todos os dias. Foi nesta época que começou nossa amizade.

— E você se apaixonou por ela...

— Yu era uma pianista excepcional. Ela ganhou uma bolsa de estudo para aperfeiçoar o talento na Suíça. Ficou uns meses lá até que conheceu Vuk, um dos melhores maestros do mundo, segundo a própria Yu. Impressionada com o sujeito, ela aceitou o convite dele para integrar a tal orquestra filarmônica e se mudou para Londres.

Cannish rangeu os dentes. Ele e Wolfang dividiam a mesma antipatia pelo lobo croata.

— E você, Marco? — perguntou Amy.

— Aluguei um apartamento em Madri, mas viajava sempre até Londres para tomar conta dela. Fang e eu temíamos a proximidade da nova vida de Yu com o mundo do Alpha. Claro que ela acabou conhecendo Wulfmayer, Anisa e... alguns outros.

Wolfang olhou para o espelho. Obviamente Cannish lhe dirigia um olhar nada satisfeito com a referência, carregada de desprezo, a "alguns outros". Também era difícil para o lobo branco aceitar que Yu tivesse amado um lobo tão ruim e sarcástico quanto o irlandês.

— Vamos para uma vila chamada Freixo de Numão — avisou Gillian, quebrando o clima de animosidade entre os dois homens. Ela consultava o mapa.

— Quase 600 habitantes — completou Cannish. — Um lugar bem tranquilo. Teremos privacidade para conversar com Ernesto. Já ouviu falar dele, caçulinha?

— Não...

— Não mesmo? Os outros lobos o chamam de Maneta.

— Um que perdeu a pata numa briga com Wulfmayer?

— O próprio. Você vai conhecer o nosso primeiro Alpha.

— Hum?! Mas Wulfmayer não é o primeiro Alpha, o primeiro de todos os lobos, aquele que organizou o Clã e...?

— Isto é o que ele conta. Ernesto perdeu a pata na luta que definiu Wulfmayer como o novo Alpha.

— Tem certeza?

— Eu assisti à luta.

— Quando foi isso? — perguntou Gillian.

— Verão de 1754.

A agente franziu a testa, o lado racional ainda duvidando do fato de estar ao lado de alguém com um mínimo de 300 anos de idade.

— E para quem você torcia? — insistiu a jovem.

— Eu nunca apoiaria um inglês, garota — disse Cannish.

— E por que não?

— Por quê? E você ainda pergunta? Lutei contra Oliver Cromwell, aquele fanático maldito que violentou meu povo no século XVII, passei minha juventude combatendo os ingleses que invadiram meu país, vivi a miséria que eles provocaram, ajudei a criar o IRA e...

— Quando você passou a trabalhar para Wulfmayer? — interrompeu Wolfang, atento ao olhar do irlandês, refletido pelo espelho retrovisor.

— Doze de maio de 1938. Lutei contra ele e perdi. Desde então, trabalho para o inglês. Ou melhor, trabalhava. Agora trabalho pra você.

— Pra mim?! Ficou maluco???

— Você será o novo Alpha.

Gillian adorou o visual antigo e conservador de Freixo de Numão, as ruas estreitas, casas em pedra e quintais com chácaras bem cuidadas. O carro passou por algumas ovelhas — vigiadas por uma velhinha de lenço na cabeça e vestido negro, sóbrio e recatado, com um avental cinza amarrado à cintura — e pela Igreja Matriz antes de dar mais uma volta na vizinhança e parar diante da casa de Ernesto. Esta era grande, de três pavimentos, e ficava próxima a uma área de ruínas que Gillian descobriu depois ser um sítio arqueológico que comprovava a ocupação romana na região milênios antes.

O grupo saiu do carro e esperou. Ernesto não estava em casa. Cannish, com os braços cruzados, se afastou de Wolfang e Amy e foi espiar a paisagem repleta de oliveiras ao lado da casa. Gillian o seguiu. Tinha uma pergunta engasgada na garganta havia vários dias.

— Você realmente matou Roger?
— Blöter e eu matamos seu amigo — respondeu o irlandês, indiferente.
— E ele... ele sofreu muito antes de morrer?
— Sofreu bastante.

Gillian não queria perder o controle sobre suas próprias emoções. Concordara em ajudar aquele assassino em troca de provas que colocassem Wulfmayer e seus seguidores na cadeia. Tivera que engolir o trabalho em conjunto para atacar Blöter e agora seria obrigada a conviver com aquele lobo irlandês por tempo indefinido enquanto não tivesse garantias sobre sua própria segurança e a de pessoas inocentes, que deveriam ser protegidas.

— Você não sente nada, nenhum peso na consciência? — perguntou Gillian, a voz sumindo, envolvida pela vontade de chorar.
— Sou um matador. É o meu trabalho.
— Por que matar Roger?
— Eu obedecia às ordens de Wulfmayer.
— E agora? Você ainda é um matador?
— Agora obedeço ao Wolfang.
— E você vai continuar matando, destruindo...?
— É o meu trabalho.
— O que Yu, afinal, viu em você pra se apaixonar? — disparou a agente, entre dentes. — Você é um...

"... monstro!", concluiu seu pensamento. Cannish virou o rosto para ela, os olhos vermelhos, mas não respondeu.

— Ernesto já está voltando — disse ele, ao indicar um vulto que caminhava entre as oliveiras.

O lobo maneta, um homem baixinho e de pele muito morena, aparentava uns 65 anos de idade, embora devesse ter muitos séculos a mais. Nada espantado com a presença dos visitantes, mandou que entrassem no pavimento térreo da casa, que funcionava como um depósito de mercadorias, e apontou para uma mesa e bancos de madeira rústica, onde eles deveriam se sentar. Depois, espalhou sobre a mesa pedaços de pão e porções de chouriço, queijo e azeitonas, além de abrir uma garrafa do vinho Barca Velha, produzido na região e um dos mais famosos de Portugal.

Gillian mordeu um pedaço de pão. Era feito de centeio, um gosto leve e agradável.

— Vou trazer para você um punhado de pêssegos carnudos — disse Ernesto, num inglês arrastado. — Ou a menina prefere doce de amêndoa?

— Mais tarde, obrigada — respondeu a agente, evitando olhar para o braço direito do lobo, decepado na altura do cotovelo.

— E você? — disse o Maneta, dirigindo-se a Amy. — Não vai comer?

— Estou sem fome.

— Se não comer, ficará doente!

Ernesto sorriu. Ele foi para um aposento anexo e retornou com um prato cheio de massinhas redondas, recheadas com creme dourado.

— Pastéis de Santa Clara — explicou o lobo maneta, entregando o prato para Amy. — Minha vizinha preparou especialmente para mim. É uma viúva que quer me conquistar pelo estômago! — acrescentou, com uma piscadela. — Experimente, menina, você vai gostar.

Amy cedeu, levando um dos pastéis folhados até a boca. Imediatamente, ela arregalou os olhos e mastigou com vontade. Ernesto a conquistara.

— Pegue um também — disse ele para Gillian antes de virar para Cannish, que se preparava para engolir um enorme pedaço de queijo. — O que deseja de mim, irlandês?

— Sua opinião.

— E ela ainda é importante para você?

— Agora mais do que nunca. Teremos um novo Alpha.

Wolfang, que levava um copo de vinho até os lábios, interrompeu o movimento e devolveu o objeto à mesa de forma um tanto brusca.

— Você vai treinar o garoto? — perguntou Ernesto, estreitando as pálpebras para o lobo branco.

— Vou. O que acha dele?

— Já perguntou a opinião dele, irlandês? Seu candidato não parece muito interessado no cargo.

E era verdade. Wolfang fuzilava Cannish com o olhar, sem disfarçar a vontade explícita de estrangulá-lo.

— Ele não tem escolha — respondeu o irlandês. — Derrotar Wulfmayer é a única maneira de salvar a mulher que ele ama.

Amy, que comia o terceiro pastel de Santa Clara, girou o rosto aflito para o namorado.

— Wolfang não vai se sacrificar por minha causa! — disse ela, de boca cheia.

— Você tem uma ideia melhor? — perguntou Cannish.

— Que tal você sair da minha vida?

— Viver fugindo pode dar resultado por alguns meses, se você tiver sorte, até o momento em que Wulfmayer nos encontrar — continuou o irlandês, fazendo de conta que não escutara a sugestão. — Aí, ele vai arrancar minha cabeça, destruir Wolfang, devorar Gillian na hora do jantar e, depois, se divertir muito com você, como fez com sua mãe.

Pelo menos ele não matará você, não é mesmo? E você irá morar no castelo, como ele planejou antes. Aliás, o que você acha que aconteceria com você logo após aquele jantar, quando os convidados se retirassem? Por que você acha que ele entupiu seu novo quarto de joias e roupas de grife? Ele pretendia transformar você num brinquedinho de luxo para usá-la toda vez que se sentisse entediado com Anisa! Wulfmayer tentou isso com Yu, sabia? E se vingou dela porque ela recusou a oferta *generosa*...

Cannish parou de falar para recuperar um pouco de fôlego. Despejara tudo de uma vez, num tom amargo, sem desviar a atenção de Amy.

— Temos pouco tempo para preparar Wolfang contra Wulfmayer — disse ele, mais calmo.

— Não há outro candidato? — perguntou Gillian. — E Vuk?

— Um bom rapaz, mas muito fraco numa luta — avaliou Ernesto. — Mas o croata é um excelente diplomata. Ele está do lado de vocês?

— Parece que sim — resmungou Cannish, com uma careta.

— Boa aquisição...

Amy abriu um sorriso, concordando com a opinião do lobo maneta.

— Não há ninguém melhor do que eu para disputar a liderança com Wulfmayer? — perguntou Wolfang. — Eu sou o Ômega. Não posso ser o novo...

— Não há ninguém — decretou Cannish.

— Wulfmayer era Ômega antes de se tornar Alpha — comentou Ernesto, provocando expressões surpresas entre os visitantes.

— E antes disso? — perguntou Amy. — Ele era um escudeiro?

O Maneta balançou lentamente a cabeça, de modo afirmativo.

— E ele trabalhava para...? — insistiu a garota.

— Para um cavaleiro.

— Para Hugo!

— Isto foi há muito tempo.

— E o que eles... perseguiam?

— Criaturas.

— Criaturas que caçam criaturas??? — espantou-se Cannish.

— Criaturas que se orientam pela intolerância e cobiçam o poder absoluto por se julgarem superiores a outras — explicou Ernesto. — São os caçadores.

— Hugo ainda é um caçador? — perguntou Wolfang.

— Foi, no passado. Combater ao lado da santa modificou seu coração.

— Joana D'Arc... — murmurou Amy.

— Como Hugo, também coloquei minha espada aos pés da Donzela — afirmou o Maneta. — E ela purificou nossos espíritos.

— E Wulfmayer? — cobrou Cannish. — No mínimo, ele a capturou para os ingleses!

— Sim, ele fez isso — disse Ernesto com tristeza. — E ajudou a enviá-la para a fogueira.

As palavras do Maneta produziram um longo silêncio. Gillian bebeu um bom gole de vinho antes de obrigar aquelas criaturas a retornarem ao presente.

— Esses caçadores ainda existem? — perguntou para Ernesto.

— Alguns.

— Tem certeza? — perguntou Cannish. — Eu nunca ouvi falar de...

— Vocês devem proteger a menina. Ela é uma criatura muito rara, que atrairá o ódio dessa gente.

Todos olharam preocupados para Amy.

— Que criatura eu sou? — perguntou ela.

— A pergunta é: que criatura você se tornará? — corrigiu Ernesto.

— O leão disse que eu era uma Derkesthai.

— Você se tornará uma.

— Mas Derkesthais são personagens de lendas! — disse Cannish. — Não acredito que...

— A última Derkesthai pertencia à sua família, irlandês.

— Hum?

— Ela deixou dois filhos. Um deles foi seu antepassado. A última Derkesthai foi morta por Hugo na época em que ele ainda era um caçador.

— O dragão de escamas vermelhas... — disse Amy. — Eu o vi, no meu sonho.

— Você é a primeira Derkesthai a nascer em mais de mil anos.

— Por que sou mestiça?

— Porque reúne as melhores qualidades da criatura e da humana que a geraram.

— Vou virar um dragão, com rabo e tudo? — disse a garota, torcendo o nariz.

— Ser uma Derkesthai é mais simbólico do que você imagina — sorriu Ernesto. — Você entenderá na hora certa.

Amy suspirou, desanimada. Teria pela frente muito mais inimigos do que imaginava. Gillian, novamente, apresentou uma perspectiva mais objetiva sobre a situação.

— Temos duas frentes de luta — disse, estalando sem perceber os dedos das mãos. — Wulfmayer e...

— Além de Ernesto, há mais sete lobos que vivem à margem do Clã por não aceitarem a liderança de Wulfmayer — disse Cannish. — Wolfang terá que provar a cada um deles que é o mais forte do grupo.

— Como assim? — perguntou a agente.

— Terei que lutar com cada um deles — disse Wolfang. — É a única linguagem que essa gente entende!

— Não nos subestime... — pediu Ernesto.

— E depois? — perguntou Gillian. — Se você conseguir o apoio dos oito lobos, terá que enfrentar o Clã?

— Se o caçulinha derrotar Wulfmayer, os outros se curvarão para ele automaticamente — disse Cannish. — Ou quase. Ainda tem o Blöter.

— Não me parece tão simples — insistiu Gillian. — Os lobos que obedecem a Wulfmayer também estarão no nosso encalço.

— E outros tipos de criaturas que se aliarem a Wulfmayer — acrescentou o irlandês.

— Vuk me falou que ficaria em Londres para fazer alguns contatos — lembrou Amy. — Os leões já estão do nosso lado.

— A outra frente de luta são esses caçadores — completou Gillian. — Ernesto, você tem mais alguma informação sobre eles?

— Boatos, apenas — respondeu o Maneta. — Nada concreto.

— Pode ser então que eles nem existam?

— Eu não confiaria nesta possibilidade.

— Há ainda os dragões — disse Wolfang.

— As Derkesthais? — quis confirmar Gillian.

— Não. Seus seguidores, na verdade.

Wolfang apoiou os cotovelos sobre a mesa, nada à vontade por ser o centro da conversa naquele instante. Para Gillian, o excesso de timidez somente o atrapalhava, escondendo o potencial daquele rapaz corajoso e inteligente.

— Fang pertencia a esta ordem secreta de mais de cinco mil anos — continuou Wolfang. — Seus integrantes, chamados de dragões, são humanos com a missão de proteger as Derkesthais e os segredos antigos, ligados às criaturas.

— E onde podemos encontrar essa gente? — perguntou Gillian.

— Não encontramos os dragões. Eles nos encontram.

— E o que mais o velho Fang contou pra você? — disse Cannish.

— Nada mais.

— E por que um cara como ele trabalharia para Wulfmayer? — questionou Gillian.

— Não sei o motivo — respondeu Wolfang.

— Wulfmayer confiava muito no velho chinês — disse Cannish. — Ele mandou Fang cuidar do caçulinha na época em que o garoto entrou na adolescência, para que o ajudasse a desenvolver a transformação em criatura. Sabe, não é um processo fácil. Quase pirei quando aconteceu comigo na primeira vez.

— Fang foi meu mestre — concordou o lobo branco.

— Um humano que ensinou uma criatura? — estranhou Amy.

— Um humano que dominava segredos importantes, que havia conquistado até o respeito de Wulfmayer — disse Wolfang. — Seu avô foi uma pessoa especial.

— ... que estaria aqui se o assassino do Cannish não o tivesse devorado!

O irlandês estremeceu, sem encarar o rosto da filha que não o poupava da verdade. Apressado, ele se ergueu do banco e bateu de leve no ombro de Wolfang.

— Muito papo e nenhuma ação! — resmungou. — Lá pra fora, caçulinha... Já! Hora de começar seu treinamento.

As quatro criaturas e a humana se afastaram da vila, escolhendo um trecho tranquilo, rodeado de nogueiras, para a luta que valeria a opinião valiosa de Ernesto. Seu apoio dependia apenas da atuação de Wolfang. Este, sem alternativa, decidiu se empenhar ao máximo. Por mais que odiasse Cannish, tinha de admitir que ele estava certo. A única forma de derrotar Wulfmayer e proteger Amy era se tornar o novo Alpha. O próprio irlandês e até a agente do governo americano arriscavam suas vidas nesta empreitada.

No momento em que Cannish parou diante do novo aluno e iniciou sua transformação, aquele também assumiu a aparência de lobo e se preparou para dar o melhor de si no que parecia um duelo ao pôr do sol. As sombras da noite cobriam lentamente as nogueiras, avançando contra o sol que sumia no vale. A escuridão encobriria o combate para ocultá-lo da curiosidade dos humanos.

O lobo irlandês era bom. E muito ágil. Ele armou um bote para desequilibrar o lobo branco, atacando-o por trás numa manobra inesperada. Wolfang escapou com um giro de corpo, num movimento também inesperado que preocupou Cannish. Este demorou milésimos de segundo para recuperar o equilíbrio, a chance para o lobo branco rechaçá-lo com garras e dentes afiados. O irlandês contra-atacou, investindo mais uma vez em golpes rápidos e eficientes que Wolfang rebatia na maior agilidade e força possíveis. O treinamento era para valer. E com um único objetivo: destroçar o adversário.

Ao final, o irlandês se rendeu. Wolfang, tão ferido quanto ele, o prendeu contra o chão, deixando-o vulnerável a um ataque que arrancaria a jugular do irlandês. Este retomou a forma humana e sorriu.

— Você melhorou bastante, garoto... — elogiou ele, o sangue escorrendo pela boca.

Wolfang relaxou a postura, tombando para o lado enquanto seu corpo voltava a ser humano. Estava exausto, dolorido, faminto, mas inacreditavelmente bem e contente consigo mesmo.

— Não é todo dia que vejo um filhote derrotar um experiente lobo Gama, o terceiro na hierarquia do Clã — disse Ernesto ao se aproximar dos dois homens esparramados no meio das nogueiras. Amy e Gillian continuavam a observá-los de uma certa distância.

— E então? — perguntou Cannish, ansioso, apoiando-se sobre os cotovelos. — O que achou do garoto?

Ernesto tocou o braço decepado, um gesto que o mergulhava em lembranças antigas. Ele ficou em silêncio durante dois longos minutos antes de dar o veredicto.

— O garoto é inexperiente... — disse, enfim, num tom neutro. — ... mas tem potencial. O novo Alpha pode contar com o meu apoio.

Capítulo 5
Mensagem

O TREINAMENTO CONTINUOU EM COMBATES REAIS. SE EU QUISESSE SER O NOVO ALPHA, TERIA QUE DERROTAR OS SETE LOBOS...

ADVERSÁRIOS QUE NÃO SE SUJEITAVAM AO ALPHA ANTIGO, MAS QUE AGORA TERIAM QUE ME RECONHECER COMO LÍDER.

ENFRENTEI LOBOS EM LOCAIS DISTANTES...

NAS CIDADES EM QUE ELES SE ESCONDEM NOS BASTIDORES DO PODER...

EM DESERTOS SEM VIDA...

VENCI QUATRO LUTAS.

EM DUAS, NÃO HOUVE VENCEDORES. EMPATE TÉCNICO...

PERDI A ÚLTIMA LUTA.

— Falta experiência ao filhote, irlandês — comentou o russo Makarenko, o último lobo a aceitar o desafio, no instante em que retomou a aparência humana. — Ele não tem condições de enfrentar Wulfmayer.

— Meu garoto é bom — discordou Cannish.

— Você já contou a ele que o treinamento nunca acaba? Ser Alpha é combater um inimigo todos os dias antes do café da manhã!

Cannish riu, dando um tapa camarada nas costas de Makarenko antes de ajudar Wolfang, abatido sobre a neve naquele canto remoto da Sibéria. Este acabava de voltar à forma humana.

— Você lutou muito bem — disse o irlandês, ao apoiar o braço do lobo branco sobre o ombro e erguê-lo do chão.

— Mas eu perdi... — murmurou Wolfang, arrasado. Não rendera o esperado, nunca teria condições de vencer um adversário poderoso e...

— Não esquenta, garoto. Você vai aprender com os próprios erros. É questão de tempo.

— Não temos tempo...

Cannish o obrigou a olhar para ele. Não havia cobrança, apenas um sorriso compreensivo.

— Você deu o melhor de si nesta luta — disse com sinceridade.

— Mas...

— Foram oito lutas, contando a derrota que sofri. Você ganhou cinco, empatou duas e perdeu apenas uma. É um ranking excelente! E ainda obteve o apoio dos lobos que empataram com você!

— Não acho que...

— A luta contra Makarenko nos mostrou alguns pontos fracos que devemos trabalhar daqui para frente. Estou orgulhoso de você!

Wolfang tentou sorrir, apesar da dor intensa de seus ferimentos. Sentia-se imensamente surpreso e grato pelo incentivo. Nos três meses que já durava o treinamento para Alpha, o rapaz descobria um temperamento descontraído e alegre no matador. Às vezes, era difícil imaginar que aquele homem assassinara tantos inocentes, dilacerando corpos como um monstro cruel. Cannish se revelava um treinador paciente, justo, otimista, que não permitia que o aluno duvidasse da própria capacidade para melhorar e obter resultados cada vez mais expressivos. Ele apontava falhas no método de ataque e defesa de Wolfang, ajudando-o a aperfeiçoá-lo, a criar algo personalizado e coerente com as vantagens e limitações do rapaz.

O treinamento durava horas, sem local certo para ocorrer na vida nômade que os dois homens haviam adotado. Acampavam em florestas, dormiam em hotéis sem qualquer luxo, escondiam-se sob nomes falsos que trocavam a cada semana, percorrendo quilômetros e quilômetros numa viagem que nunca terminava. E a rotina cansativa, sem tréguas, era dividida com Gillian e Amy. Naquele momento, soterradas lentamente pela nevasca, as duas mulheres, escondidas sob pesados agasalhos, assistiam à rendição de Wolfang. Cambaleante, o rapaz se afastou de Cannish para falar com o inabalável Makarenko, que o esperava com uma expressão mais do que realizada.

— Você precisa ser mais ágil na defesa de seu flanco esquerdo — disse o russo. — E invista mais no poder de sua mandíbula. A mordida é forte, mas pode melhorar.

— Obrigado — disse Wolfang, humilde. Ele lançou um olhar rápido para Amy. Sim, ele aprenderia a protegê-la, cuidaria para que nada acontecesse à mulher que amava.

Makarenko passou a descrever em detalhes os golpes mais utilizados pelo Alpha, apontando onde este poderia se mostrar vulnerável.

— Estude sempre a forma de lutar do adversário para descobrir em que lugar atacá-lo — acrescentou o russo. — Se o Alpha demonstrar fraqueza, não acredite. Ele é traiçoeiro e atingirá você da maneira mais inesperada.

— Certo.

— E quando digo que ele atingirá você, não me refiro apenas ao que acontece durante uma luta.

Wolfang estreitou os olhos para o lobo russo. Este era imenso, quase duas vezes maior do que o rapaz, e algumas décadas mais jovem do que Cannish.

— O que ele fez a você?

— Ele devorou pessoas que eu amava — respondeu Makarenko, o rosto duro enfrentando a nevasca cada vez mais forte. — Pode contar comigo para lutar contra aquele miserável.

— Desde o começo, você sabia que os oito lobos me apoiariam — disse Wolfang para Cannish alguns dias depois quando o grupo finalmente partiu de carro da floresta onde Makarenko vivia solitário, numa cabana, e tomou uma estrada secundária. O tempo melhorara bastante desde a última nevasca. — Todos eles querem se vingar de Wulfmayer por algum motivo!

Cannish, que dirigia o carro, não desviou a atenção da estrada. Amy e Gillian, muito quietas, viajavam no banco de trás.

— Você provou a eles que merece esse apoio — disse o irlandês. — Caso contrário, eles ririam da sua cara!

— Para onde vamos agora? — quis saber Amy, que raramente falava com o pai.

Era estranha aquela convivência a quatro, uma espécie de família formada pelas circunstâncias. Gillian se revelava uma administradora e tanto, cuidando de todos os detalhes da viagem interminável, desde a rota mais segura para se alcançar determinado local até a próxima refeição do grupo. Amy a ajudava, além de receber todo o conhecimento sobre defesa pessoal que a agente poderia lhe passar. Wolfang se dedicava integralmente ao treinamento e a tudo que Cannish pudesse lhe ensinar sobre o mundo das criaturas. Gillian costumava encher os dois homens de perguntas, interessada em descobrir possíveis aliados e inimigos. O irlandês, sempre bem-humorado, não perdia a chance de provocá-la.

— Acho que devemos procurar as coelhinhas da *Playboy* — dissera ele uma vez, com uma cara muito séria.

— Elas são coelhas de verdade??? — admirara-se Gillian, de queixo caído.

— Uma vez dormi com uma delas... Que coelha!

Gillian demorara alguns segundos para entender que o irlandês a enrolava e ficara furiosa quando os dois homens haviam caído na gargalhada. Mas, no minuto seguinte, já tinha esquecido a brincadeira para analisar novos dados que o matador lhe fornecia sem esconder nenhum detalhe.

Apesar do ritmo estressante da vida que os quatro levavam, aqueles meses nômades se tornaram especiais para Wolfang. Desde que perdera a família, o rapaz jamais conversara tanto, nunca se sentira cercado por tanta atenção e amizade. E ainda havia Amy, a garota maravilhosa que o cobria de carinho. O amor que os unia era fortalecido a cada dia, a cada obstáculo vencido naquela viagem alucinante. Os dois dividiam a mesma cama, como marido e mulher, cuidavam um do outro, compartilhavam problemas e dificuldades. Além disso, a convivência diária com o perigo e a saudade dos pais adotivos amadureciam visivelmente a adolescente. Também chegaria o momento de lidar com Cannish, o que ela adiava a todo custo, num esforço contínuo para fazer de conta que ele não existia.

— Para onde vamos agora? — repetiu Amy diante da indecisão do pai em responder.

— Procurar Vuk — disse Cannish, numa voz cansada. — É hora de sabermos quem está do nosso lado.

Vuk concordou em encontrá-los no quarto de um discreto hotel nos arredores de Madri, na Espanha, quase duas semanas depois. Era início de março e o clima frio daquele trecho da Europa se afastava aos poucos, com a promessa de dias gostosos e reconfortantes. Cannish, que não gostava de Madri por motivos óbvios, aceitou sem reclamar a cidade escolhida pelo croata para a reunião. Sem dúvida, mais uma provocação do lobo que o odiava. Amy, por outro lado, não viu a situação sob esta perspectiva. Estava ansiosa demais para rever o *pai ideal*.

Assim que a garota entrou no quarto, Vuk voou para abraçá-la. Depois, ele cumprimentou Gillian com um sorriso e apertou a mão de Wolfang, ignorando a presença do irlandês. Então, convidou todos para se sentarem ao redor de uma mesa, próxima à cama. Tinha novidades para contar. Antes, porém, resolveu notar a presença de Cannish.

— Vocês têm certeza de que confiam neste matador? — perguntou Vuk, com desdém.

— Ele está com a gente — defendeu Wolfang.

— Você já esqueceu toda a crueldade de que ele é capaz?

— Foi para falar dele que você marcou este encontro?

— Claro que não! Mas é importante que você escolha aliados em quem possa realmente confiar. Cannish é escória pura e um mentiroso que...

— Parece que ele não é o único aqui que gosta de contar mentiras, não é mesmo, croata?

Vuk apertou as costas contra a cadeira, encarando o olhar frio e ameaçador do caçulinha que se tornava a cada dia mais poderoso. Cannish sentiu um orgulho imenso do aluno. Sim, ele saberia ser um líder justo, capaz de colocar um ponto final às barbaridades cometidas pelas criaturas. O reinado de assassinatos conduzido por Wulfmayer estava com os dias contados. "Tomara que o garoto não obrigue todo mundo a virar vegetariano", pensou Cannish, divertido.

— Espero que você saiba o que está fazendo... — retrucou Vuk.

— Se você duvida das minhas decisões, então o melhor a fazer agora é encerrar esta reunião antes que ela comece — disse Wolfang, sem alterar o tom baixo de voz.

O croata estremeceu. Se esperava encontrar uma marionete imbecil e fácil de manipular, estava muitíssimo enganado.

Intuitivamente, Amy segurou com ternura uma das mãos que Vuk mantinha sobre a mesa. O lobo sorriu para ela.

— Eu queria muito que você tivesse sido minha filha — disse ele, sem perceber que destruía a última esperança da garota em tê-lo como pai.

Foi a vez de Amy estremecer. Ela disparou um olhar carregado de desprezo e mágoa para Cannish antes de fixar a atenção em Vuk, que retomava o início da conversa e o tom diplomático com Wolfang.

— Fiz contato com as raposas e com os ákilas — disse o croata. — Eles querem conversar com você, por ser o guardião da Derkesthai. Na verdade, não estão muito interessados em disputas internas no Clã. Com exceção, claro, dos lyons, que o defendem como novo Alpha.

— Wulfmayer tem o apoio de algum grupo de criaturas? — perguntou Gillian.

— As hienas são antigas aliadas. Talvez os acquas... Estes, se ganharem algum tipo de vantagem, passam para o nosso lado. O Alpha não é muito popular entre as criaturas, de forma geral. É um sujeito belicoso, que gosta de provocar e demonstrar superioridade.

— Você falou com o Hugo? — quis saber Amy.

— Ele desapareceu. Não consegui nenhuma pista sobre seu paradeiro.

— Você acha que Wulfmayer o matou?

— É possível.

Comovido com a tristeza que lia no rosto da garota, Vuk tocou o queixo feminino como faria com uma criança pequena.

— Não desistirei de procurá-lo — prometeu ele, arrancando de Amy uma expressão brilhante e cheia de esperança.

O peso de tantos crimes, de tanta maldade, desabou como chumbo sobre os ombros de Cannish. Nunca poderia tocar a própria filha daquela maneira. Jamais conseguiria dela um gesto espontâneo de carinho, um reflexo do grande amor que sentira por Yu, da felicidade das horas maravilhosas que havia passado com ela. Enojado de si mesmo, o irlandês deixou a mesa e se afastou para espiar a noite através da única janela do quarto.

— Devemos marcar uma reunião com nossos possíveis aliados — propôs Vuk.

— O que essa gente quer com a Derkesthai? — perguntou Wolfang, sem disfarçar direito a irritação que a amizade entre Amy e o croata provocava nele. Era injusto a garota dedicar tanta atenção a um lobo que provocara, indiretamente, tanto sofrimento a Yu.

— Alianças políticas. Ela é uma criatura rara e praticamente desconhecida. Dizem os mais antigos que uma Derkesthai tem poderes inimagináveis.

— Marque a reunião — decidiu Amy. — Quero saber o que esperam de mim.

Vuk assentiu, satisfeito.

— Além de você e sua esposa, há mais algum lobo do Clã que possa nos apoiar? — perguntou Gillian.

— Não — disse o croata. — Estamos sozinhos.

Cannish voltou a fitar as pessoas que ocupavam a mesa. Evitou Vuk, detendo-se por alguns segundos em Amy. Claro, ela era adorável, como a mãe, dona de um coração puro que merecia toda a lealdade. Era uma mulher forte, que sabia se virar muito bem sozinha. Wolfang, ao lado dela, estava quase pronto para enfrentar Wulfmayer e assumir a liderança do Clã. Não precisava mais do treinador. Este ensinara tudo o que conhecia, truques, golpes, a experiência de um lobo Gama que passara as últimas décadas como matador porque Wulfmayer decidira assim. Não, não havia desculpas para o que Cannish escolhera para a própria vida. Poderia ter recusado a imposição do Alpha e encontrado uma morte digna, como ocorrera com outros lobos. Ou ter escolhido o exílio, como Ernesto. Mas o irlandês obedecera aos instintos sádicos de sua natureza mutante. Não havia perdão para ele.

Por último, Cannish observou Gillian. Adorava ver a ruga que se formava na testa da jovem sempre que ela ficava furiosa com as provocações dele. Se ela não o odiasse por ser um matador, talvez...

Gillian percebeu o olhar masculino sobre ela e abandonou a mesa. Naquele momento, um dedicado Vuk explicava a Amy como fizera contato com os possíveis aliados. Wolfang cruzava os braços, cada vez mais irritado.

— O que foi? — perguntou a agente, parando diante do lobo que ainda permanecia junto à janela.

Cannish avaliou a mulher que o atraía. Era quase impossível se manter indiferente ao ver aquele corpo sedutor, ao sentir o cheiro daquela pele que parecia exigir carícias ousadas. E a garota era sensível, inteligente. Sentiria muita falta dela.

O lobo irlandês ergueu a mão e, num gesto doce, tocou a ponta do nariz de Gillian. Amava cada pedacinho daquele rosto que costumava admirar sempre que a jovem se distraía. Por fim, Cannish respirou fundo e tomou coragem para abrir a porta do quarto.

— Vou dar uma volta — avisou ele antes de ganhar o corredor. Não podia mais adiar a conversa com o lobo que os vigiava a distância há mais de três meses.

Cannish tomou um táxi e foi até o parque do Retiro, uma das áreas verdes mais belas de Madri, com lagos, fontes, monumentos históricos e muita tranquilidade. O silêncio da madrugada seria cúmplice do que estava prestes a acontecer. O lobo caminhou sozinho durante algum tempo entre as árvores, imaginando como seria o mundo se tivesse ido ao encontro da mulher que o esperara naquele lugar há tantos anos. E ela encontrara apenas a dor e a decepção, humilhada por dois monstros que se julgavam senhores absolutos da vida e da morte.

— Blöter anda furioso com você — disse uma voz conhecida, atrás de Cannish.

Este se virou para enfrentar o inevitável.

— Era você, não era? — perguntou a voz. — Era por você que a Yu esperava.

— Teria feito alguma diferença saber por quem ela realmente esperava? — disse Cannish.

— Não. Eu teria me divertido com ela do mesmo jeito.

Wulfmayer abandonou a sombra de uma das árvores ao redor dos dois lobos, direto para a claridade difusa de uma noite com poucas estrelas.

— Você vem realizando um excelente trabalho com o caçulinha — disse ele. — Não me arrependo de ter tirado você do meio daquele bando medíocre de terroristas.

— Um grupo de resistência — corrigiu Cannish. — E você não "me tirou". Você me obrigou a sair.

— Porque reconheci o quanto você seria útil se trabalhasse para mim. Isto não importa agora.

— E o que importa?

— Esmagarei facilmente este candidato a Alpha que você e os outros tolos acham que pode me derrotar.

— Wolfang vencerá.

— Não tenha tanta certeza. Sei exatamente onde atingir seu aluno.

Cannish sorriu, confiante. O caçulinha não iria decepcioná-lo. Wulfmayer deu um passo à frente, sem paciência para qualquer provocação. Durante alguns segundos, Cannish admirou as estrelas do céu. Se tivesse sorte, talvez pudesse se tornar uma delas, como nas histórias que sua mãe lhe contava na infância.

— Tá, pode me matar — provocou, irônico, desafiando o Alpha pela última vez.

— Sim, você vai morrer, irlandês — riu o outro. — Mas, antes, você vai entregar uma mensagem minha para nosso estimado caçulinha...

Capítulo 6
Vingança

—Onde está o Cannish? — perguntou Wolfang, subitamente preocupado.

— Foi dar um passeio — disse Gillian.

— Ele se afastou demais... Não o sinto por perto.

Amy entrelaçou as mãos sobre a mesa, procurando se manter indiferente diante daquele excesso de preocupação. Por que se interessar tanto por um matador que podia muito bem ter ido se divertir com alguma coelhinha da *Playboy*? Vuk estava certo em não confiar em Cannish. Amy não duvidava de que o irlandês estivesse naquele momento vendendo as novas informações, que o croata se esforçara tanto em obter, para algum adversário que lhe pagasse bem!

— É melhor a gente ir atrás dele — decidiu Wolfang, empurrando a cadeira para se levantar.

A mestiça o impediu, segurando-o pelo pulso.

— Ainda não quero ir embora — disse, chateada.

— Esta reunião já acabou, Amy.

— Ainda não. E não vou encerrá-la só porque aquele assassino resolveu dar uma voltinha!

— Temos muitos inimigos. Não é prudente que nenhum de nós passe tanto tempo sozinho.

— Que droga, Marco! Cannish estuprou e matou sua mãe e você ainda se importa com ele!

— Não sei se foi ele — respondeu Wolfang, impaciente.

— E você ainda duvida?

Sempre cortês, Vuk achou melhor se intrometer na conversa que estava deixando Amy mais do que exasperada.

— Cannish é um carniceiro, mas nunca soube que ele abusasse de mulheres — disse, com justiça. — De qualquer forma, isto não o livra da culpa por seus crimes. Yu se iludiu, Amy, acreditando que ele poderia mudar. Para sua mãe, Cannish precisava de ajuda para reencontrar o caminho da bondade que perdera em algum momento da vida. Tolice, não? Yu, no fundo, não passava de uma pessoa muito ingênua.

Era a deixa para a garota. Desde que chegara ao hotel, estava evitando uma questão muito difícil.

— Por que você não deu o recado de Cannish para minha mãe? Por que inventou tantas mentiras?

— Não é óbvio para você? — defendeu-se Vuk. — Para tirar de vez aquele matador da vida dela! Se eu pudesse prever o que aconteceria no parque... Oh, Amy, perdoe-me! Apesar das minhas melhores intenções, não pude evitar que o mal atingisse Yu...

— Você a viu após o ataque que ela sofreu no parque? — perguntou Gillian.

Vuk mostrou um rosto sofrido para a agente. Amy teve certeza de que aquele lobo teria feito qualquer loucura para proteger Yu.

— Sim, ela me procurou dias depois, mas não me contou nada sobre o ataque. Apenas me pediu que entregasse um bilhete para o irlandês e partiu em seguida.

— E você a encontrou mais uma vez antes que Anisa a matasse? — insistiu Gillian, com seu jeito incisivo. Ela não enxergava o quanto fazia Vuk sofrer ao relembrar o passado? Amy teve vontade de sacudir a amiga que nunca sabia quando encerrar um interrogatório.

O croata suspirou.

— Meses depois, Ingelise viu Yu de longe, em Nova York, e descobriu sobre a gravidez — disse ele, com os olhos vermelhos. — Anisa, claro, foi informada no mesmo instante. Okami, que ainda não era minha esposa naquela época e sabia do meu amor por Yu, descobriu por acaso a informação e me avisou sobre o perigo que ela corria. Então, revirei a América do Norte atrás da Yu até encontrá-la semanas mais tarde no Canadá. Você, Amy, tinha nascido dois dias antes.

Amy não poderia mais se esconder da tristeza. Vuk falaria da morte da mãe dela.

— E então? — pressionou Gillian.

— Consegui convencê-la a deixar a nenê com Fang, que partiu no mesmo instante para deixar a neta em segurança com um amigo. Mas ainda havia um grande problema. Anisa queria o herdeiro que julgava ser filho de Wulfmayer. Tentei falar com ela, explicar que o bebê era de outro lobo, mas a fêmea Alpha estava surda para qualquer argumentação. O único jeito de contentá-la era lhe entregar a criança.

Amy sentiu um calafrio.

— Então você sequestrou um bebê humano para apresentá-lo no lugar de Amy — concluiu Wolfang.

— Foi uma ideia genial, não? — sorriu Vuk. — Todos no Clã acreditaram que o bebê que Anisa assassinou era mesmo o filho do Wulfmayer. E Amy pôde crescer sã e salva!

— Você é um maldito filho da p...!!! — gritou Gillian, furiosa.

— Era apenas um bebê humano — argumentou o croata, dando de ombros. — Os humanos se reproduzem com facilidade, ao contrário das criaturas, que raramente geram uma criança entre elas. Além disso, a vida de Amy era infinitamente mais importante do que a de um bebê humano. Não havia problema nenhum em sacrificá-lo.

— Como Anisa descobriu o esconderijo de Yu? — perguntou Wolfang, esforçando-se para manter a calma. Seus punhos estavam fechados, como se desejasse encher de socos o rosto charmoso do croata.

— Achei que Anisa sossegaria em sua sede de vingança após receber o falso herdeiro para devorar. Mas eu me enganei. Anisa continuou procurando pela Yu e, quando a achou, levou o bebê até ela e destruiu os dois.

Amy estava aturdida demais para reagir. Olhou para Vuk, desejando entender o que realmente movia aquele lobo que se considerava um herói.

— Vou procurar o Cannish! — disse Gillian, checando, após sair da mesa, a arma que vivia no coldre, sob a jaqueta.

— Ele matou o Roger... — murmurou Amy. Estava cercada por assassinos desumanos, gente que não se importava em tirar uma vida se aquilo significasse alguma vantagem. — Como você consegue se importar com ele?

— Porque Yu escolheu o cara certo — respondeu Gillian, com uma expressão de desprezo para Vuk. — Cannish só precisa de ajuda para reencontrar o caminho da bondade.

— Você vem com a gente? — cobrou Wolfang, soltando-se com firmeza dos dedos femininos que ainda o prendiam.

Amy hesitou, a cabeça girando, a sensação horrível de que nunca escaparia do universo hostil em que se vira obrigada a mergulhar. Não podia confiar em ninguém. Foi Vuk quem a ajudou a se decidir.

— Vocês se arriscarão muito se forem procurá-lo. É mais sensato ficar aqui, comigo — disse o croata, com tranquilidade. — Cannish deve ter ido ao encontro de Wulfmayer.

— Quê??? — reagiu Wolfang, mandando a prudência para o inferno. Ele agarrou o pescoço do outro lobo e o ergueu do chão para prendê-lo contra a parede mais próxima.

Vuk balançou os braços, sem conseguir se defender.

— Conte tudo!!! — obrigou Wolfang.

— Wulfmayer... — começou Vuk, quase sem respirar. Os dedos do adversário comprimiam sua garganta. — ... vigia vocês há... muito tempo. Ele acompanha... tudo de longe... Espera só a hora certa... para... nos derrotar...

— E se fortalecer novamente como Alpha.

— Isso...

— E por que Cannish iria encontrá-lo?

— Para trair você...

— Não acredito nisso!

Wolfang apertou com mais força o pescoço que teria muita facilidade em quebrar. Vuk mexeu novamente os braços, os pés balançando contra o vazio.

— Quero a verdade! — exigiu o lobo branco.

— Cannish quis ganhar tempo... — disse Gillian, apontando a arma para o ouvido do croata. — Não é isso, caro maestro? Ele foi lutar contra Wulfmayer para dar mais tempo ao aluno de se preparar para o combate contra o Alpha.

Vuk não teve outra alternativa a não ser confirmar a verdade. Para os lobos, aquela atitude de Cannish era vista como um ato extremo de coragem. Ele se sacrificava para fortalecer o aluno.

Wolfang libertou o croata e lhe deu as costas, rumando para a porta sem esperar por Amy. Gillian só guardou a arma quando obteve a resposta que queria.

— Onde? — rosnou ela.

— Parque do Retiro... — disse Vuk, num fio de voz, enquanto massageava o pescoço dolorido. — Era lá que Yu iria encontrá-lo...

Amy deu uma última espiada no lobo que não enxergava mais como pai. Ela girou os calcanhares e saiu voando atrás das únicas pessoas em que podia confiar.

Vuk, porém, seguiu de moto o carro que Wolfang dirigia em alta velocidade até o parque do Retiro. No local, estacionou numa vaga próxima onde lobo branco largara o veículo de qualquer jeito e correu para ajudar os três na busca por Cannish. Eles não demoraram muito para encontrá-lo, abandonado numa poça de sangue em meio a um grupo de árvores.

Amy quis avançar, mas os braços de Vuk a impediram de ir adiante.

— Ele está m-morto? — perguntou a garota.

— Ainda não... — disse o lobo. — Você não sente que a vida dele o deixa rapidamente? Ele não aguentará por muito tempo.

Apesar do croata ter se plantado entre ela e Cannish, Amy viu que Gillian se ajoelhava sobre a poça, colocando a cabeça do irlandês sobre os joelhos para que Wolfang, num gesto desesperado, tentasse ajudá-lo. O lobo branco pegara um canivete e, após fazer um corte preciso no antebraço, oferecia o sangue ao homem ferido, repetindo o procedimento que lhe salvara a vida.

— É bobagem ajudá-lo... — murmurou Vuk, que também acompanhava a cena.

— E por que não? — questionou Amy, confusa.

— É melhor que você não veja, mas... hum... Wulfmayer devorou os olhos dele após a luta.

Chocada, a mestiça deu um passo para trás. O croata continuou a segurá-la.

— Para que salvar um lobo que ficará cego? — disse ele. — Cannish não servirá para mais nada agora.

— Não...

— Ora, minha querida... Na natureza, um animal cego sempre é abandonado pelo bando!

Amy bufou, reunindo toda a sua força. Afundou as unhas nos cotovelos do croata e o empurrou para que nunca mais a tocasse.

— Apesar de tudo... — rugiu ela, estreitando o olhar para o lobo que lhe dava nojo. — ... ainda somos humanos!

A mestiça invadiu a cena de que deveria participar, obrigando Vuk a sair do caminho. Não era nada fácil olhar para Cannish. O rosto dele deixara de existir, um buraco vermelho e disforme acima do que sobrara do nariz e da boca. O corpo tinha ferimentos grotescos. Wulfmayer se esforçara para lhe provocar muito sofrimento, porém sem lhe tirar a vida de imediato. Cannish deveria morrer lentamente, sozinho na madrugada de um parque deserto.

O sangue que Wolfang lhe dava parecia inútil. Não seria capaz de salvá-lo, de recuperar os estragos de uma luta que o irlandês não quisera evitar.

— Isso não é justo... — murmurou Amy, ajoelhando-se também junto ao lobo que morria, ainda amparado por Gillian.

Amy estendeu a mão para os cabelos ruivos de Cannish, empapados pelo sangue, e desejou acariciá-los. Yu não se apaixonaria por alguém monstruoso. Gillian tinha razão. Era preciso ajudá-lo a reencontrar um caminho perdido havia muitos anos.

As lágrimas da mestiça nasceram com força. A tristeza a oprimia, a culpava por ter tratado tão mal um pai que lutava por ela. E agora não havia mais tempo para consertar as palavras duras que dirigira a ele, não podia voltar atrás apenas para apagar a mágoa que a impedira de ver com clareza a natureza humana daquela criatura. Ele matara Fang e tantos outros, mas também pagava com a vida a proteção dada a três pessoas perseguidas pelo Alpha. Cannish merecia uma chance.

O choro compulsivo dominou Amy. Não podia fazer nada... Wolfang ainda insistia em derramar seu próprio sangue entre os lábios do irlandês. Gillian também chorava, em silêncio, mantendo-se o mais firme que conseguia.

"As lágrimas...", sussurrou um pensamento distante. "As lágrimas da Derkesthai..." Amy recolheu com as pontas dos dedos as lágrimas que inundavam seu rosto e as levou para a massa nojenta que ocupava o lugar do que deveria ser o rosto de Cannish. Wolfang a fitou, sem entender.

Amy tocou os cabelos do pai num carinho tardio e esperou. Havia uma última esperança. Maluca, é verdade, talvez improvável, mas a única que poderia dar certo. Os sonhos da garota curiosa tinham um bom motivo para existir.

E o milagre surgiu como deveria surgir, repetindo um processo raro, há muito extinto do mundo pela espada implacável dos caçadores. Os ferimentos se fecharam sozinhos em segundos. O sangue que manchava cada trecho daquele cenário se dissipou. E o rosto de Cannish renasceu, o que devolveu os traços originais ao homem irônico que não perdia uma boa piada. Suas pálpebras, entretanto, foram seladas para sempre. As lágrimas não podiam curar olhos que já não existiam mais.

— Inacreditável... — disse Vuk, impressionado demais para usar qualquer outro adjetivo.

Cannish se remexeu, procurando uma posição mais confortável no colo feminino em que sua cabeça ainda se apoiava.

— Travesseiro delicioso... — murmurou ele, sonolento, prendendo o joelho esquerdo de Gillian com uma das mãos espertas.

As bochechas da agente ficaram púrpuras, mas ela não se mexeu, ainda admirando a recuperação milagrosa do irlandês.

— Guardei esta pra você... — disse Amy, depositando uma última lágrima sobre o corte no antebraço de Wolfang. Instantaneamente, o ferimento desapareceu.

— Você é incrível! — sorriu o rapaz.

— E tem meu apoio incondicional, Derkesthai! — disse Vuk, empolgado. — Vou marcar a reunião com as outras criaturas para o mais breve possível! Temos um tesouro inestimável entre nós...

Após uma reverência elegante para a mestiça, o croata partiu a passos largos, em direção à claridade de mais um dia que nascia no horizonte.

— Devemos acordá-lo? — perguntou Gillian, nada confortável com o lobo irlandês que agora acariciava inocentemente o joelho dela.

— Ele não está dormindo — avisou Wolfang, pressionando os lábios para não rir.

Gillian empurrou o irlandês com força e se levantou bufando de raiva.

— Criatura abusada! — gritou ela, ao colocar as mãos na cintura.

— Isto é jeito de tratar um ex-moribundo? — retrucou Cannish, sentando-se um pouco zonzo sobre a grama. — Aliás, alguém pode me explicar o que aconteceu comigo?

— Por acaso você se esqueceu de que agiu como um idiota estúpido e burro ao vir até aqui lutar contra o Wulfmayer? — disparou a agente.

— Tá, disso eu me lembro. Mas... e aí?

— Você perdeu a luta! E foi abandonado aqui para morrer sozinho!

— Depois desta parte, né? — resmungou ele, sem paciência.

— As lágrimas da Derkesthai salvaram você — contou Wolfang.

Cannish franziu as sobrancelhas, sem entender, e girou instintivamente o rosto para Amy. Era esquisito olhar para aquele homem que teria as pálpebras eternamente fechadas.

— Você... — começou ele, comovido. — Você chorou por mim?

Amy não respondeu. Não tinha ideia do que dizer para ele.

— Por que não nos avisou que Wulfmayer nos vigia há meses? — brigou Wolfang, sem adiar mais a bronca por ter sido enganado.

— Você não treinaria em paz se soubesse — justificou Cannish.

— E todo aquele esquema que criei para viajarmos incógnitos? — retrucou Gillian, ainda brava com ele. — Foi pura perda de tempo!

— Funcionou para enganar outros inimigos. Wulfmayer já sabia nossa rota de viagem: atrás do apoio dos lobos exilados.

— Por que não o farejei? — perguntou Wolfang.

— Seu faro não é tão bom quanto o meu. Já falei várias vezes que você precisa confiar mais em seus instintos.

— Wulfmayer disse alguma coisa importante antes de... ahn... surrar você? — quis saber Gillian.

— Ele não me surrou! — contestou o irlandês. — Eu o enchi de porrada!

— Sei, sei... E, então, ele deixou algum recado para o Wolfang?

— Deixou uma mensagem.

Cannish pousou os braços sobre as pernas cruzadas. Suas roupas estavam num estado lastimável, rasgada em várias partes, o que denunciava a ferocidade da luta contra o Alpha. Surpresa, Amy descobriu uma tatuagem no peito masculino, na altura do coração, exposta pelas tiras do que era antes uma camiseta sem mangas. Mais uma tatuagem entre várias outras espalhadas pelo corpo do lobo. Esta, porém, era especial. Trazia o desenho de um rosto bonito, pertencente a uma jovem chinesa. "Yu", disse a intuição da mestiça.

— Que mensagem? — perguntou Wolfang.

— Nada original — despistou Cannish.

— Como assim?

— Ora, nada que nenhum outro vilão já não tenha dito antes em qualquer história! Uma baboseira sobre destruir você e todos os seus aliados! Foi só uma provocação boba...

— Boba?! Ele quase matou você!

— Isto ia acontecer mais cedo ou mais tarde.

— E arrancou seus olhos!

— Perder a visão é um preço mínimo a pagar por todos os meus crimes — disse Cannish, acrescentando a seguir um tom brincalhão para disfarçar a angústia das últimas palavras. — Além disso, estava mesmo na hora de me aposentar, não é?

— Wulfmayer vai pagar caro por isso!

— Escuta, garoto, você vai me prometer que não sairá como um louco atrás dele! É o que ele deseja. Que você se precipite e revide a provocação sem estar realmente pronto para a luta.

— E quando estarei pronto?

— Quando você realmente sentir que está pronto. Depende de você.

Amy sentiu medo pela próxima decisão de Wolfang. Sua intuição também lhe informava que o rapaz ainda não estava totalmente preparado para o desafio.

— Ei, travesseiro! — chamou Cannish, se virando na direção de Gillian. — Acabei de passar por momentos muito tensos e difíceis. Uma massagem ia bem agora...

— Peça para suas coelhas! — revidou a agente, amarrando a cara.

O irlandês riu, debochado. Amy percebeu, aliviada, que ele não perdera a alegria natural que o guiava.

— Bom, não foi desta vez que virei estrela... — disse ele, baixinho, para si mesmo. Amy arregalou os olhos, trocando um olhar significativo com Wolfang. — Onde está nosso carro? Preciso pegar umas roupas decentes na minha mochila.

— Que papo é esse de estrela? — perguntou a mestiça.

Cannish corou, um pouco constrangido. Não esperava uma pergunta sobre um comentário que não merecia ganhar atenção.

— Meu pai foi morto pelos ingleses quando eu era muito criança — disse, novamente emocionado. — Minha mãe falava que ele tomava conta de mim à noite, pois Deus o havia transformado numa estrela. Me fez bem ter acreditado nisto durante minha infância. Eu esperava, ansioso, que a noite chegasse logo só para olhar o céu e conversar com meu pai.

— Foi você quem me tirou daquelas ruínas onde minha mãe foi morta — disse Wolfang, com um sorriso. — E me protegeu, cuidou de mim, me falou sobre as estrelas...

— Você era tão pequeno. Ainda se lembra disto?

— Não lembro quem era o outro homem, além de Blöter, que atacou minha mãe. Foi Wulfmayer, não foi?

— É melhor descobrir isso por você mesmo.

— Wulfmayer quis me levar para a Inglaterra...

— Eu ia levar você para ser criado por um casal de amigos, mas o Alpha percebeu que você se tornaria um lobo e resolveu adotá-lo. Sabe, ele é ótimo em identificar os talentos de uma futura criatura.

Um nó de choro entalou na garganta de Amy. Não sabia como se desculpar com Cannish...

— Para onde, agora? — perguntou Gillian. — La Paz? Tóquio? Istambul? Nunca imaginei que daria a volta ao mundo nas minhas férias.

— Férias inesquecíveis, hein? — sorriu Cannish.

— Qual é a próxima parada, afinal?

— Não sei. Hum, só me deixem antes em algum lugar, tá?

— E por que deixaríamos você? — perguntou Wolfang.

— Fiquei cego, esqueceu? Não sou mais útil.

— Nada feito! Precisamos, e muito, do seu faro!

— E dos seus conselhos! — acrescentou Gillian.

— Precisamos de você — admitiu Amy.

Cannish abriu a boca para retrucar, só que não conseguiu. A emoção finalmente o dominara.

Amy tomou a iniciativa que devia ao homem que a gerara. A garota se aproximou dele aos poucos, envolvendo-o num abraço livre de qualquer acusação. O lobo irlandês a apertou contra si, retribuindo o gesto com uma ternura gigantesca, um sentimento que ele escondera muito bem dentro do coração. Havia sinceridade naquele espírito. Sim, Amy também podia confiar nele.

— Hugo... — avisou Wolfang, erguendo-se do chão para receber o recém-chegado que, distante apenas alguns metros, os avaliava com uma expressão feliz.

— Hugo!!!! — gritou Amy, eufórica, largando o pai para correr até o recém-chegado e abraçá-lo. — Pensei que você estivesse morto!

— E por que achou isso, minha adorável minhoca? — sorriu o velhinho.

— Você sumiu!

— Precisei largar tudo e voar para os Estados Unidos. Seus pais, Amy, corriam perigo.

A mestiça cambaleou para trás, apavorada, soltando-se do velhinho que ainda a abraçava.

— Eles estão seguros agora — garantiu ele. — Esperam por você em Rouen.

— Onde?

— Na França — disse Wolfang.

— A cidade onde Joana D'Arc foi queimada numa fogueira — resmungou Cannish, mal-humorado.

— Após garantir a segurança dos Meade, procurei por vocês durante muito tempo, mas vocês simplesmente desapareceram!

Cannish cutucou Gillian.

— Não falei que sua estratégia para viajarmos incógnitos tinha servido para enganar algum trouxa? — cochichou ele, mas não tão baixo para escapar dos ouvidos de Hugo.

— E quem tentou atacar meus pais? — perguntou Amy. — Wulfmayer?

— Não, não foi ele — disse Hugo. — Explicarei com calma quando estivermos seguros em Rouen.

— E por que iríamos para lá? — quis saber Cannish, assumindo uma postura desafiadora.

— Porque é o segundo lugar mais seguro para a Derkesthai. Meu grupo de répteis cuidará da proteção dela.

— E qual é o primeiro lugar? — questionou Wolfang.

— Ao lado de Wulfmayer.

A resposta deixou Amy e Wolfang atônitos. Gillian ergueu uma sobrancelha, desconfiada, e Cannish bufou, furioso, como a própria Gillian fizera minutos antes.

— Wulfmayer é o único que domina os conhecimentos necessários para a sobrevivência da Derkesthai — justificou Hugo.

— O que você queria que eu fizesse? — reclamou Amy. — Que permanecesse sob o teto dele?

— Eu lhe disse para procurá-lo, lembra?

— Mas...

— O Alpha só irá machucá-la se você permitir. Uma Derkesthai merece respeito e ele sabe disso.

Amy não engoliu bem aquela justificativa. Hugo a surpreendeu mais uma vez.

— Esta não é uma boa hora para disputas internas no Clã — disse ele, dirigindo-se a Cannish. — Sua sede de vingança, irlandês, está enfraquecendo o poder dos lobos.

— Não é vingança, é justiça — disse o irlandês. — As barbaridades promovidas por Wulfmayer devem terminar.

— Os lobos precisam de um líder que respeite os humanos — defendeu Gillian.

— Desculpe, minha jovem, mas os humanos são os que menos importam neste momento — disse Hugo. — Um perigo inacreditável está se aproximando das criaturas.

O velhinho se voltou para Wolfang, apoiando a mão sobre o ombro dele.

— Você é um bom rapaz, filho — disse, compreensivo. — Mas precisamos agora de Wulfmayer. O irlandês encheu sua cabeça e está manipulando você para uma briga inútil que só trará ruína às criaturas.

— Se há realmente um "grande" perigo ameaçando a gente, então é melhor para todos que Wolfang assuma a liderança do Clã e promova as alianças necessárias entre as outras criaturas — disse Cannish. — E a Derkesthai ganhará seu melhor guardião.

— O momento exige união global e não intrigas promovidas por um lobo de visão limitada e mesquinha como a sua — reforçou Hugo.

— O momento exige alguém decente e íntegro como Wolfang!

— Que perigo tão terrível é esse que ameaça as criaturas? — perguntou o lobo branco, sem demonstrar qualquer sentimento. Sua voz, no entanto, calou Cannish, que cruzou os braços procurando se acalmar.

— Conversaremos quando chegarmos a Rouen — disse Hugo. — Amy deve estar ansiosa para reencontrar os pais.

Gillian não acreditou na nova reviravolta. Então Wulfmayer era o líder ideal e Wolfang não passava de "um bom rapaz" que deveria enfiar o rabo entre as pernas e ficar bem quietinho no seu canto? Para a agente, o apoio de Hugo ao Alpha nada mais era do que uma jogada para manter o ex-escudeiro no poder.

A viagem até Rouen foi extremamente silenciosa. Wolfang se isolara do mundo, fechado nos próprios pensamentos. Sem dúvida, precisava tomar uma decisão que teria consequências para todos, criaturas e humanos. Wulfmayer na liderança do Clã significava a manutenção do sistema de violência e arbitrariedade, com novos crimes sem punição. Por outro lado, havia a tal ameaça tão terrível quanto um apocalipse. Ou até pior, como deixavam transparecer as explicações superficiais de Hugo.

Cannish preferiu não interferir mais nas escolhas do aluno. Assim que estacionaram o carro em frente à casa que os hospedaria pelos próximos dias, em Vieux Rouen, a parte antiga e histórica da cidade francesa, ele puxou Wolfang para um canto e o liberou para tomar a decisão que achasse mais sensata, nem que isso significasse apoiar o Alpha atual. O lobo branco não disse nada e se afastou para conhecer os pais adotivos de Amy, que esperavam a filha na porta da casa de arquitetura normanda, com peças de madeira ornamentada, nas cores branca e negra — uma das características marcantes de Rouen. Aquele trecho antigo da cidade, de ambientação medieval, era formado por ruas estreitas e tortuosas, com prédios históricos, pequenos estabelecimentos comerciais, igrejas, museus e outros pontos turísticos.

Cannish permaneceu parado junto ao carro, ainda na rua, totalmente deslocado na nova situação de deficiente visual. Hugo e os Meade haviam levado Amy e Wolfang para o interior da residência.

— Cidade bonita — comentou Gillian, tomando o braço do irlandês para conduzi-lo até a porta. Acima de suas cabeças e dos telhados, dava para ver as torres impressionantes de uma construção. — Estamos próximos a uma igreja...

— É a catedral Notre-Dame de Rouen — disse o lobo. — Belíssima, consagrada no século XI...

— Acha mesmo que estamos seguros aqui?

— Há vários répteis nos vigiando agora mesmo. Acabamos de chegar a um tipo de fortaleza.

Gillian não viu ninguém com cara de réptil, mas não duvidou dos instintos da criatura ao seu lado. Havia apenas pessoas comuns que passavam pelos dois, no movimento esperado para uma rua que recebia turistas do mundo inteiro. A tarde ensolarada reforçava o convite para um gostoso passeio a pé.

Ao contrário do que prometera, Hugo não deu maiores explicações sobre a possível ameaça. Deixou os novos hóspedes à vontade, mostrando a casa de decoração simples e aconchegante, indicando um quarto para cada um, permitindo que Amy matasse as saudades da família, sem qualquer interferência. O jantar, servido no começo da noite pela própria Alice Meade, girou em torno da mestiça, que contou aos pais tudo o que lhe acontecera desde que saíra dos Estados Unidos.

— Fomos atacados por uma cobra gigante alguns dias depois que você partiu — lembrou Ken, com um calafrio. — Por sorte, seu amigo Hugo apareceu e nos salvou, trazendo a gente para cá!

— Um réptil quis matar meus pais? — questionou Amy, virando-se para Hugo.

— Um réptil que não pertence ao meu grupo quis sequestrá-los para ter você sob controle — respondeu o velhinho.

— Por que sou a Derkesthai?

— Sim.

— Droga! Quando isso vai terminar?

Hugo não lhe deu uma resposta. Alice começou a contar como estava sendo a nova vida do casal, exilado na França. Segundo ela, a situação se parecia com férias forçadas, o que não significava nenhum desconforto para os Meade. Eles estavam adorando morar em Rouen!

Wolfang e Cannish comiam sem participar efetivamente da conversa. Gillian também resolveu não iniciar nenhum interrogatório, apesar da vontade de colocar Hugo contra a parede e arrancar dele todas as informações a que tinha direito. Aquele jantar pertencia apenas a Amy e ela merecia uma brecha na pressão esmagadora por ser uma Derkesthai. Para a mestiça, foi uma noite especial, na companhia das pessoas que amava. A ameaça apocalíptica podia esperar.

A cama macia não ajudou Gillian a pegar no sono. Ela rolou de um lado para o outro, insone, durante boa parte da madrugada até decidir pegar algo para comer na geladeira. A garota ajustou o coldre com a arma sob o braço esquerdo e vestiu um roupão por cima da lingerie. Há meses não sabia o que era usar um pijama decente. Em geral, dormia com as roupas que usava durante todo o dia, mas, naquela noite, preferira um pouco mais de liberdade e conforto. Ainda assim, apesar da segurança aparente da fortaleza, a agente não abriria mão de descer armada os dois lances de escadas que a separavam da cozinha naquela construção de quatro pavimentos.

Outra pessoa tivera a mesma ideia que Gillian. Ela parou na porta da cozinha, espiando o irlandês que preparava um sanduíche de queijo. E ele se virava muito bem sozinho, utilizando o tato para cuidar do pão e recheá-lo sem qualquer dificuldade. Cannish estava encostado contra a pia, de costas para a garota que ele já farejara.

— Quer um sanduíche também? — ofereceu ele.

— Hum-hum.

Cannish se virou para a mesa atrás dele e pegou outro pedaço de pão, sabendo exatamente onde encontrá-lo. A perda da visão, com certeza, o faria se basear ainda mais no instinto para sobreviver. O lobo retornou para perto da pia e montou o segundo sanduíche com o queijo que cortou com rapidez.

— Me sinto presa numa armadilha — comentou Gillian. Ela caminhou até o vão entre a pia e a geladeira.

— Uma armadilha muito confortável, aliás.

— Amy está feliz em rever os pais.

— Aquela menina fala demais. Hugo não sabia que eu sou o pai dela.

— E por que ela deveria esconder isso?

— Não sei. Mas não me senti à vontade com aquele réptil me encarando com um ar de dúvida.

— Como pode saber que ele olhava você desse jeito?

— Sou cego, não idiota!

O lobo passou pela jovem para alcançar a geladeira e achar uma caixa de leite.

— Você sente falta de sua casa? — perguntou ele.

— Não.

— E sua família? Não está preocupada com seu sumiço?

— Não tenho ninguém. Meus pais morreram há dois anos num acidente de carro. Acredito que meus colegas do FBI possam estar preocupados. Eu deveria ter voltado ao trabalho em dezembro!

— Eles devem estar à sua procura.

— É, devo estar encabeçando alguma lista de desaparecidos. E você? Também mora na Inglaterra?

— Não, moro em Dublin — respondeu ele, retornando à pia para encher duas canecas com o leite. — Só ia à Inglaterra quando Wulfmayer me chamava.

— E você... hum... fazia alguma coisa da vida além de ser... hum...?

— Um matador?

— É.

— Ultimamente eu trabalhava como personal trainer. Já fiz um pouco de tudo nestes últimos três séculos: fui açougueiro, soldado, agricultor, mecânico, boxeador... Nem lembro mais.

— E eu sou apenas uma agente novata que sonha com a aprovação do chefe. Nunca peguei um caso real, só mexi com a papelada e trabalho burocrático até agora.

— Pois você está se saindo muito bem neste caso real, se quer minha opinião.

Gillian sorriu. Aprendera muito com aquele matador. De certa forma, ele também a preparava para a luta ao lhe ensinar tudo o que sabia sobre combates corpo a corpo, batalhas, técnicas de guerrilha, armamentos. A aula sobre explosivos, dada informalmente havia mais de dois meses numa floresta na Ásia, fora fascinante.

Nenhum dos dois tocara no lanche, ainda sobre a pia.

— Sabe o que mais dói? — murmurou Cannish, a cabeça baixa, como se fosse capaz de fitar a refeição. — Não posso mais admirar sua beleza, Gillian. Uma pena.

A garota prendeu a respiração. Embaraçada, ela espiou o corpo musculoso e bem definido do irlandês, coberto de tatuagens. Ele estava sem camisa, à vontade numa calça comprida folgada, ideal para dormir. Também estava descalço, como a garota. Era mesmo difícil ficar perto daquele homem sem desejar que ele a tocasse. Gillian estava há mais de três anos sozinha, desde que despachara para longe o último namorado, um sujeito egocêntrico e machista. Ela pensou em Roger, nos assassinatos que Cannish cometera, na convivência diária dos últimos três meses. Era como estar diante de uma nova pessoa, como se o matador não existisse mais.

Gillian reuniu coragem e ergueu a mão para tocar a ponta do nariz masculino, repetindo a carícia doce que Cannish lhe dedicara numa noite que parecia muito distante.

Tremia, insegura, sem tomar a decisão de seguir em frente. O lobo a aprisionou contra a parede, ainda no vão ao lado da geladeira, e a beijou. Primeiro um toque suave sobre os lábios dela, depois beijos que percorreram o pescoço feminino, enquanto as mãos espertas desamarravam o roupão para deslizar sobre a lingerie. Cannish sorriu ao descobrir a arma protegida pelo coldre.

— Você não confia mesmo em mim, né? — disse, divertido.

O lobo reencontrou os lábios da garota para um novo beijo, desta vez tão intenso que a impediu de raciocinar.

— Quer mesmo continuar? — perguntou ele, sensível à indecisão dela.

Gillian o envolveu num abraço apertado, disposta apenas a um delicioso momento de prazer. Ela também merecia uma noite especial. A ameaça apocalíptica realmente podia esperar.

Amy despertou com a garganta seca, sonhando com um delicioso copo d'água. Assustada, ela percebeu que Wolfang não estava na cama. Aliás, em lugar nenhum do quarto espaçoso. Com pressa, a garota colocou um vestido, calçou o par de sandálias e voou para a cozinha. Interrompeu a corrida na porta, sem ar, e deu meia-volta para encontrar Hugo, que fumava tranquilamente encostado a uma das janelas da sala, aberta para a madrugada nublada.

— Cannish e Gillian estão transando na sua cozinha — disse Amy, sem nada melhor para falar. O temperamento atirado do irlandês, com certeza, não combinava com a imagem de um pobre coitado, vítima da crueldade de Wulfmayer. A perda da visão não lhe roubara a independência em relação à vida. — Mas isto você já sabe, né? Por acaso você viu o Wolfang?

— Acabamos de conversar — respondeu o velhinho. — Ele foi andar um pouco por aí.

— E o que conversaram?

Hugo puxou fumaça do cigarro e a liberou pelas narinas. Mantinha a expressão pensativa quando se virou para a mestiça.

— Os caçadores estão voltando, Derkesthai.

— É esta a grande ameaça?

— Wulfmayer conhece os detalhes. Ele me pediu que avisasse as outras criaturas.

— Ele já foi um caçador, não foi?

— No passado. Hoje não é mais.

— E o que os caçadores estão aprontando?

— Eles vão promover a extinção total das criaturas.

A garota não absorveu de imediato o impacto da informação.

— Como assim, extinção total?

— Mortes, perseguições, mutilações, não sei exatamente o que, mas tudo numa escala inimaginável. Os caçadores se preparam há séculos para este momento. Eles planejam algo aterrorizante e grandioso, jamais tentado antes. Pretendem aniquilar por completo as criaturas.

— E por quê? Para que matá-las?

— Porque pregam a eliminação dos seres que consideram inferiores. Ou que possam atrapalhar seus planos de alguma forma.

— Seres como uma Derkesthai.

— Sim.

— Tenho poder para impedi-los?

— Um poder, na verdade, muito simples: o de unir todas as criaturas contra eles.

— Mas...

— A Derkesthai é um ser mítico, cercado por lendas. É o único capaz de eliminar as diferenças e rivalidades para canalizar forças visando destruir o inimigo comum.

— Por isso os caçadores querem me matar.

— E antes que você acumule poder e influência indesejáveis para eles.

Amy apoiou os cotovelos sobre o peitoril da janela. O cigarro de Hugo estava quase no fim.

— As Derkesthais são sempre mulheres — explicou ele.

— Não nascem meninos mestiços?

— Há casos raros, mas os homens não desenvolvem nenhum dom importante.

— Já as mulheres...

— São mestiças nascidas do amor entre humanos e criaturas.

— Amor?! Não é melhor definir como relação?

— Não, cara minhoca, amor é a palavra apropriada. Somente um grande amor, desprovido de interesses pessoais, um sentimento intenso, puro, genuíno, é capaz de gerar uma Derkesthai.

— Um amor como nos filmes? Como Romeu e Julieta?

— Sim, um sentimento praticamente irreal.

A garota sorriu, pensando em Cannish. Ele amara Yu de verdade.

— É por este motivo que uma Derkesthai reúne o que existe de melhor nas criaturas e nos humanos, não é? — disse ela. — Por ser fruto de um grande amor...

— Exato. E as Derkesthais podem ser geradas por qualquer tipo de criatura. Desta vez, a Derkesthai nasceu entre os lobos.

— E isto explica porque o Alpha deve ser responsável por mim.

— Ele é seu guardião natural.

— E ninguém do Clã sabia disso, certo? Talvez Anisa nem tivesse tentado me matar se conhecesse esta história de Derkesthai...

— Somente os mais antigos dominam este segredo.

— Pois agora não é mais segredo pra ninguém! Os caçadores desejam me matar, as criaturas me disputam a tapas e os lobos do Clã não chegam a um acordo sobre mim!

— Fique tranquila. Wulfmayer unirá o Clã, como deve ser.

Hugo se preparou para a última tragada, só que Amy segurou o braço dele, garantindo atenção absoluta para o que iria dizer.

— Não, cavaleiro, você está enganado — sorriu, com os olhos brilhantes. — Agora é a vez de Wolfang unir o Clã. Como deve ser.

Caminhei lentamente pela nave da catedral. A escuridão não me impediu de enxergar a beleza da arquitetura gótica, os vitrais, as esculturas, as abóbadas suspensas por arcos e pilastras repletas de detalhes. A catedral de Rouen, totalmente em pedras, me fascinou. Eu, a criatura maldita, ousava invadir a casa de Deus.

Foi então que senti sua presença. Segui até a capela e parei diante dela, a imagem feita de mármore branco que representa a mãe de Cristo. Ela segura o filho, um bebê adormecido e confiante entre os braços que o protegem. Uma aura de doçura e pureza sempre envolverá os dois... Eu, a criatura maldita, ousei erguer meu olhar para eles.

Não pude manter o olhar por mais do que alguns segundos. Hugo estava certo em dizer que não era o momento para dividir os lobos. A Derkesthai merecia o melhor guardião. E este deveria ajudá-la a promover a união das diferenças para combater o inimigo. Uma disputa no Clã deixaria Amy sem proteção. E a morte da Derkesthai também significaria, como consequência, a extinção das criaturas.

Minha cabeça se curvou, humilde, enquanto meus joelhos tocavam o piso. Rezei. Não consegui pedir nada, nem proteção, nem ajuda para escolher o futuro. Meu coração apenas agradeceu a chance que eu ganhava para fazer a diferença para as pessoas que me amavam. E havia poderes em mim, um dom que deveria ser usado para o bem, para proteger quem não tinha como se defender, pessoas inocentes que não se tornariam mais vítimas de criaturas sem escrúpulos. Pela primeira vez, eu percebi. Tomei consciência do que meu coração me dizia. Não precisava mais evitar o lobo que vivia dentro de mim. Ele sempre me obedeceria em qualquer decisão que eu tomasse.

Não consegui mais enxergar apenas a maldade que sempre enxerguei nas criaturas. Sim, elas traziam maldade, mas também a bondade, como os humanos. Existia um assassino como Blöter e existia uma mulher incrível como Amy. Trazemos dentro de nós o poder de destruir, mas também o poder de curar. Esta era a lição que eu tirava dos últimos três meses.

Ousei fitar a imagem da Virgem mais uma vez. Senti que ela me compreendia. Defender a paz não significa ficar de braços cruzados. E eu não podia mais me omitir, virar o rosto para não enfrentar o terror que Wulfmayer promovera durante séculos. Ele não agiria diferente com a Derkesthai ao lado dele. Continuaria a matar, a descartar quem não lhe fosse mais útil e a exercer sua liderança sem qualquer limite, o que colocaria a perder qualquer tentativa de vitória sobre os caçadores. As criaturas precisavam reencontrar um caminho perdido há muito tempo. Como Cannish. E, naquele momento, eu sabia como ajudá-las.

> NÃO ERA MAIS POSSÍVEL ADIAR UMA LUTA QUE EU TINHA DE VENCER.

Capítulo 7
Ataque

Wulfmayer torceu o lado esquerdo da boca, algo parecido com um meio sorriso que pretendia diabólico. Não saiu do lugar onde esperava por Wolfang: aos pés da escadaria principal de seu castelo. O lobo branco avançou para a escuridão do hall, deixando para trás a tarde iluminada pelo sol.

— Por que acha que eu lutaria contra você, caçulinha? — zombou Wulfmayer. — Você não passa de uma criança boba...

Nove membros do Clã fecharam um círculo ao redor de Wolfang. A um gesto do Alpha, eles abandonaram a aparência humana para ganhar a ferocidade de suas formas de lobo.

— Matem o caçulinha! — ordenou Wulfmayer, entediado.

Amy estreitou os olhos para o horizonte. As três pirâmides de Gizé refletiam o sol, que estava no ponto mais alto. Uma leve brisa transformava em ondas suaves os vários tons de dourado da areia do deserto.

— Isso lá é hora de sonhar com o Egito? — reclamou a garota. — Prefiro ver o que está acontecendo com o Marco!

Wolfang partira sozinho havia exatos dois dias para enfrentar uma luta de vida ou morte. Amy queria ir com ele, mas cedera aos argumentos de Hugo. Ela deveria permanecer em Rouen, onde contaria com a proteção dos répteis. Naquele exato momento, a Derkesthai cochilava no sofá da sala, no meio de mais um dos seus sonhos estranhos.

No mundo antigo para onde o sono a levara, Amy piscou. Agora a garota estava dentro de algum tipo de templo de pedra branca e dourada, com desenhos egípcios pintados nas paredes de um estreito corredor vazio. Havia representações de faraós, pessoas comuns, animais e deuses, estes últimos com cabeças de animais em corpos humanos.

— Veja... — pediu alguém atrás de Amy. Ela se virou, com uma batida a mais no coração ao descobrir, sã e salva, a bela jovem de cabelos negros que vira no sonho anterior, a Derkesthai que Hugo havia decapitado na vida real.

Amy olhou na direção que a Derkesthai indicava. A parede diante delas abriu um vão imenso, cercado de luz, para revelar novamente o deserto. Um grupo de homens e mulheres, vestidos com longas túnicas claras e muito justas, reverenciava o nascer de um sol avermelhado.

— Estes são os primeiros seguidores da ordem secreta que Fang integraria milênios depois — contou a Derkesthai.

— Os dragões?

— Sim. Também são conhecidos como drakos. Estes seguidores que você vê serviam às criaturas originais.

— Originais? Como assim?

— Os deuses.

— Rá, Ísis e todos os outros dos filmes de múmia? Mas... esta gente esquisita existiu de verdade?

A Derkesthai sorriu para Amy.

— Meu nome é Cassandra.

— O meu é Amy.

— Eu sei. Você é a nova Derkesthai.

— E você é mesmo minha tatata... tataravó?

— Sou uma antepassada.

— Hum... Você vai me explicar o que são essas criaturas originais?

— Elas partiram em pleno apogeu do Egito antigo.

— E para onde foram? Aliás, de onde vieram?

— Jamais contaram aos drakos. É um grande mistério.

— E por que você falou que elas são consideradas "originais"?

— Os drakos desejaram reproduzir os deuses entre os humanos, para que as gerações futuras nunca se esquecessem deles... Você já ouviu falar em alquimia, não?

— Hum-hum.

O vão luminoso em frente às duas jovens se fechou aos poucos até refazer a parede por completo. Os desenhos, entretanto, haviam mudado. Miniaturas humanas, com suas túnicas justinhas, manipulavam frascos de vidro numa intrigante experiência química.

— A alquimia surgiu no Egito, na época dos faraós — continuou Cassandra.

— Os dragões... digo, os drakos fizeram experiências com...

— Mulheres grávidas.

— E?

— Não obtiveram nenhum resultado por séculos. Mas algo aconteceu. Os descendentes dessas mulheres passaram a carregar em sua cadeia de DNA um elemento retirado das criaturas originais. Às vezes, este elemento se manifesta, às vezes, não, passando para a geração seguinte. Os números nos dizem que um em cada um milhão de nascimentos traz esse gene, que pode ou não se manifestar durante a vida adulta. Se ele se manifestar,...

— ... esta pessoa vai virar uma criatura. Ei, para alguém que morreu há mais de mil anos, você domina legal essa conversa sobre DNA!

— Estudo bastante para me manter atualizada — sorriu Cassandra.

O sorriso desapareceu no mesmo minuto. Um vulto avançava até elas, vindo do que parecia ser o final do corredor. A luz do ambiente ganhou sombras sinistras que sopravam rajadas de vento frio e pesado, carregadas pelo medo da morte.

O olhar de Wolfang se detém em Blöter, o lobo cinza que vinha pela direita. Outros focinhos também estavam próximos demais, a baba escorrendo entre os dentes afiados exibidos pelos rosnados implacáveis. Eles se preparavam para o bote que esmagaria Wolfang. Este, ágil, puxou o bastão que trazia oculto sob a manga da jaqueta e o dobrou de tamanho em milésimos de segundos para apoiá-lo no chão, investindo num impulso necessário para o corpo do rapaz dar um giro no ar, escapar das mordidas que tentaram inutilmente abocanhá-lo e aterrissar com tranquilidade diante de um estupefato Wulfmayer.

— Vamos lutar, covarde — disse Wolfang.

— Esta é a deusa Sekhmet — sussurrou Cassandra, abaixando o queixo para não encarar a recém-chegada, que parara a poucos passos das duas Derkesthais.

A curiosidade de Amy foi mais forte do que o pânico que a criatura lhe inspirava. Ela avaliou cada detalhe da tal deusa, a estatura de quase três metros, o corpo moreno e bem humano que contrastava com a assustadora cabeça de leoa, coroada com um disco solar. Sekhmet vestia uma túnica vermelha que moldava seu corpo esguio, dos tornozelos até o abdômen, deixando à mostra os seios pequenos. Os dois braços traziam braceletes grossos de ouro na altura dos pulsos e quase colados aos ombros largos.

A criatura original parecia emitir uma energia maligna, que estimulava a sensação de horror quase palpável que a cercava.

— Sekhmet é a deusa da força e da guerra, responsável por espalhar destruição, epidemias e morte entre os humanos — contou Cassandra. — Mas ela também defende o faraó contra os inimigos, uma guerreira valiosa durante os combates.

Sekhmet girou os olhos negros para Amy. Eram terrivelmente maus.

— Os caçadores a veneram — acrescentou Cassandra. — Para eles, as criaturas reproduzidas pelos drakos são aberrações, um insulto aos deuses.

— Mas os caçadores também são criaturas reproduzidas pelos drakos!

— Só que eles se consideram mais puros do que as outras criaturas e, portanto, mais parecidos com os deuses.

— Absurdo!!!

— Por isso me mataram. Me consideravam inferior.

— Vi isso em outro sonho. Olha, Hugo se arrependeu do que fez e...

— Hugo arrependido? Pouco provável.

— Ele conheceu uma santa e...

— Tenha cuidado com o cavaleiro.

Amy desviou a atenção da deusa que ainda a examinava.

— Você acha que Hugo pode me trair?

— Jamais permita que ele a separe do seu guardião — avisou Cassandra.

Ela mostrou a palma da mão para a outra mestiça. Instintivamente, Sekhmet recuou para o fundo do corredor, arrastando com ela as sombras sinistras. Um ponto de luz nasceu entre as Derkesthais e cresceu o suficiente para engolir as duas.

— A força da Derkesthai alimenta o guardião — murmurou a voz de Cassandra, agora distante.

— Pois bem, filhote — resmungou Wulfmayer, esticando um dos braços para que os outros lobos não atacassem Wolfang. — Eu mesmo vou destruir você!

O corpo do Alpha dobrou de tamanho. A mutação o tornou o lobo gigantesco que vencera todos os outros lobos, que matara muitos, que exilara os sobreviventes. Wulfmayer era o lobo negro, de pelo brilhante, ainda mais forte do que Blöter. E muito mais poderoso. Ele se curvou para arrancar a cabeça do homem mais baixo, que ainda hesitava em assumir a aparência de lobo. Wolfang apertou as duas extremidades do bastão, chutou a barriga do Alpha e pulou para cima do dorso dele, pressionando o bastão contra a garganta da criatura para sufocá-la.

A reação do adversário veio rápido. Wulfmayer lançou o caçulinha para a esquerda, livrando-se com sucesso do bastão que o incomodava. Blöter e o restante do Clã rangeram os dentes, ansiosos. O lobo negro prendia o rapaz contra os degraus da escada.

Amy jogou os ombros para frente, ainda sentada no sofá da sala. Alice, ao lado dela, a tranquilizou, unindo suas mãos às mãos da filha.

— Você teve algum sonho? — perguntou a mulher mais velha.

— Tive.

A mãe acariciou os cabelos da garota e perguntou se ela não gostaria de dar uma volta pela Vieux Rouen. Talvez um passeio a acalmasse de verdade. Sonhar com deuses egípcios e Derkesthais fantasmas não era mesmo uma boa combinação. A cabeça de Amy estalava de dor.

Na mesa de jantar, próxima ao sofá, Cannish montava uma bomba caseira, sob o cronômetro atento de Gillian e a expressão alarmada de Ken. Havia fios e uma série de quinquilharias espalhadas sobre a superfície de madeira da mesa, materiais que, a princípio, jamais poderiam virar um artefato explosivo e mortal. O irlandês, no melhor estilo MacGyver, dizia que qualquer coisa poderia virar uma arma, até um simples alfinete. Gillian, sua fã incondicional, se impressionava mais a cada aula. E Ken, claro, ficava cada vez mais apavorado.

— Tempo? — perguntou Cannish após montar a última peça da bomba.

— Cinco segundos a mais do que seu recorde — avisou a agente.

— Droga...

— Você precisa ter calma. O recorde pertence à época em que você enxergava...

— Mas eu montava isso de olhos fechados!

— Vocês ainda vão explodir a casa... — murmurou Ken.

— Ei, Meade, quer uma dessas emprestada para a próxima passeata em prol das foquinhas indefesas? — provocou Cannish. — Aposto como sua ONG vai aparecer no horário nobre da TV!

O pacifista Ken Meade cerrou as sobrancelhas, muito sério, mas não abandonou o posto de observação, uma cadeira à esquerda de Gillian e de frente para o lobo irlandês. Alguém precisava vigiar aquele terrorista e a aprendiz!

Cannish riu da própria piada e começou a procurar novos itens para montar outra bomba. Parecia uma criança feliz brincando de Lego...

— Amy e eu vamos andar um pouco por aí — avisou Alice para o marido.

— Vou com vocês — disse Cannish, largando imediatamente a diversão. Gillian pegou o coldre com a arma sobre a mesa e o prendeu junto ao corpo, protegido pela jaqueta que vestiu com pressa.

— Vocês não precisam ir! — disse Amy, irritada. Vivia sob a vigilância cerrada e bem discreta de vários répteis... Não precisava de dois chicletes ambulantes atrás dela! — Só quero dar um passeio sozinha com a minha mãe!!!

— Manteremos uma certa distância — prometeu Gillian.

— Mas não muita! — garantiu Cannish.

Amy fechou a cara e não teve outra alternativa a não ser aceitar a escolha. Os quatro já estavam na porta quando Ken os alcançou, esbaforido.

— Mas... e a bomba??? — lembrou ele, apontando, apavorado, para o artefato ainda sobre a mesa.

— É só desarmá-la, sr. Meade — sorriu Cannish, cínico, antes de virar as costas para o homem e caminhar tranquilamente até a rua.

A nova força de Wolfang como lobo surpreendeu Wulfmayer. O corpo deixou a aparência humana para revidar o ataque do Alpha. Os dois rolaram para a lateral da escada, destruindo o corrimão antigo, esculpido em madeira. A reviravolta, no entanto, não durou muito. Era impossível para o lobo branco evitar as mordidas e as garras do lobo negro, superior em agilidade e força. Sem qualquer piedade, Wulfmayer começava a destroçar o filhote que o desafiara.

Wolfang resistiu, atacou, ousou golpes que desenvolvera com a ajuda de Cannish. A luta selvagem arremessou os oponentes para o centro do hall. No mesmo instante, eles foram rodeados pelos outros lobos, à espera de apenas uma oportunidade para aniquilar o filhote.

Gillian teve pena do bondoso Ken Meade e retornou até a mesa para retirar o único fio que realmente desativava o artefato caseiro. Após retribuir o imenso sorriso de agradecimento do homem, a agente foi para a rua, onde encontrou o irlandês parado a poucos passos de Alice e Amy.

— Você é pior do que o Lobo Mau! — censurou Gillian.

— Me esforço bastante, Chapeuzinho Vermelho... — sorriu Cannish ao colocar o par de óculos escuros. Ele enfiou as mãos nos bolsos do bermudão que vestia e se preparou para a caminhada.

E esta prometia ser bem interessante. A tarde gostosa reunia muitas pessoas nas ruas medievais de Rouen, uma rotina comum para a área turística. Amy, que andava ao lado da mãe alguns passos à frente de Cannish e Gillian, começou a contar o sonho estranho que tivera enquanto cochilava no sofá. O irlandês ficou em silêncio, ouvindo cada palavra que não era dirigida a ele. Gillian observou o jeito como ele se movimentava, sem qualquer bengala para auxiliá-lo. Cannish passara a confiar ainda mais em seu instinto, guiando-se pelos sons, gestos, cheiros, tudo o que o ambiente ao redor pudesse lhe informar.

— Você... você é um deles, não é, mãe? — perguntou Amy, de repente. — Fang me deixou com você porque...

— Eu sou uma drako — confirmou Alice.

— O pai sabe disso?

— Não... E ele só descobriu sobre a existência das criaturas após a viagem a Hong Kong.

Num gesto brusco, Cannish segurou o braço de Amy.

— Há algo errado — disse ele, sério. — Vamos voltar!

A garota não questionou a decisão. O grupo deu meia-volta para contornar a esquina que havia acabado de passar. Duas estranhas criaturas — cabeça e cauda de crocodilos em corpos humanos — surgiram atrás da Derkesthai para um ataque traiçoeiro.

Num ato inesperado, Wolfang retomou a forma humana. Curioso, Wulfmayer interrompeu o golpe, ainda aprisionando o rapaz contra o piso do hall. O sangue que escapava do corpo de Wolfang tornava o chão escorregadio, a dor dos inúmeros cortes era difícil de suportar.

O Alpha também voltou a ser humano. Ele se ergueu e endireitou os ombros orgulhosos, lançando um último olhar para o garoto que desprezava.

— Podem devorá-lo — autorizou, dirigindo-se aos lobos esfomeados que cercavam os dois combatentes. — E podem raspar o prato. Não quero nem um pingo de sangue sobre o meu piso...

A presença de duas criaturas exibindo publicamente a aparência mutante era algo inusitado e assustador para os humanos que circulavam pela rua. Cannish sentiu o medo em cada pessoa, ouviu gritos histéricos, percebeu gente que corria para longe daquele lugar. Gillian sacou a arma e a apontou para as criaturas.

— Pra casa do Hugo, rápido! — disse o irlandês para Amy e Alice. — Vou distrair estes malditos crocodilos...

Os lobos se aproximavam, lentamente. Wolfang observou cada movimento, cada detalhe antes da morte tenebrosa que o esperava. Como ocorrera com outras vítimas. Como ocorrera com uma mulher inocente, havia muitos anos, em Roma.

— Andem logo com isso! — reclamou a voz de Wulfmayer.

E a voz continuou zunindo dentro da cabeça do lobo branco. Era como ouvir uma voz que vinha do passado, associada à morte, ao sofrimento, à humilhação. A imagem de Wulfmayer em um uniforme americano da Segunda Guerra pareceu viva demais em lembranças sufocadas desde a infância de Wolfang. E ele viu, reviu tudo, a mãe e o garotinho perseguidos pelo Alpha em um prédio em ruínas. Blöter, no uniforme nazista, se uniu ao líder, puxando a criança pelo pescoço para lhe aplicar um soco violento. Esta caiu sobre as pedras calcinadas do chão, viu as mãos de Wulfmayer enfim alcançando a mulher que tentava defender o filho, rasgando-lhe as roupas, jogando-a para baixo do corpo masculino que a esmagaria, a violência que o menino não entendia em detalhes.

Wolfang se lembrou das próprias lágrimas que nublavam a visão daquele momento, dos gritos apavorados da mãe. Blöter possuiu a mulher em seguida, socou o rosto dela, a brutalizou da forma mais cruel para lhe provocar o maior sofrimento possível. Quando a abandonou, imóvel e ensanguentada, o alemão assumiu a aparência de lobo. Wulfmayer o imitou. E os dois abocanharam o ventre da mulher que gritou pela última vez, a voz aterrorizada que escapou pelas ruínas. Foi então que alguém acolheu Wolfang, impediu que ele continuasse a assistir à cena e o levou para a rua, para a noite coberta por estrelas. Alguém que cuidou do ferimento no rosto do menino: Cannish. Wolfang reviu o rosto preocupado do irlandês, depois o sorriso compreensivo, ouviu novamente as palavras de apoio ditas num italiano carregado de sotaque estrangeiro.

A voz de Wulfmayer desapareceu da cabeça do lobo branco. No seu lugar, brotou o ódio irracional, fúria, revolta, a vontade de finalmente enfrentar a dor que sentia por tanta injustiça, tanta maldade. A aparência do lobo retomou o corpo do rapaz enquanto ele se erguia e voava para atacar as criaturas que se aproximavam.

Um terceiro crocodilo apareceu do nada e agarrou Alice. Sem pestanejar, Amy pulou sobre ele, chutando-o na altura dos olhos. Deu certo. A criatura soltou Alice para desabar desajeitadamente sobre a calçada. Gillian descarregava a arma em cima de um dos crocodilos, provocando ferimentos leves no inimigo que continuava a avançar sobre ela. Já Cannish, como lobo, encarava uma luta desigual contra o outro adversário, muito mais forte do que ele.

— Corre, mãe! — gritou Amy. Lutaria melhor se não tivesse que defender Alice. Esta não se mexeu, indecisa. — Vai logo!!!

— Vou buscar ajuda! — disse Alice antes de correr na direção da casa de Hugo.

Três crocodilos se juntaram aos primeiros. Os humanos continuavam a gritar, a fugir desesperadamente. Cannish lutava agora contra dois adversários. Amy derrubou mais um com chutes potentes e se preparou para socar outro, que investia contra ela. Gillian não pôde evitar que o crocodilo em que atirava lhe abocanhasse o abdômen com os dentes imensos e a lançasse para longe. Ele, então, se virou para o irlandês e o atacou pelas costas, apostando numa mordida aniquiladora. O lobo tombou, ofegante, coberto de sangue.

Os dois crocodilos derrubados por Amy resolveram se levantar. Agora eram seis criaturas contra ela.

O Ômega do Clã derrubou Blöter com facilidade e, no caminho até o Alpha, esmagou o focinho de mais dois lobos, livrando-se de três que atacavam seu flanco. Surpreso com a reação violenta e inesperada, Wulfmayer recuou, protegido por duas fêmeas que pretendiam bloquear o avanço do caçulinha. Elas falharam. Wolfang golpeou as duas antes de derrubar o lobo negro, que outra vez se transformara em animal. Eles rolaram para fora da mansão, direto para a tarde de sol.

Alice correu como louca pelas ruas de Rouen. O pânico se espalhara, dois carros de polícia passaram por ela em alta velocidade. Quando entrou na casa de seu anfitrião, a mulher descobriu, amarga, que ninguém poderia ajudá-los.

Hugo, terrivelmente ferido, estava caído sobre o sofá da sala, amparado por Ken.

— Fui traído... — murmurou o velhinho, quase sem voz. — Eles vão matar a Derkesthai...

O novo fôlego do adversário desestabilizou por segundos a força de Wulfmayer. O caçulinha o atacava com golpes diferenciados, inteligentes e precisos. Agora era a vez do garoto ferido lhe provocar ferimentos graves e profundos.

Eles continuaram se engalfinhando, duas criaturas ferozes que não desistiam da vitória, e rolaram para o jardim de alamedas suaves e bem cuidadas, arrancando terra e grama pelo caminho, derrubando pequenos arbustos e plantas numa violência devastadora. Blöter surgiu naquele instante para desequilibrar o jogo. Os dentes gigantes do alemão abocanharam com vontade o pescoço de Wolfang. Os outros lobos haviam seguido os dois adversários para fora do castelo.

Cannish, ainda sob a aparência de lobo, recobrou aos poucos a consciência. Ouviu sirenes, uma agitação enorme ao redor. Um homem, talvez um médico, o examinava. O irlandês estava bastante ferido. A mordida do tal monstro lhe provocara um rombo tenebroso nas costas.

Cannish empurrou o sujeito e se levantou, cambaleante, provocando gritos de pânico ao redor. Os crocodilos haviam desaparecido. Não sentia Amy em lugar nenhum!

"Gillian...", pensou, aturdido. O cheiro doce da humana o atraiu para a esquerda, para perto de um médico que, com a ajuda do auxiliar, a deitava sobre a maca. Foi então que Cannish soube. Gillian estava morrendo.

O instinto foi mais forte do que o desespero. Numa corrida ágil, o lobo fugiu da polícia que chegava, escapando da multidão que tentava entender a luta entre criaturas que não deveriam existir.

Wulfmayer aproveitou a vantagem e se preparou para arrancar os olhos de Wolfang, preso pelos dentes de Blöter. Apesar de momentaneamente enfraquecido, o caçulinha reagiu, utilizando as garras para afastar o Alpha, sem conseguir, porém, se libertar do alemão. Este apertou a mordida, cortando carne no processo mortal. Wolfang não gemeu apesar da dor absurda que devia sentir. Continuou a resistir, a se defender das novas investidas de Wulfmayer, a lutar para se livrar do alemão que o estraçalhava aos poucos.

Alguém interferiu no resultado previsível daquela luta. Blöter foi arremessado para a esquerda por três lobos implacáveis. Wulfmayer estremeceu.

— Chega de trapaças, inglês! — rosnou a voz de Makarenko.

— A luta é apenas entre você e Wolfang — disse Ernesto.

Os oito lobos exilados estavam ali, nos jardins do castelo, prontos para impedir qualquer irregularidade numa disputa que deveria ser justa. Três deles, na aparência animal, haviam imobilizado Blöter. Outros três vigiavam os demais membros do Clã, obrigados a somente assistir ao espetáculo deprimente. O Alpha fora incapaz de pressentir a chegada daquela gente maldita. Estava vulnerável demais para a luta que agora poderia ter outro resultado. Makarenko e Ernesto, os únicos a manterem a forma humana, exibiam expressões satisfeitas.

Wolfang retomou o combate com fúria absoluta. O lobo negro o recebeu da mesma forma, cego pelo ódio, guiado somente pela vontade de triunfar, de reafirmar diante de todos o poder inquestionável do Alpha. O caçulinha não estava lidando com qualquer um. Aprenderia a lição da pior maneira.

Anisa recuperou a forma humana, assim como os outros membros do Clã, inclusive Blöter. Era melhor esperar pela vitória de Wulfmayer.

— O meu Alpha não precisa de ajuda... — desafiou Anisa, empinando o nariz delicado para o lobo russo, o tal Makarenko. — Ele é simplesmente o melhor de todos os lobos!

O russo cerrou os dentes e ignorou o comentário, mais interessado no combate que definiria também seu futuro.

Wulfmayer utilizava golpes baixos, trapaceava a cada minuto. Wolfang escapou por milímetros de uma mordida traiçoeira que visava sua jugular. Os dois estavam exaustos, feridos o suficiente para mal se aguentarem em pé. Mas continuavam a luta insana sem qualquer trégua.

O lobo negro investiu a força num golpe fenomenal, que jogou o lobo branco contra a árvore mais próxima. Wolfang bateu a coluna no tronco da árvore e tombou sobre as raízes parcialmente expostas pela terra. A dor alucinante percorreu seu corpo, tirando a sensibilidade das patas traseiras. Ele não conseguiu mais manter a aparência de lobo.

Wulfmayer também estava muito fraco para sustentar a mutação por mais tempo. Ele caiu de joelhos, o rosto humano irreconhecível pelos golpes que recebera. Apesar dos cortes e hematomas, Wolfang viu o sorriso frio que surgia no inimigo. O rapaz tentou se mexer, mas as pernas se recusavam a obedecê-lo. Estava imóvel, totalmente indefeso contra o próximo ataque. "Preciso agilizar a autocura ou..."

— Sempre carrego comigo uma faca pequena e muito afiada — avisou o Alpha, o sangue pingando de sua boca. Ele tirou de um bolso do terno de grife, agora rasgado, a arma que mais lembrava um punhal. Então, mexeu uma perna e depois outra, levantando-se outra vez. — Vou retalhar você aos poucos, caçulinha...

Makarenko deu um passo à frente, indignado com a atitude doentia de Wulfmayer. Ernesto, no entanto, o segurou pelo cotovelo.

— Não interfira... — disse o primeiro Alpha.

"Mais fácil do que imaginei", pensou Wulfmayer. Ele caminhou até Wolfang, ainda caído sobre as raízes da árvore, arrastando os pés na grama para criar o suspense necessário para o showzinho particular que ofereceria à platéia atenta. Faria aquele filhote guinchar como um porco!

Eufórica, Anisa bateu palmas, sem se esquecer de um gritinho de puro contentamento.

— Comece pela língua dele! — sugeriu Blöter, sempre solícito.

Wulfmayer se ajoelhou próximo à cabeça do caçulinha. Num gesto que pretendia carinhoso, o Alpha encostou a lâmina sobre o rosto do rapaz e a deslizou pela testa até atingir a boca do adversário.

— Sabe a primeira coisa que farei quando recuperar minha Derkesthai? — sussurrou Wulfmayer. — Vou abrir aquelas pernas bonitas e usar e abusar do que é meu por direito!

Wolfang não se mexeu. Parecia indiferente à provocação.

— A Derkesthai pertence ao Alpha! — continuou Wulfmayer. — E ela me trará poderes incalculáveis...

Calmamente, ele girou o rosto para Blöter.

— A língua, não é? — quis confirmar.

A expressão surpresa do alemão o avisou do perigo imediato. A dor veio a seguir. O caçulinha acabava de lhe enterrar no pescoço o bisturi de estimação de Cannish...

— Filho da...! — uivou Wulfmayer, sem conseguir completar o palavrão.

Um soco do lobo branco lhe deslocou o queixo, jogando-o para trás. O Alpha caiu de costas, tonto, erguendo os braços para se defender de Wolfang, que continuava a esmurrá-lo. Um chute, entretanto, empurrou o caçulinha para o lado, dando a chance para Wulfmayer se erguer e revidar. E os dois reiniciaram o combate, desta vez como homens e com um diferencial: o Alpha ainda mantinha a faca em sua mão.

Wolfang rolou para a direita, a tempo de evitar que a lâmina o tocasse, e se levantou num pulo digno de um felino. Conseguira uma autocura extremamente acelerada para a coluna afetada... Ele voou para cima do adversário, chutando-o na altura do rosto e depois no peito para desequilibrá-lo. Funcionou. Wulfmayer caiu outra vez de joelhos.

Anisa gritou, apavorada. A faca caíra da mão de Wulfmayer.

— Seu Alpha não parece tão bom assim... — comentou Makarenko sem olhá-la, caprichando num inglês horroroso, com o mais puro sotaque russo.

Blöter perdera toda cor do rosto normalmente pálido.

O último ataque de Wolfang foi fulminante, perfeito, eficaz. Por fim, o adversário libertou a presa da surra impressionante. Sem condições de continuar, Wulfmayer não reagiu mais. Abatido sobre o que restara de um canteiro de flores, ele apenas esperou que Wolfang tomasse a primeira decisão como o novo Alpha.

Capítulo 8
Caçada

O primeiro passo era avisar Wulfmayer. Hugo pegou o telefone, ao lado do sofá, e ligou para o antigo escudeiro. Alice não saía da janela, ao lado de Ken, observando tristemente a movimentação da rua. Não podiam fazer nada para ajudar Amy.

Na Inglaterra, a voz de Anisa atendeu à ligação.

— Tenho que falar urgentemente com o Alpha... — pediu Hugo, sentindo-se muito fraco. O corpo ferido exigia algumas horas de descanso para a autocura.

— Qual deles? — resmungou Anisa. — O novo ou o velho?

— Você quer dizer que...?

— É, o caçulinha acaba de se tornar nosso novo Alpha.

Hugo não digeriu a informação. Aquilo era tão improvável quanto Wulfmayer ajudar uma velhinha a atravessar a rua!

— Olha, réptil grudento, não dá pra falar com nenhum dos dois agora — continuou a fêmea. — Eles estão literalmente arrebentados. Foram dormir um pouco pra recuperar a saúde.

— Mas é urgente!

— Em poucas horas eles estarão ótimos outra vez! Ligue depois.

— A Derkesthai caiu nas mãos dos caçadores!

Anisa não se mostrou surpresa. Suspirou, cheia de tédio, e permaneceu em silêncio por alguns segundos, sem vontade nenhuma de explicar o que era tão óbvio para ela.

— Caçadores? — repetiu Anisa, sem qualquer entonação. — Você quer dizer crocodilos.

— Como você...?

— Wulfmayer pediu a Tayra que cobrasse um antigo favor dos crocodilos.

— Mas...

— Você não se lembra? Wulfmayer livrou o focinho deles naquele escândalo em Everglades, na Flórida... Hum, tem uns cinco anos, acho.

— Eu não...

— Sei que eles trabalham pra você, mas uma criatura sempre paga o que deve, certo? E os crocodilos ainda preferem Wulfmayer como Alpha e não aquele caçulinha ridículo!

— O quê...?

— Meu marido achou que, se recuperasse a Derkesthai, poderia usá-la como refém para manipular Wolfang. Enfim, o plano não deu certo. O caçulinha chegou antes etc., etc.

— E...

— A esta hora, os crocodilos já entregaram a mestiça para Tayra, que a traz diretamente para nós.

— Mas...

— No final, aquele maldito filhote levou a melhor! Não se preocupe, réptil. A Derkesthai deve estar chegando aqui em poucas horas, sã, salva e sonsa!

Sem esperar por mais perguntas, Anisa bateu o telefone no gancho, deixando Hugo mergulhado em novos problemas.

— Claro que a mestiça será entregue a Wulfmayer! — garantiu Tayra, simpática, despachando gentilmente os crocodilos que acabavam de lhe entregar uma encomenda interessante: Amy Meade.

Os crocodilos eram rapazes um tanto rudes, mas com um charme irresistível para quem aprecia uma mistura de frieza e violência. Muito quietos, eram capazes de golpes inesperados e destrutivos. Naquele momento, no entanto, davam por encerrado o pagamento de uma antiga dívida e partiam com a melhor das boas intenções.

Tayra admirou a aparência humana dos rapazes que caminhavam para a porta do galpão abandonado, a quilômetros de Rouen, onde a pantera os recebera. Corpos másculos, bem moldados, firmes... Mas quando se transformavam em crocodilos... argh, ficavam asquerosos!

Assim que os rapazes se afastaram o suficiente para não interferir no futuro de Amy Meade, Tayra se virou para observá-la. A mestiça estava deitada no chão imundo, com pernas e braços amarrados com correntes, e exibia hematomas e cortes que denunciavam a luta que tivera para tentar evitar o rapto.

— Estava na hora da maravilhosa Tayra aqui retornar a esta história monótona, não é, querida? — sorriu a pantera, ao se agachar ao lado da mestiça, enquanto retirava da bolsa uma seringa devidamente preparada para a ocasião. Os olhos de Amy acompanharam o movimento, a boca amordaçada não emitiu qualquer som. — Ahn, pensei que uma Derkesthai fosse mais forte do que a garotinha frágil que se deixou apanhar por um bando de crocodilos...

Ela escolheu o braço esquerdo de Amy para aplicar a generosa dose de sonífero. Não queria enfrentar nenhum contratempo na viagem que tinha pela frente.

— Quer saber uma coisa curiosa? — perguntou Tayra, esvaziando com rapidez a seringa. — A Derkesthai cura outras criaturas, mas é incapaz de se curar sozinha como qualquer criatura! Aí você vai perguntar: "mas eu ressuscitei, não foi? E não fiquei com nenhuma cicatriz pra contar o que aconteceu no parque de diversões...". E eu respondo, mestiça: seu organismo a recuperou porque você estava morta. Difícil de entender, né? Tá, vou explicar direitinho pra você...

Amy piscou, os olhos enfurecidos. Não iria mantê-los abertos por mais do que um minuto.

— Vuk espalhou para todo mundo que você é a Derkesthai — continuou a pantera. — E ele é muito amigo do leão, que tem leoas linguarudas... Eu soube por acaso. Resolvi, então, conversar com um velho caçador, que me contou coisas interessantíssimas! Você sabia que a parte humana da Derkesthai é fraca demais para que a parte criatura promova a autocura durante a vida? Se ela se machucar, as chances de cura são iguais às de qualquer ser humano. Se ela se cortar, por exemplo, terá uma recuperação lenta, com a ajuda de remédios, como acontece a qualquer pessoa normal. E se o corte for profundo, levará pontos para fechar o ferimento, podendo até ganhar uma cicatriz para o resto da vida. Por isso a Derkesthai precisa de um guardião que a defenda: a saúde dela é tão frágil quanto é para um humano. Quando falei para o velho caçador que você havia voltado da morte... Ora, ele ficou muito surpreso. Não conhecia nenhum caso semelhante entre as falecidas Derkesthais. E nem poderia, não é mesmo? Sabe o que os caçadores faziam após matar as mestiças? Queimavam seus corpos... Claro que nunca iam ver uma Derkesthai ressuscitar!

Tayra exibiu a mão direita para a mestiça antes de evocar parcialmente a mutação. O dedo indicador se transformou numa das garras afiadas da poderosa pantera.

— O que mais gostei da minha conversa com o velho caçador foi descobrir que as lágrimas da idolatrada Derkesthai não podem ser utilizadas nela mesma. Quanta ironia...

Amy fez um grande esforço para continuar desperta. O sonífero agia rápido. Era melhor Tayra se apressar.

— Agora, mestiça, vou deixar minha marca... Você nunca vai se esquecer de mim quando se olhar num espelho...

A garra tocou a testa de Amy e afundou em sua carne. A garota tentou se mexer, só que o sonífero a imobilizava. A garra seguiu um caminho curvo através da face esquerda até quase encontrar a boca amordaçada. O rasgo fez transbordar grande quantidade de sangue. E era profundo como Tayra previra, deformando aquele rosto angelical na medida certa, nem mais, nem menos. Um corte que exigiria pontos, iria infeccionar e, principalmente, sobreviver como uma cicatriz monstruosa que Amy Meade seria obrigada a carregar até a morte.

— Prontinho... Agora é só levar você para as garras daquela loba mal-humorada!

Assim que acordou, totalmente curado, Wolfang foi avisado por Anisa sobre o telefonema de Hugo. Largou tudo, a reunião que pretendia realizar com Wulfmayer e os outros, e voou para a França. Makarenko, Ernesto e os demais lobos exilados permaneceriam no castelo à espera de Tayra, para reforçar a segurança da Derkesthai logo que ela chegasse. Se chegasse...

Em Rouen, Wolfang encontrou Hugo, que lhe contou em detalhes o que acontecera, desde o ataque a Amy até a conversa com Anisa. E também o colocou a par do esquema para abafar o caso junto aos humanos. Hugo era um sujeito influente, capaz de manipular autoridades e mídia a seu favor. A presença de crocodilos em plena luz do dia numa rua apinhada de turistas foi divulgada à população como o ataque com terroristas que usavam máscaras de jacarés! E o lobo de pelo avermelhado, imenso, também visto por várias testemunhas, se tornou um animal que fugira de um zoológico particular. Wolfang achou a versão dos fatos muito difícil de engolir, ainda mais se alguém vira Cannish se transformar. Ou vira Gillian receber uma mordida grotesca, que jamais poderia ter sido feita por uma máscara de borracha! De qualquer forma, aquela era a versão oficial. A verdade sobre a existência de criaturas continuaria a existir, a alimentar boatos e a estimular a curiosidade de jornalistas como Roger Alonso.

Ken e Alice não estavam mais em Rouen. Por medida de segurança, haviam sido transferidos para um novo esconderijo.

— E Cannish? — perguntou Wolfang.

— No hospital — disse Hugo.

— Alguma novidade sobre o estado de Gillian?

— Nenhuma. Ela continua entre a vida e a morte.

"Egito de novo?", pensou Amy, confusa. Ela tocou o próprio rosto, em busca do corte que Tayra lhe fizera, mas não encontrou nada, nem sangue, nem dor. Óbvio, estava sonhando, ainda dopada!

Desta vez, as pirâmides não brilhavam, apesar do sol. Mostravam um perfil envelhecido, de algo que havia resistido à ação do tempo, aos saqueadores e aos homens interessados em desvendar seus segredos. "Não estou no passado..."

— Você está assistindo a uma cena que acontecerá em breve — explicou Cassandra.

— Por que você vive nos meus sonhos? O que é você, afinal? Um tipo de anjo da guarda?

— Algo assim... — sorriu a Derkesthai fantasma. — Venha...

As duas mulheres surgiram no instante seguinte bem no alto da pirâmide principal. O exterior da construção era formado por degraus gigantescos, desde a base até o topo, como se um gigante tivesse empilhado várias caixas, da maior até a menor. Um trabalho de engenharia e arquitetura de tirar o fôlego.

Havia uma terceira pessoa no topo da pirâmide, mas ela não viu as Derkesthais. Vestia uma túnica branca, muito larga e comprida, com um capuz que lhe cobria o rosto.

Apenas as mãos estavam expostas. Pertenciam a um homem de idade avançada, que segurava um pequeno frasco de vidro.

— Este é o líder dos caçadores — avisou Cassandra.

O homem esperou pelo vento. Quando este surgiu, ele ergueu os braços e, num gesto majestoso, retirou a tampa que vedava o frasco, espalhando com prazer o conteúdo invisível.

— A morte... — disse Cassandra, sem esconder uma tristeza profunda. — Será o fim das criaturas.

Amy se virou para a amiga, com mil perguntas na ponta da língua. Escolheu a mais prática.

— Como podemos evitar isso?

Cassandra fechou os olhos vermelhos impedindo o choro.

— Você deve acordar agora! — aconselhou ela, subitamente aflita.

— Neste segundo?!

— Ela vai matar você!!!

Gillian estava internada sob um nome falso, parte do esquema de Hugo para não chamar a atenção dos humanos sobre as criaturas. Wolfang localizou Cannish em pé num dos corredores do hospital, em frente à sala da UTI onde a humana sobrevivia com o auxílio de vários equipamentos. Ela já passara por duas cirurgias delicadas e lutara contra uma parada cardíaca.

A aparência de Cannish era péssima. Estava muito pálido, com olheiras profundas que acentuavam ainda mais seu abatimento, e usava um sobretudo velho e maior do que ele, uma peça que Hugo o obrigara a vestir para esconder as roupas rasgadas durante a luta contra os crocodilos.

O irlandês não se mexeu ao sentir a presença do lobo branco. Continuou de cabeça baixa, prisioneiro do sofrimento mudo que o torturava desde o sumiço da filha.

— Eu falhei com Amy — disse, por fim, a voz fraca. — Não consegui defendê-la.

— Os crocodilos iam deixar Amy com Tayra, que deve levá-la até Wulfmayer — explicou Wolfang. — O rapto fazia parte de um plano dele para me infernizar.

— Acredita mesmo nisso?

— Em Tayra realmente entregar Amy para o Clã?

— É.

— Gostaria de acreditar. Por este motivo estou aqui. Preciso de você para me ajudar a encontrar Amy o mais rápido que pudermos.

Cannish ficou em silêncio. O lobo branco, então, tirou do bolso o bisturi que o amigo lhe entregara há alguns dias, quando finalmente se decidira a enfrentar Wulfmayer.

"É para dar sorte!", dissera-lhe o irlandês, na ocasião.

Wolfang pegou o pulso de Cannish e depositou sobre a palma da mão dele o objeto que o ajudara a definir a vitória.

— O bisturi salvou minha vida... — disse o rapaz. — Sou o novo Alpha.

Cannish fechou os dedos ao redor da lâmina, mas não a guardou.

— Eu gostaria de lhe agradecer e...

Wolfang interrompeu o que falava. O amigo dava alguns passos para frente até que parou diante da parede que o separava de Gillian. Num gesto de total desamparo, ele ergueu a mão vazia e a pousou sobre a superfície de cimento.

— Peça a Deus para salvá-la... — disse, trêmulo, encostando a testa contra a parede. — Ele não ouve mais minhas preces desde... desde que cometi meu primeiro crime, há mais de três séculos.

— Rezaremos juntos. Gillian vai sobreviver.

— Você acha que Ele... poderia me perdoar por toda maldade que fiz?

Wolfang apoiou a mão sobre o ombro esquerdo do irlandês. De modo surpreendente, aquele matador se tornara um grande amigo, o mais próximo que o lobo branco tivera de um pai, alguém que realmente se preocupava com ele, que o apoiava nas horas difíceis. Dois lobos nascidos em famílias católicas que, no fundo, não eram tão diferentes um do outro.

— Deus já perdoou você, Sean O'Connell — disse o rapaz.

Cannish respirou fundo. Seus lábios sempre cínicos ganharam respeito e humildade para murmurar o Pai-Nosso, uma oração que Wolfang aprendera na infância. Este o acompanhou. Ao final, quando as vozes masculinas silenciaram, a conexão com o invisível foi quebrada de forma abrupta.

— Wulfmayer seguiu você — avisou Cannish, tenso, farejando com atenção o mundo violento que os cercava.

Apesar do sono demolidor, Amy conseguiu acordar. Tayra a depositara no bagageiro de um carro e, naquele momento, conversava com outra mulher num beco deserto e mal iluminado de alguma cidade pelo mundo.

— Aqui está a minha parte do trato — disse a pantera após abrir o capô do bagageiro e mostrar o conteúdo: a garota acorrentada e ferida.

— E aqui está a minha parte... — disse a outra mulher.

A voz era conhecida... Amy entreabriu os olhos, tomando o cuidado para que não descobrissem que ela despertara. Tayra recebia uma frasqueira de couro, de onde tirou rapidamente dois vidrinhos.

— A vacina? — perguntou, para confirmar.

— Duas doses, pantera, como você pediu. Uma para você e... Para quem é a outra dose? Ah, claro, para o caçulinha, não?

— Com a perda da namorada estúpida, ele vai precisar de alguém que o console. E que o livre da morte!

Sem pestanejar, Tayra abriu um dos vidrinhos e tomou o conteúdo em apenas um gole. A seguir, fechou a frasqueira com a dose que reservaria para Wolfang e a guardou na bolsa.

A outra mulher... Amy não conseguia raciocinar direito por causa do sonífero. Aliás, seus inimigos não sabiam outro truque a não ser dopá-la? Aquilo já estava enchendo sua pouca paciência!

A outra mulher... Ingelise!!! Sim, era ela, a fêmea Beta, esposa de Blöter e assessora de Anisa para todos os assuntos! Mas... como um membro do Clã poderia ter a vacina contra algum tipo de vírus que o líder dos caçadores liberaria no alto da pirâmide? A não ser que... Ingelise estivesse traindo o Clã e... fosse uma caçadora!

— E então, loba azeda, como anda a vida? — sorriu Tayra, com sarcasmo. — Me contaram que Blöter passou recentemente por uma cirurgia...

— Uma cirurgia mais do que necessária! — disse Ingelise, surpreendendo a pantera. — Só tenho a agradecer a Cannish... Enfim meu marido virou um companheiro fiel e, melhor, não me perturba mais na hora de dormir!

A pantera caiu na gargalhada e se afastou, ainda rindo.

— Boa churrascada! — disse, antes de sumir de vista em milésimos de segundos.

Ingelise suspirou, mostrando um raro momento de bom humor. Ela se abaixou para pegar algo junto aos pés e se endireitou outra vez. Amy estremeceu. A loba trazia um galão com gasolina, que espalhou rapidamente sobre a garota acorrentada e a superfície do carro. Um isqueiro apareceu do nada.

— Adeus, criatura inferior! — disse Ingelise, satisfeita. Os dedos ágeis já providenciavam a chama necessária para cremar a última Derkesthai.

Wulfmayer e Blöter esperavam na rua, encostados num dos carros estacionados junto à calçada. O dia amanhecera um pouco antes. Ao ver Cannish, o alemão assumiu uma expressão feroz, mas não se mexeu. Foi o ex-Alpha quem recebeu Wolfang, ao lado do irlandês.

— Anisa só me contou sobre o telefonema de Hugo depois que você saiu apressado do castelo — disse Wulfmayer. — Já organizei os lobos, inclusive os exilados, e os distribuí em pontos estratégicos, à procura de Tayra e Amy.

— Algum sinal delas? — perguntou Wolfang.

— Nenhum. Ahn... quando você tiver um tempinho, vou lhe explicar suas funções como Alpha e lhe passar nossa estrutura de trabalho. Como novo Beta, eu...

— Cannish é o Beta.

Wulfmayer ergueu uma sobrancelha, espiando com descrença a aparência lastimável do irlandês.

— Um lobo cego?

— Um lobo melhor do que você.

— Sou o Gama, então.

— E você vai continuar no Clã?

— Minha família é o Clã, caçulinha. Jamais desistirei disso. Como sou mais experiente do que você, irei ensiná-lo no que for necessário. Assumo minha derrota e me coloco fielmente a seu serviço.

— Você irá me obedecer? E agir segundo meus conceitos de certo e errado?

— Você é o Alpha!

Wulfmayer fez uma pequena pausa, pensando na melhor forma de abordar o assunto seguinte.

— Além disso, a Derkesthai pertence aos lobos — disse ele, muito sério. — E é a nossa única esperança para vencermos os caçadores.

— O que eles pretendem fazer contra as criaturas? — perguntou Wolfang.

— Usar a solução final.

— Provocar mortes em grande escala?

— A partir do DNA das criaturas, os caçadores desenvolveram um vírus mortal que vão espalhar pelo mundo, se é que já não fizeram isso.

— E os humanos?

— Não devem ser afetados. É um vírus produzido especialmente para eliminar criaturas, capaz, inclusive, de superar nosso poder de autocura.

— E como os caçadores vão se proteger contra seu próprio vírus? Talvez tenham alguma vacina ou algo parecido.

— Talvez. Não tenho todas as informações.

— Como descobriu sobre o vírus?

— Há quase um ano, capturamos um caçador. Ele nos revelou vários segredos antes que nós o matássemos.

— E de que forma a Derkesthai pode nos ajudar?

— Ela desenvolverá poderes que fortalecerá seu guardião e, por consequência, a espécie que protege, os lobos. E há as lágrimas, que devemos estudar para obter nossa cura antes que seja tarde demais.

Wolfang desviou o olhar que mantinha preso em Wulfmayer, querendo decifrar seu espírito e as intenções reais que o guiavam. Conviver com o ex-Alpha ao seu lado seria muito mais doloroso do que fora a primeira e única luta entre eles. Pelo menos em relação ao assunto caçadores, teria que confiar nas palavras do inglês. Wolfang observou a movimentação da rua em que estavam. A poucos passos dos lobos, um casal de idosos passeava com o cachorrinho poodle. Mais adiante, uma menina dava voltas de bicicleta, vigiada pelo pai que conversava com um amigo.

— Quem é esta mulher que está com vocês? — perguntou Cannish, confuso.

— Que mulher? — rosnou Blöter. — Não há ninguém!

— Vocês não a sentem? É uma presença muito, muito fraca...

— Não... — disse Wolfang.

— Ela está bem à sua esquerda, garoto.

O lobo branco só achou o vazio.

— Seu Beta ficou com uns parafusos a menos! — zombou Wulfmayer, com a aprovação total de Blöter. — Ei, irlandês, aquela surra que dei em você mexeu mesmo com a sua cabeça...

Ele riu com prazer do que estava assistindo. Cannish, alheio aos comentários sarcásticos, prestava atenção ao espaço vazio junto a Wolfang, como se realmente enxergasse alguém. Seu aspecto doentio parecia agravar o comportamento estranho, reforçando a imagem de um louco que fugira do hospício.

— Ela diz que se chama Cassandra... — contou o irlandês. Wulfmayer engasgou com o riso e fitou, apavorado, o mesmo espaço vazio onde a tal Cassandra deveria estar.

Cannish se concentrava, num esforço visível para entender o que ninguém conseguia escutar.

— Em Nova York? — disse, repetindo a informação. — Espere, não vá embora!

O irlandês mordeu os lábios, apreensivo. Também não entendia o que acabara de acontecer com ele.

— Ela já foi embora — avisou, ao sentir a expectativa dos outros lobos.
— Algum recado? — perguntou Wulfmayer.
— Agora até você está acreditando neste lunático? — questionou Blöter, com desprezo.
— Cannish não poderia saber, assim como você e o caçulinha não sabem...
— O que não sabemos? — perguntou Wolfang.
— Cassandra foi a última Derkesthai antes de Amy. Eu ajudei Hugo a caçá-la.

Wolfang não pôde evitar um sorriso. Não pretendia acreditar em fantasmas!

— Cassandra disse que Amy foi levada para Nova York — explicou Cannish, dirigindo-se ao lobo branco. — E que os caçadores vão matá-la...

Amy chutou a mão de Ingelise e, em um esforço incrível, rolou para fora do bagageiro. O isqueiro deu um giro no ar e, ainda aceso, caiu sobre uma poça de gasolina. A mestiça não conseguiu se levantar do chão. As correntes imobilizavam os braços e pernas de Amy, agora zonza pelo soco que Ingelise lhe aplicou no estômago. Da poça, o fogo se propagou velozmente para o carro. Amy tentou se arrastar para longe, com as roupas ensopadas de gasolina e próximas demais do veículo, que virava uma gigantesca bola de fogo.

Ingelise puxou a garota pela jaqueta e se preparou para lançá-la sobre as chamas.

Radiante, Tayra apertou a bolsa contra o coração, enquanto caminhava, apressada, pelas ruas de Nova York. Era madrugada e havia pouco movimento naquela cidade que parecia o centro do mundo.

"Consegui!!!", comemorou a pantera. Wolfang seria dela novamente! Somente dela! E a vacina, guardada com carinho na bolsa, o protegeria contra a aniquilação geral promovida pelos caçadores. Tudo dava certo, como sempre.

Neste instante, o ouvido felino captou o barulho de uma explosão. "O carro explodiu...", deduziu, sem errar. A Derkesthai Amy Meade, adormecida dentro do bagageiro, acabava de ser lançada pelos ares como inúmeros pedacinhos de churrasco...

Amy não viu mais nada. A explosão a arremessou, junto com Ingelise, contra uma das paredes do beco. Após o baque violento, as duas caíram juntas sobre várias latas de lixo. Atordoada, a mestiça percebeu que o fogo a alcançara, queimando parte de suas costas. Ela se debateu, lutando para apagar as chamas, enquanto Ingelise, num pulo, se transformava em lobo e se preparava para um bote inesperado. Adiante, o carro continuava a arder, iluminando o beco escuro que agora exibia seus segredos.

Ingelise saltou sobre Amy para atacar dois vultos que se aproximavam. A mestiça continuou se debatendo, alucinada, até que um terceiro vulto a abafou com um tecido pesado, talvez um sobretudo, ajudando na luta para apagar as chamas que a atingiam. A gasolina nas roupas de Amy dificultava o processo, mas quem a socorria não se abalou. Ágil, ele arrancou a jaqueta em chamas, repetindo o ato desesperado na blusa e na minissaia que a vestiam, além do par de tênis, tudo molhado pela gasolina. Então, praticamente nua e livre do fogo, Amy foi embalada pelo sobretudo e içada para um colo seguro.

Ingelise enfrentava uma luta difícil contra os vultos, na verdade, duas criaturas com cabeças de cobra e corpos humanos e bem femininos.

— Andem rápido! — pediu a voz de quem segurava Amy. Pertencia a um rapaz de pele negra, que devia ter um pouco mais de 20 anos de idade. — A polícia está chegando...

As cobras seguiram o conselho. Encurralaram Ingelise contra o carro incendiado antes de derrotá-la com golpes sucessivos. Exausta e indefesa, ela caiu de quatro, já na forma humana.

— Vamos levar a loba com a gente — disse o rapaz. — Ela pode nos dar informações valiosas.

O rapaz carregou Amy no colo por um bom tempo, seguido pelas duas criaturas que arrastavam uma inconsciente Ingelise. O grupo fugiu das ruas para se esconder no subsolo da cidade, onde avançou rapidamente pelo labirinto de túneis até subir outra vez à superfície e se alojar em um armazém escuro e abandonado em Lower East Side, ao sul de Manhattan.

Amy foi colocada sobre um colchão velho. Uma das cobras quebrou suas correntes e as transferiu para os pulsos e tornozelos da nova refém, transformando-se a seguir numa mulher de uns 50 anos. A outra cobra também retomou a forma humana. Era um pouco mais jovem do que a companheira. O rapaz arrumou um kit de primeiros socorros e passou a tratar dos cortes, hematomas e queimaduras da mestiça, sem se esquecer de lavá-la com um pano úmido, o suficiente para retirar a gasolina que grudara na pele dela. O rasgo no rosto de Amy ficou por último.

— Vou dar alguns pontos — avisou o rapaz. — Deve doer bastante...

— Você é médico?

— Sou bombeiro.

Com cuidado, ele aplicou vários pontos para fechar o corte, que ia da testa até quase tocar os lábios da garota. Ao final do procedimento, o rosto recebeu uma atadura enorme.

— Você é corajosa... — elogiou o rapaz, enquanto Amy se vestia com uma camiseta e uma calça comprida que uma das mulheres trouxera para ela. O par de tênis, no entanto, era três números maior do que o dela. A garota preferiu permanecer descalça.

— Obrigada por tudo.

— Por que a loba queria matar você?

— Você também é uma criatura?

— Pai lagarto, mãe humana. Os dois foram assassinados pelos caçadores há quase uma semana.

— Você é um mestiço?!

— Hum-hum. Nasci na Nigéria e vim para os Estados Unidos ainda criança e...

— Estamos nos Estados Unidos???

— Em Nova York. Meu nome é Obi.

Amy respirou muito fundo, aliviada, apesar de todos os problemas que desabavam sobre sua cabeça. Estava em casa!

— Por que está me ajudando, Obi?

— Nós seguíamos a candidata à caçadora para capturá-la e...

— Ela ainda não é uma caçadora?

— Ela se transformou em lobo e não em caçador, certo?

— Não entendi!

— Hum... Por que ela queria matar uma humana como você?

— Sou parte criatura: pai lobo, mãe humana.

— Mestiça? — sorriu o rapaz. — Mestiços são bem raros.

— Nem me fale...

— E criaturas que geram criaturas também são bem raras. Na verdade, cada vez mais raras... — disse uma das mulheres, tocando a própria barriga. Só então Amy percebeu que uma camisa folgada a ajudava a disfarçar uma gravidez de poucos meses. — Meu marido morreu há dois dias.

— E ele também era uma criatura? — perguntou Amy.

— Uma cobra, como eu. Meu nome é Vicenza e aquela é Gloria.

— Sou Amy.

— A cada século, a esterilidade entre as criaturas é maior.

— E por que isso acontece?

— Um defeito genético que vai se multiplicando. Sou bióloga e estudava o assunto antes... antes de outro assunto se tornar mais importante para nós.

— Venha... — disse Obi, pedindo para Amy se levantar.

O rapaz a levou até o fundo do armazém, deixando as cobras de olho em Ingelise, que ainda não despertara. Ao contrário do que a mestiça pensava, eles não eram os únicos a se refugiar naquele local. Havia um homem, duas mulheres e uma criança esparramados sobre colchões velhos, num canto do local que parecia funcionar como uma ala hospitalar improvisada. Estavam doentes, bastante gripados, com muita tosse e uma palidez mortal em cada face. Dois deles recebiam soro diretamente na veia.

— Há um filhote de acqua, duas hienas e um ákila — explicou Obi. — Eles foram usados como cobaias.

— Cobaias? — repetiu Amy, incrédula.

— Estas criaturas foram capturadas pelos caçadores e utilizadas em um determinado experimento científico. O marido de Vicenza foi o primeiro a morrer.

— Os caçadores testaram o vírus nessa gente?

— Você sabe sobre o vírus?

— Mata apenas as criaturas, não é?

— Por enquanto. Vicenza acredita que o vírus seja mutável em contato com o meio ambiente. Neste caso, os humanos também correriam perigo.

— E você se importa com os humanos? — perguntou Amy, desejando testar aquele garoto que parecia bom demais para ser real.

— Sou um bombeiro! — protestou Obi, como se escutasse a pergunta mais absurda do universo. — Trabalho para salvar vidas! E o marido de Vicenza era policial! Ele usava o dom da mutação para proteger as pessoas, criaturas ou não. E Gloria é assistente social, sempre preocupada em cuidar dos outros...

— Há outras criaturas que fazem isso? Que protegem os humanos, que não brigam entre si e nem espalham violência sem qualquer impunidade?

— Há algumas.

— E como as cobaias vieram parar aqui?

— Após a experimentação, elas foram libertadas pelos caçadores. Muniz as reuniu e as trouxe até aqui.

— Quem?

— O marido de Vicenza. Ele as trouxe para que Vicenza pudesse examiná-las.

"Criaturas preocupadas com outras criaturas?!", pensou Amy, admirada. Após conhecer tanta indiferença e crueldade entre os lobos, era quase impossível acreditar que algum coração realmente interessado em amar o próximo batesse no peito daquela gente estranha.

— E Vicenza descobriu alguma coisa?

— Não muito. O vírus apresenta os sintomas de uma gripe forte e, em menos de uma semana, vai debilitando a criatura, minando sua resistência e o poder de autocura, até levá-la a óbito.

A mestiça se agachou ao lado da criança, uma menininha de uns cinco anos de idade. Obi lhe contou que ela era filha de um casal de acquas, criaturas que, como Cannish explicara há algum tempo, se transmutavam parcialmente em peixes, algo bem parecido com sereias. Os pais dela também haviam sido assassinados há poucos dias. Os caçadores, confiantes, finalmente haviam dado início à perseguição contra as criaturas. Não se escondiam mais e nem alimentavam boatos sobre sua existência real. Após muitos séculos de ostracismo, agora eles voltavam a caçar de verdade.

— Qual é seu nome? — perguntou Amy, tocando a testa da menina, que ardia em febre. Deitada sobre um dos colchões, ela abriu os olhos com dificuldade. — Por acaso é Ariel?

A menina sorriu. Que tipo de gente seria capaz de condenar uma criança inocente como aquela? Que ameaça ela poderia representar à intolerância dos caçadores? Era apenas uma criança que não entendia o que estava acontecendo, que perdera os pais de forma violenta e precoce, uma criança que não viveria mais do que alguns dias. Ou horas.

— Você acertou... — disse a menina. — Meu nome é igual ao nome da Pequena Sereia...

— Adoro este desenho! E você?

Ariel assentiu, com um movimento de cabeça. Estava muito magra, praticamente pele e osso, o vestido branco folgado demais para esconder seu corpo frágil. Amy acariciou os cabelos avermelhados da menina e começou a trançá-los com carinho. O que a Derkesthai poderia fazer pela criança? E pelos outros? Chorar, se debulhar em lágrimas curativas? Mas... isso daria certo? O vírus se espalhava pelo planeta, carregado pelo ar. Se a mestiça conseguisse curar aquelas cobaias, não poderia impedir que elas se contaminassem uma segunda vez.

"Posso adiar a morte dessa gente...", murmurou Amy, para si. "O que foi mesmo que Ernesto me falou? Que ser Derkesthai era mais simbólico do que eu imaginava?"

Uma ideia maluca surgiu em sua mente. Talvez... Não vira Cassandra fazer aquilo num sonho? E se... Ora, valia a pena tentar, não?

Amy recolheu com o polegar as lágrimas que nasciam em seus olhos e as fitou, procurando se concentrar ao máximo. Curiosa, Ariel acompanhou a cena, assim como Obi e as outras cobaias, mas a mestiça não prestou atenção no interesse que despertava. Os pensamentos voavam para longe, para um vale de montanhas que pertenciam a outro mundo. No topo de uma delas, havia um dragão de escamas vermelhas, feroz e estranhamente doce. Ele girou o olhar negro na direção de Amy, como se a visse, e abriu as asas gigantescas para um voo que não realizou. Atrás dele, o sol brotava do nada, o início de um maravilhoso dia de verão. A luz se refletiu em cada escama do estranho animal, tornando o céu avermelhado, vivo, intenso. O dragão transmitia vida.

Quando Amy voltou a si, percebeu que as lágrimas em seu polegar haviam desaparecido.

— Você brilhou... como o sol! — disse Ariel, impressionada. Ela se sentara e exibia agora bochechas muito rosadas. — E havia asas brilhantes atrás de você!

Não era a única a mostrar uma aparência saudável. As outras três criaturas se levantavam, confusas e livres dos sintomas da gripe mortal.

— Você nos curou! — disse uma das mulheres.

— Mas o vírus irá contaminá-los outra vez... — disse Amy, muito triste. — Não posso impedir isso.

— O que é você??? — perguntou Obi, abismado.

— Ela é uma Derkesthai — disse o homem, o mais idoso do grupo. — A última Derkesthai, Cassandra, pertencia à minha espécie, os ákilas.

Amy tentou imaginar a amiga com asas, só que não conseguiu. Novamente as aulas chatas de Cannish sobre criaturas serviam para orientá-la. Os ákilas, como ele descrevera, mantinham a aparência bem humana com a mutação, apesar de ganharem asas imensas. Transformavam-se em belos e admiráveis seres alados.

Nesse momento, os gritos raivosos de Ingelise ecoaram pelo armazém. Amy se ergueu e retornou para perto da loba. Elas precisavam conversar.

— Somos melhores, superiores! — uivou Ingelise, debatendo-se nas correntes. Gloria e Vicenza a cercavam, já na aparência de cobras. Ao perceber Amy, a loba a enfrentou, orgulhosa. — Somos metahumanos!

Onde a mestiça escutara aquela palavra? Ah, claro, Hugo! Ele lhe dissera que as criaturas deveriam ser chamadas de metahumanos, por serem um passo além da evolução humana.

— É como os caçadores se autodenominam? — perguntou Amy.

— Somos a evolução... — cuspiu Ingelise. — Algo bem diferente dessas aberrações que serão eliminadas do planeta!

— É, você está certa em um ponto: todos nós somos metahumanos.

— Não, mestiça... Vocês não passam de um imenso insulto às criaturas originais!

— Não vejo diferença nenhuma!

— Pois há muitas diferenças... Muitas!

— Tá, cite algumas!

Ingelise, porém, escolheu o silêncio. Ela espiou, surpresa, as expressões saudáveis das cobaias que haviam seguido a Derkesthai.

— Vocês ficarão doentes outra vez! — riu, sarcástica. — A mestiça apenas prolongou o sofrimento de vocês.

E a loba continuou rindo. Algo mais a deixava extremamente feliz.

— Os caçadores nos acharam... — murmurou Obi, aflito de repente.

A nuca de Amy ganhou um desagradável arrepio. Algo sobrevoou suas cabeças, um tipo de foguete, pequeno e veloz, que se arrebentou contra a parede atrás do grupo. Imediatamente, uma grande explosão sacudiu o armazém.

Wolfang não queria acreditar no que parecia óbvio: Amy estava morta. Aceitara o oferecimento de Wulfmayer e agora os dois, além de Blöter e Cannish, voavam para os Estados Unidos no jato particular do ex-Alpha.

O irlandês, sentado ao lado do lobo branco, mantinha um silêncio perturbador. Ele também não sabia se chegariam a tempo de salvar a vida da filha.

Amy, arremessada para frente, caiu de bruços contra o chão duro. Mal teve tempo de olhar para trás e ver as cobaias, num ato defensivo, assumirem as formas mutantes. O ákila ganhou asas enormes e cinzas, duas vezes maiores que seu corpo humano. Já as hienas se transformaram totalmente em animais, num processo igual ao dos lobos.

— Fuja com a Derkesthai! — gritou o ákila para Obi, enterrando as mãos, em formato de garras, nos ombros de Ingelise, que tentava se arrastar para longe. — Nós enfrentaremos os caçadores...

Muito ágil, Obi pegou Ariel no colo e puxou Amy para uma corrida desesperada até um dos corredores do armazém. Um novo foguete mandaria tudo pelos ares.

— Estamos quase chegando — avisou Wulfmayer, após regressar da cabine do piloto do jato e se sentar diante de Cannish e Wolfang. Blöter roncava numa poltrona próxima. — E, então, irlandês, o que diz seu coração de pai? Sua querida filhinha ainda vive?

As perguntas carregavam um tom asqueroso de zombaria, que revirou o estômago de Wolfang. Cannish pareceu não se importar. Vestido em roupas limpas que o ex-Alpha arrumara para ele, o irlandês ajeitou os óculos escuros no rosto e se virou na poltrona para um cochilo.

— Sabe, não consigo imaginar você no papel de um pai zeloso... — continuou Wulfmayer. — Como Amy reagiu ao descobrir que é filha de um assassino que devorou o avô dela?

Cannish não comprou a provocação. Apenas relaxou o corpo, como se acabasse de mergulhar no sono mais inocente. Só Wolfang percebeu que ele escondia as mãos após cruzar os braços. Elas tremiam de ódio.

O ataque surpresa dos caçadores dispersou as cobaias, como Ingelise imaginava. O ákila a arrastou para fora do armazém um segundo antes de tudo virar uma gigantesca bola de fogo, mas não foi muito longe. Rodeado pelos inimigos que surgiam do nada, ele tentou reagir, lutar contra a morte iminente. Foi inútil. As cobaias seriam eliminadas uma a uma.

Como as outras criaturas, Vicenza não teve força suficiente para enfrentar os caçadores. Viu seus companheiros de infortúnio morrerem de modo rápido e eficaz. Gloria foi a penúltima a ser eliminada. Vicenza seria a última.

Sem qualquer esperança que a confortasse, ela abandonou a mutação e, como humana, abraçou a própria barriga, acalentando o filho que nunca viria ao mundo. Atrás da mulher, o que restara do armazém ainda ardia em chamas. Sirenes soavam distantes, atraídas pelo incêndio naquela área de cais. A chegada dos humanos não amedrontava os caçadores que rodeavam Vicenza, caída sobre a lama. Chovera de madrugada. E continuava a chover, uma garoa suave que prometia se manter durante o dia que surgiria em breve.

Vicenza controlou o pânico e fitou a aparência dos caçadores. Eles não escondiam mais suas essências monstruosas.

A segunda explosão quase atingiu os três fugitivos. Eles continuaram na corrida alucinada para reencontrar alguns metros depois a entrada para os túneis subterrâneos. E correram bastante, sem pausas, percorrendo lugares imundos e escuros durante muito tempo até reencontrar a luz do dia que começava a aparecer.

Obi levou Amy e Ariel para um dos prédios de Greenwich Village, uma área residencial de construções antigas que inspirava toda a segurança de que precisavam naquela situação angustiante. O rapaz arrebentou a fechadura de uma das portas do corredor e empurrou as garotas para dentro de um apartamento vazio, sem qualquer móvel.

— Um amigo morava aqui — disse o rapaz, fechando a porta atrás de si. — É um lugar seguro e ninguém vai se importar com a gente.

Amy esticou os braços para a menina e a aconchegou contra o peito. Ariel chorava baixinho, muito assustada.

— Tudo ficará bem... — murmurou a Derkesthai. — Vou ligar para o meu namorado e... Obi, você tem um celular aí?

Nova York enfrentava uma manhã chuvosa e fria. Wolfang enfiou as mãos nos bolsos da jaqueta, sem saber exatamente por onde começar a busca por Amy. Ele e os outros lobos estavam a pé, após Cannish pedir a Wulfmayer que parasse o carro que os conduzia, desde o aeroporto, próximo à Broadway — uma avenida principal que praticamente atravessa Manhattan de ponta a ponta —, na altura de Midtown.

— O que diz seu faro, irlandês? — perguntou Blöter, com um ar de deboche. — Cadê sua filhinha?

Cannish coçou o queixo, procurando se orientar no meio daquele mundo frenético. O tráfego era intenso, pessoas atravessavam de um lado para outro, milhões de almas seguiam sua própria rotina, ignorando por completo a existência de caçadores, criaturas e Derkesthais.

— Vai demorar muito, é? — cobrou Wulfmayer enquanto bocejava.

De repente, o irlandês parou de andar, voltando-se para Wolfang.

— Por que você nunca liga o celular? — perguntou, irritado.

— É, esqueci... — desculpou-se o lobo branco, tateando em busca do objeto que largara num dos bolsos da calça jeans.

Assim que ligou o aparelho, este começou a tocar, insistente.

— Marco? — disse a voz de Amy, do outro lado da linha. — Que droga! Por que você nunca liga o celular? Eu já estava desistindo e...

— Onde você está? — perguntou o rapaz, eufórico.

Amy perguntou o endereço do prédio a Obi e o passou para Wolfang. Era maravilhoso ouvir a voz do namorado, saber que ele sobrevivera à luta contra Wulfmayer e...

— Os caçadores, Amy! Depressa! — gemeu Obi, atento à sua forte intuição.

— Os caçadores nos encontraram de novo... — explicou Amy, em pânico, para Wolfang. — Precisamos de ajuda!

Ela desligou o celular e se preparou para mais uma fuga insana.

Ariel sentiu muito medo. Ela se agarrou ao pescoço de Amy, que lhe pediu para não chorar e ser a mais corajosa possível. As duas correram para a janela, alcançando a escada externa de incêndios. Obi ficou para trás. Ele pegou uma pistola, escondida sob o piso de madeira do apartamento, e a apontou para a porta.

— Vem com a gente! — pediu Amy, prevendo o pior.

— Fuja!!! — mandou o rapaz.

A garota, porém, hesitou. Não poderia abandonar o novo amigo e...

A porta do apartamento se abriu de repente, escancarada com violência. Amy viu a mutação aterrorizante do caçador.

Wolfang informou aos lobos o endereço do esconderijo de Amy em Greenwich Village e correu na direção de um adolescente que parava a moto no sinal vermelho da esquina mais próxima.

— Os caçadores encontraram a Derkesthai! — gritou o lobo branco, sem olhar para trás.

Cannish, que o ultrapassara, já derrubara o adolescente na calçada para se acomodar na garupa da moto. O novo Alpha, então, subiu no veículo e pisou fundo no acelerador. Juntos, eles avançaram no cruzamento em alta velocidade, desviando de um carro que freou bruscamente e provocou colisões em série dos veículos que vinham atrás dele. Um ônibus se desgovernou e subiu na calçada, sem consequências graves para passageiros e pedestres.

— Quanto exagero! — comentou Wulfmayer num muxoxo. — Vamos para nosso carro, Blöter. Aposto como chegaremos antes daqueles dois e...

Ele se calou, surpreso. O alemão assumira a aparência de lobo e rumava, furioso, atrás da moto, causando o caos e o pânico pelo caminho. Os carros se desviavam da criatura que corria pelo meio da avenida, pessoas gritavam, apavoradas, como num pesadelo. Ou num filme-catástrofe, em histórias que viviam acontecendo em Nova York. Pelo menos na ficção.

Wulfmayer desistiu do carro, optando também pela aparência mutante. "Que se dane o mundo!", resmungou antes de rastrear a trilha dos outros lobos.

Ariel sufocou um grito, tentando ser tão corajosa quanto os mestiços que a ajudavam. Morria de medo dos caçadores, seres de quase três metros de altura, com corpos grotescos, apenas músculos e ossos. Do peito para baixo, usavam túnicas brancas, longas e justas, que quase tocavam o chão, expondo ombros e braços recobertos de espinhos que furavam a própria pele gosmenta e acinzentada. As cabeças, revestidas por um casco negro impenetrável, traziam uma boca larga e imensa, deformada, apavorante, composta por três mandíbulas poderosas e seus dentes negros. Ariel não conseguia esquecer os olhos vermelhos dos caçadores que viviam em seus pesadelos. E aquele caçador era bem real e terrível, como os que haviam assassinado os pais da menina e a levado para um laboratório, onde a torturaram...

Obi disparou a arma várias vezes contra o caçador, sem sequer arranhá-lo. Este avançou sobre o mestiço e bateu nele com o braço cheio de espinhos, jogando-o para a outra ponta do quarto antes de se virar para as mulheres na escada de incêndio.

Amy apertou a menina contra si e voou escada abaixo. Ultrapassou um, dois andares, até que percebeu que o caçador não a seguia. No térreo, exatamente um beco cheio de lixo, quatro andares abaixo do ponto onde estavam, um casal parecia esperá-las com muita tranquilidade. O homem segurava um pequeno lança-mísseis sobre o ombro direito.

— Estamos perto... — avisou Cannish. Pela primeira vez, em muito tempo, ele farejava a presença de Amy. — Vá pela direita!

Wolfang tomou a direção que o amigo indicava, entrando pela contramão numa rua movimentada. Um carro de polícia e sua sirene barulhenta os perseguiam.

Amy protegeu a menina em seu colo antes de jogar as costas com força contra o vidro da janela mais próxima, espatifando-o antes de cair dentro do apartamento. A moradora gritou, apavorada.

— Saia daqui! — gritou a mestiça, levantando-se num pulo, ainda segurando Ariel, para correr até a porta.

Neste instante, uma explosão destruiu parte do andar superior, arrebentando o teto do apartamento. O homem disparara um míssil.

Amy chegou no corredor e continuou a fugir, a tempo de evitar uma parede que desmoronava. A moradora não conseguiu escapar.

Algumas portas adiante, o caçador que atacara Obi avançava na direção das duas fugitivas. Amy derrapou sobre o piso do corredor e deu meia-volta para procurar a escadaria mais próxima.

A mestiça teve dificuldade para seguir até a cobertura do prédio. Os moradores invadiam a escadaria, tentando escapar do incêndio que se alastrava para os outros andares. Havia gritos, desespero e muita fumaça.

Sem raciocinar direito, Amy atingiu o último andar da construção, tomando mais um lance de escada para sair na área livre da cobertura. Uma chuva fina recebeu as duas fugitivas.

— Água... — sorriu Ariel. A proximidade com o fogo a deixara mais do que apavorada.

Amy contornou uma pilha de telhas e se aproximou de uma das extremidades da área para avaliar o prédio vizinho. Uma distância considerável separava as duas construções.

— Quer ajuda? — perguntou uma voz masculina, a poucos passos de distância.

A voz pertencia a um homem de uns 30 anos e muito charmoso, vestido com roupas caras e elegantes.

— É o caçador... — cochichou Ariel, trêmula.

A menina estava certa. Aquela era a aparência humana e inofensiva da criatura monstruosa que a perseguira no corredor. O casal do beco também seria capaz de ganhar aquela forma repugnante? Ser um caçador significava atingir uma mutação diferenciada, além das características animais, e se transformar numa ridícula bola de espinhos ferozes?

— Esta é a diferença entre criaturas e caçadores, não é? — quis confirmar Amy. — Ingelise quer se transformar do mesmo jeito que vocês... Só que ela é uma loba ainda, ou melhor, apenas uma candidata a caçadora!

— Uma das diferenças — corrigiu o homem. — Ingelise será uma caçadora assim que atingir o estágio necessário para isso. Ela é uma mulher esforçada, que merece muito mais do que trabalhar para uma fêmea Alpha fútil e insegura como Anisa.

— E Blöter? — perguntou a garota, com um pressentimento terrível.

— Ele segue as opções da esposa.

Se Wolfang fosse o novo Alpha e se visse obrigado a confiar no lobo alemão... Amy balançou a cabeça para afastar aquele pensamento. O caçador continuava a caminhar até ela, sorrindo, enquanto assumia outra vez a tenebrosa face mutante.

Wolfang jogou a moto sobre a calçada e saltou rumo ao prédio em chamas. Uma pequena multidão se aglomerava ao redor, prestando auxílio desesperado aos moradores que abandonavam o local. Cannish continuou na rua, para dar cobertura à ação do caçulinha. Farejara algo que o rapaz não percebera. O irlandês se virou lentamente para a esquerda. Um estranho casal, próximo ao beco de uma das laterais do prédio em chamas, o observava.

A chuva se tornou mais intensa. Os pés descalços de Amy, sobrecarregados com o peso da menina que segurava, escorregaram no piso molhado da cobertura, mas ela não perdeu o equilíbrio. Sua mente calculou a distância que a separava do prédio vizinho, enquanto o corpo investia no impulso para um salto no vazio.

Alguém gritou, avisando sobre o perigo imediato. As pessoas ao redor do prédio em chamas fugiram, apavoradas, no instante em que o casal apontou o lança-mísseis — uma arma portátil, de última geração e design exclusivo — para Cannish.

Amy enfrentou o ar e caiu sobre o telhado vizinho, rolando sempre, com Ariel protegida entre os braços, até atingir a segurança de uma plataforma de cimento. A mestiça se ergueu, um pouco zonza, e procurou localizar a escadaria mais próxima. A chuva batia em seu rosto, atrapalhando a visão objetiva da rota de fuga.

Foi a menina quem a avisou do perigo. O caçador pulava o vão que o separava das fugitivas, prestes a aterrissar diante delas.

Sem perder tempo, Cannish se jogou para a direita, escapando da rota do míssil. Este se espatifou contra o carro de polícia que virava a esquina, o mesmo que ainda perseguia a moto roubada, e provocou uma explosão violenta.

O irlandês não pensou duas vezes. Ele se transformou em lobo e voou para cima do casal.

O caçador cercou Amy e a menina, que não tinham por onde escapar. Atrás delas, uma rua as separava do telhado mais próximo, uma distância impossível de transpor até para uma humana com sangue de criatura.

Amy estreitou ainda mais Ariel contra si e ofereceu as costas para o caçador, numa tentativa inútil de proteger a criança. O caçador acabara de erguer o braço coberto de espinhos, pronto para golpeá-las.

Segundos antes de Cannish enfiar as garras no homem que segurava o lança-mísseis, este e a mulher que o acompanhava iniciaram um processo de metamorfose que o irlandês nunca imaginara existir no universo. Seus olhos não podiam ver, mas o instinto lhe informou que era algo monstruoso, inexistente na natureza, e carregado por uma energia maligna, feroz, muito além da maldade existente nas entranhas da pior das criaturas.

Cannish, o lobo acostumado a lidar com a crueldade, sentiu medo. Um braço cheio de espinhos impediu seu ataque e o derrubou para longe, como se afastasse uma mosca incômoda. O lobo rolou pela calçada encharcada pela chuva que teimava em acentuar o clima de caos total. Foi quando uma mandíbula conhecida abocanhou o pescoço dele, levantando-o do chão para sacudi-lo no ar. Era Blöter.

Amy fechou os olhos, à espera da morte que não aconteceu. Algo impedira o golpe final do caçador. Ou melhor, um certo alguém, um lobo de pêlos brancos que saltara do prédio em chamas para derrubar o inimigo na plataforma vizinha. Pego de surpresa, este não pôde evitar o ataque, mas revidou de forma impressionante, agarrando o pescoço de Wolfang para estrangulá-lo.

Cannish enfiou as garras no focinho de Blöter, obrigando o outro a soltá-lo. Ao se ver momentaneamente livre, o irlandês correu para o beco, certo de que o alemão traiçoeiro o seguiria.

O casal de caçadores resolveu se divertir um pouco, aterrorizando os humanos. Não havia mais qualquer preocupação em esconder do mundo a existência das criaturas. Sem ocultar mais a cara de monstro, o caçador alvejou com um novo míssil o carro de bombeiros que se aproximava. Outra explosão. Extasiado, ele fez novos disparos em alvos aleatórios pela vizinhança, em prédios, carros, veículos da polícia e ambulâncias que chegavam em grande número.

Quando a carga do lança-mísseis chegou ao fim, o caçador constatou os estragos que provocara: mortos e feridos espalhados pela rua, incêndios em várias construções que continuavam a arder, apesar do temporal que desabava.

— A Derkesthai... — lembrou a caçadora, na voz gutural produzida pela mutação, ao indicar o topo de um dos prédios.

Wolfang precisava de ajuda. Amy escondeu Ariel atrás de uma pilha de telhas e procurou qualquer coisa que pudesse usar contra o monstro. O lobo branco se esquivara das mãos que o prendiam e agora tentava, inutilmente, vencer o adversário que o atacava com golpes devastadores. Um deles lhe rasgara parte do peito, um ferimento enorme. Wolfang, entretanto, parecia não sentir qualquer dor. Apostava em golpes rápidos, que pretendiam confundir e cansar o adversário muito superior a ele.

Amy achou um pedaço de cano de metal enferrujado, quase da sua altura, e o segurou pela ponta, como um bastão, usando-o a seguir para bater com toda vontade na nuca do caçador. Este, incomodado, agarrou a arma improvisada e, com Amy ainda na outra extremidade, jogou as duas para o vão entre os dois prédios.

Encurralado no beco, Cannish fez o impossível para derrotar Blöter e afastá-lo definitivamente de Amy. O alemão, sem dúvida, era pior do que um bloco de concreto. Cannish apanhou sem piedade, numa luta que lhe sugou com rapidez toda a força de criatura. Então, indefeso na forma humana, não evitou que Blöter, também retomando a aparência humana, o agarrasse pelo pescoço para erguê-lo do chão.

— Acabou, irlandês... — rugiu Blöter. — Você morre agora!

Wolfang aproveitou a distração do caçador para derrubá-lo. Amy se agarrara na extremidade do telhado molhado, o corpo pendurado no vazio. O cano de metal não teve a mesma sorte. Despencara direto para o solo, vários andares abaixo de onde a garota escorregava para a morte.

"Deus, só preciso de um milagre...", implorou um pensamento de Cannish. Os dedos de Blöter lhe esmagavam a garganta, o oxigênio deixava de existir...

De repente, algo bateu com estrondo na cabeça dura do alemão, um objeto caído do céu. Era... um cano de metal?! Blöter cambaleou para trás, a nuca ensanguentada, e largou a presa para reencontrar o próprio equilíbrio.

— Obrigado, Senhor!!! — gritou Cannish, saltando sobre o inimigo com o bisturi em punho e ávido por uma nova cirurgia.

As mãos de Amy deslizaram sobre as telhas, sem ter onde se agarrar. Os pés balançaram no ar, desesperados. Não havia qualquer apoio... nada! Wolfang, que tentava alcançá-la, fora derrubado pelo caçador, que o enchia de socos. A chuva também conspirava contra a garota, ajudando a levá-la para baixo.

As mãos de Amy continuaram a deslizar até a ponta da última telha. Por fim, os dedos tocaram apenas as gotas grossas da chuva.

Num gesto muito ágil, Cannish enterrou o bisturi no peito de Blöter. O procedimento seria simples. Um corte perfeito que lhe permitisse chegar ao coração e arrancá-lo...

Um terceiro lobo invadiu o beco. Na verdade, uma loba louca para salvar o marido. Ingelise derrubou o enfraquecido Cannish com facilidade e assumiu a forma humana para amparar Blöter.

— Chega de cirurgias! — brigou ela, retirando o bisturi para atirá-lo contra o irlandês, que se desviou a tempo de evitar a lâmina no meio da testa. O objeto bateu contra uma lata de lixo e tombou, inocente, no colo do dono.

Ingelise ajudou o marido a se levantar, ainda muito ultrajada com a situação.

— Vou arrancar a cabeça daquele irlandês!!! — gritou Blöter, ensandecido. Ele se libertou do abraço protetor da esposa e rumou direto para o outro homem, ainda caído no chão.

— Ah, não vai não! — impôs Ingelise, puxando-o de volta pelo cotovelo.

— Mas, docinho... — insistiu Blöter, mudando rapidamente a voz para o tom mais meigo que suas cordas vocais podiam produzir.

— Você devia ser grato ao Cannish por tirá-lo do caminho da infidelidade!

— Mas, docinho...

— Agora você é só meu! Meu! E não terei mais que aturar suas aventuras extraconjugais!

— Mas, docinho...

— Devo um grande favor ao Cannish e pago minha dívida agora — encerrou a loba, não permitindo mais nenhuma argumentação do marido, que abaixava a cabeça, dócil. — Muito bem, irlandês, seja esperto e suma já daqui!

— Mas, docinho... — começou Cannish, imitando a voz de Blöter enquanto juntava as últimas forças para se firmar sobre as pernas e guardava o bisturi de estimação no bolso da calça. — Tem certeza de que vocês não vão mesmo me matar? Os caçadores estão aí e...

— Os caçadores não precisam de nós neste momento — cortou Ingelise, secamente. — E trate de sair da minha frente antes que eu mude de ideia!

Cannish não precisava de mais incentivo. Passou rapidamente por Blöter, que rosnou para ele, e retornou para a rua, para o caos em que se transformara, com novos incêndios e vítimas. Mais policiais, ambulâncias e bombeiros invadiam aquele trecho de Greenwich Village. O casal de caçadores não estava em lugar nenhum.

Alguém agarrou o pulso de Amy em pleno ar: Obi. Com dificuldade, ele puxou a garota de volta para o telhado. Estava bastante ferido pelo golpe que recebera do caçador.

— Temos que ajudar o Wolfang... — murmurou Amy antes de correr na direção do lobo branco. A luta terrível entre ele e o caçador continuava sob a chuva que, enfim, diminuía de intensidade.

O caçador era infinitamente mais poderoso do que Wulfmayer, o adversário mais forte que Wolfang enfrentara na vida. Nada parecia abalar a resistência e a vontade do inimigo em exterminar o lobo que insistia em combatê-lo. Wolfang perdeu energia numa velocidade espantosa. Não pôde mais manter o estado de mutação.

Amy gritou, em pânico, ao vê-lo como um humano sem qualquer defesa. A garota corria até ele, capaz de cobri-lo com o próprio corpo para defendê-lo. O rapaz deteve com as mãos o último murro que recebia do caçador. Os espinhos lhe perfuraram a pele, arrastando-o até a ponta da plataforma, no lado oposto ao lado em que Amy quase despencara para a morte. Wolfang sentiu que suas costas não encontravam apoio. Estava com metade do corpo pendurada no vão entre a cobertura e o prédio vizinho.

— Deixe-o em paz! — brigou a garota, a poucos passos dos dois.

Foi então que um lobo a ultrapassou para atropelar o caçador. Este, sem qualquer defesa, perdeu o equilíbrio e desabou rumo ao vazio, direto para o solo, enquanto o lobo dava um belo salto no ar e aterrissava de quatro no telhado vizinho. Wolfang girou os braços, buscando algum apoio para evitar o tombo que também o arrastaria para a morte. Amy o agarrou pelas pernas, mas não conseguiu impedir que o restante do corpo do rapaz fosse arrastado para o tombo fatal. Pendurado de cabeça para baixo, ele viu o lobo ganhar a aparência nojenta de Wulfmayer.

— Quer ajuda, caçulinha? — perguntou o ex-Alpha, com um suspiro.

Não esperou pela resposta. Ele pulou de volta à plataforma e, muito mais forte do que a esforçada Amy, que segurava o namorado desesperadamente pelas pernas, puxou Wolfang para cima.

— Você é o Alpha até que eu o chame para uma nova disputa — justificou Wulfmayer. — Enquanto isso, estou do seu lado.

Obi trouxe Ariel para perto de Amy, que abraçava Wolfang sem vontade alguma de largá-lo. Estavam todos bem, vivos, livres do caçador e...

— Ainda não terminou... — resmungou Wulfmayer, fitando a outra ponta da cobertura.

O casal de caçadores caminhava até eles.

Entediado, Wulfmayer se virou para a Derkesthai e o guardião idiota que deveria protegê-la. Será que teria que ensinar tudo àqueles dois incompetentes?

— Faça, garota! — ordenou ele, cada vez mais mal-humorado.

— Fazer o quê? — perguntou Amy, sem compreender seu verdadeiro papel de Derkesthai.

O lobo mais velho se segurou para não estrangular a garota. Os caçadores continuavam a se aproximar.

— Faça ao caçulinha o que você deveria fazer para mim! — berrou Wulfmayer. Aquilo era injusto demais! Desde que descobrira a existência da nova Derkesthai, ele sonhara com aquele momento... Um momento que agora seria dado a outro! E, pior, ainda seria obrigado a orientá-los! — Eu deveria ser o guardião e não aquele filhote burro!

— Ninguém mandou perder a luta para o meu guardião! — retrucou Amy, largando o namorado e cerrando as sobrancelhas para enfrentar o lobo negro que sempre deveria ser o líder. — Fala logo o que eu tenho que fazer!

Wulfmayer demorou para engolir a indignação. Os caçadores continuavam a se aproximar.

— Vocês poderiam ser mais objetivos? — sugeriu o rapaz negro que mantinha no colo uma menininha ruiva.

— A Derkesthai fortalece o guardião... — murmurou Wolfang, sem retirar o olhar atento dos inimigos que avançavam para matá-los.

— Oi, pessoal! — saudou Cannish, surgindo logo atrás dos caçadores.

Ele apontou a arma que roubara de um policial, ainda na rua, e a disparou várias vezes contra um dos caçadores, obtendo a atenção que desejava. O monstro se virou para ele e retornou para atacá-lo.

No mesmo segundo, Wulfmayer se transformou em lobo e saltou para cima da caçadora, impedindo-a de tocar na Derkesthai.

Amy se concentrou ao máximo, procurando reencontrar a imagem do dragão de escamas vermelhas. Somente ele poderia orientá-la. Ou talvez não. A voz de Cassandra zuniu em seus ouvidos, despejando conselhos apressados, que não faziam sentido.

O vale ensolarado nasceu novamente para Amy. E o dragão a esperava, como da primeira vez.

— Use a força do dragão... — sussurrou Cassandra, falando um pouco mais devagar.

Ariel escorregou para fora do colo de Obi. Queria ajudar, fazer qualquer coisa para impedir a morte do lobo que apanhava feio da caçadora e do homem ruivo e cheio de tatuagens que fugia dos socos do caçador que desejava esmagá-lo. Amy fechara os olhos, muito distante de tudo aquilo. O namorado dela, um rapaz que a menina considerou muito bonito, a fitava, apreensivo.

As asas brilhantes e transparentes ressurgiram atrás da Derkesthai. Ela juntou a palma da mão direita à palma da mão esquerda do namorado, unindo-o a uma energia que também o envolveu. E ele brilhou, suavemente, contra a escuridão do dia que a chuva abandonava.

Ariel, sem fôlego, compreendeu o que o outro lobo, de pelo negro, queria dizer com seus modos grosseiros. O guardião se tornaria muito poderoso.

Wulfmayer caiu, desajeitado, sobre uma pilha de telhas, vítima de mais um murro da caçadora. Os cacos de telhas espatifadas voaram para todos os lados. Ele ia atacar novamente a adversária, só que ela interrompeu de repente a luta. O mesmo acontecia com o caçador, que abandonava a perseguição a Cannish.

O focinho de Wulfmayer despencou de pura admiração. A Derkesthai levara Wolfang a um novo estágio de evolução entre os lobos. Ele dobrara de altura, mantendo o corpo humano para receber a cabeça de chacal.

— Como Anúbis, o deus egípcio... — disse o ex-Alpha para si, sentindo o peso horrível da inveja.

Acontecia com o caçulinha o mesmo que acontecera a outros guardiões, no passado: a mutação parcial, o passo seguinte que esperava toda criatura. Cada Derkesthai que nascera entre cada espécie de criatura usava seu poder para evoluir seus guardiões e, a seguir, todos que o seguiam. O guardião, no entanto, sempre seria o mais forte do grupo. Ocorrera assim com os crocodilos, com os ákilas e com outros. Faltavam agora apenas as hienas. Os lobos contavam com sua Derkesthai, que agora ampliava visivelmente seus talentos.

Restava somente descobrir o valor do novo lobo, o quanto de força e resistência ele seria capaz de reunir com o auxílio da Derkesthai.

Amy canalizou a energia que recebia do dragão de escamas vermelhas, num mundo que deveria ser mágico, para o homem que amava. E ele enfrentou os caçadores que o atacavam simultaneamente, guiado pela confiança que o unia à Derkesthai. Ela o fortalecia, o alimentava, como Cassandra dissera.

Quando finalmente abriu os olhos, Amy descobriu que o casal de caçadores havia desaparecido.

— Cadê os caras? — perguntou para Obi.

— Voaram... — respondeu o mestiço.

— Seu namorado jogou os dois lá pra baixo! — disse Ariel, apontando para o beco onde a Derkesthai quase caíra um pouco antes.

— Caçulinha tolo! — rugia Wulfmayer, outra vez humano. — Você devia ter arrancado a cabeça deles! Quer apostar como eles não morreram com a queda?

— Não os sinto por perto — disse Cannish. — Eles fugiram.

— Eu não falei? Agora aquelas coisas vão nos surpreender quando menos esperarmos e...

— Eu não tiro a vida de ninguém — disse Wolfang, dando as costas ao mau humor do ex-Alpha.

O rapaz parou diante de Amy, deixando para trás, em milésimos de segundos, a nova mutação. Incrivelmente embaraçado, ele cruzou os braços e se esforçou para não desviar o olhar dos olhos femininos.

— Você quer casar comigo? — perguntou ele, trêmulo.

Amy quase mordeu a língua, sufocando a vontade de rir. Wolfang escolhia as horas mais impróprias para fazer declarações de amor. A garota estava imunda, fedia a suor e a gasolina, e se sentia terrivelmente dolorida por tudo o que sofrera nas últimas horas. Além disso, os dois não estavam a sós, como um momento romântico exigia, e nem cercados por uma paisagem encantadora. E o rapaz não lhe oferecia uma aliança e sequer a tocava!

— Estamos juntos há mais de três meses e... — continuou ele, tropeçando nas palavras. — Não é certo vivermos como marido e mulher sem sermos realmente marido e mulher, entende?

Àquela altura da conversa, Wulfmayer quase explodia de raiva, o rosto vermelho como tomate. As criaturas seriam varridas da face da Terra e o filhote só se preocupava em levar a Derkesthai para o altar! Obi coçou a cabeça e Ariel exibia um sorriso lindo, totalmente apaixonada pelo herói que a salvara dos caçadores. Já Cannish ria baixinho, disfarçando ao máximo a vontade de cair na gargalhada.

— Só por isso que você quer casar comigo, Marco? — perguntou Amy, fingindo um ar muito sério. — Só para consertar uma situação que você acha que deve ser consertada?

— É... quer dizer... não é! Bem, é, mas também não é.

— E qual é o motivo real, então? Por que você quer casar comigo?

— Porque eu amo você... — disse ele, num fio de voz abafado pelo excesso de timidez.

Amy riu da cara engraçada que Wolfang fazia, deixando-o ainda mais embaraçado. E confuso.

— Claro que eu quero casar com você! — disse a garota, puxando-o pela cintura para abraçá-lo.

Wolfang hesitou em envolvê-la em seus braços. Ainda não se acostumara a demonstrar carinho, uma atitude que talvez jamais conseguisse tomar em relação às pessoas de quem gostava. Sem saída, ele pousou as mãos sobre os ombros de Amy, relaxando a postura defensiva que adotava para a situação muito difícil para ele. Sim, Amy Meade concordava em se tornar sua esposa.

— Desculpe quebrar o clima de romance, mas... — disse Cannish, agora bastante preocupado. — Está um caos lá embaixo. Acho que os humanos precisam de ajuda.

Capítulo 9
Derkesthai

— E foi isso o que aconteceu com a gente em Nova York — terminou Cannish, no tom despreocupado de quem acabava de contar qualquer bobagem muito corriqueira. — Salvamos duas crianças presas num dos incêndios, ajudamos a socorrer vários humanos... Somos criaturas do bem, que só realizam boas ações! Até Wulfmayer colaborou...

Gillian não se deixou enganar, mantendo a seriedade com que encarava até as coisas mais simples da vida. Tudo bem, a situação era realmente grave para criaturas que rumavam para a extinção total. Para a garota, pelo menos, havia esperança. Ela saíra da UTI dias antes e agora teria que enfrentar um delicado período de recuperação. Naquele momento, a jovem estava deitada na cama de seu quarto, no hospital, ainda muito fraca pela cirurgia recente.

— Vuk marcou a reunião com as outras criaturas? — perguntou ela, a mente estrategista mais afiada do que nunca.

— Vou pra lá agora — avisou Cannish, levantando-se da cadeira que ocupava, ao lado da cama.

— Volte aqui depois! Quero saber tudo, cada detalhe! E não se esqueça de defender a segurança dos humanos, garantir todas as vantagens possíveis nas alianças com as criaturas e...

— Relaxe. Wolfang e Amy vão cuidar de tudo.

— Me sinto inútil!

— Assim que você melhorar, pode retomar seu trabalho no FBI e...

— E quem vai administrar a vida de vocês?

— A gente dá um jeito.

— Nada feito!!! Vocês precisam muito de mim! A Amy age sem pensar e vive se metendo em confusão. E o Wolfang, então? Demora tanto pra tomar uma decisão que a gente ia morrer de fome se ele tivesse que escolher o cardápio do almoço!

— E eu?

Gillian mordeu os lábios.

— Por que eu preciso de você? — insistiu o irlandês.

— Porque... — começou a jovem, hesitante. — Porque sou a única que presta atenção nas suas aulas sobre bombas caseiras.

— Ken Meade já se matriculou para o próximo curso...

Gillian riu, iluminando o rosto que Cannish não podia mais admirar. Inseguro, o lobo ergueu a mão e tocou de leve o nariz da garota, o carinho que existia apenas para ela.

— Estou atrasado para a reunião.

Abruptamente, ele se afastou para caminhar até a porta do quarto. Gillian o chamou assim que ele atingiu o corredor.

— Que é? — disse o lobo, retornando para o interior do aposento.

— Não vou embora pra casa enquanto não ajudar vocês a resolver esta confusão toda com os caçadores.

— Tá.

— É só isso que você vai me dizer? "Tá"?

— Bom, eu já estava pensando em chamar uma das minhas coelhinhas para substituir você...

Cannish sorriu, imaginando a ruga furiosa que brotava na testa de Gillian naquele segundo. Ela o xingou com o mínimo de três palavrões antes que ele saísse do quarto outra vez, certo de que nunca mais ficaria longe daquela garota.

Vuk escolheu o parque do Retiro, em Madri, para a aguardada reunião com as outras criaturas, o mesmo local pacífico que assistira à humilhação de Yu e à derrota de Cannish para Wulfmayer. Novamente a madrugada encobriria a ação das criaturas. E elas chegaram, devagar, no anonimato de suas formas humanas, e se encontraram numa das alamedas desertas do parque. Pertenciam a etnias diferentes, a nacionalidades distintas. A penúltima a aparecer foi uma leoa, que representava o leão, ocupado demais com a gravação de um clipe para comparecer pessoalmente. Obi veio por último, um tanto intimidado pelo clima de tensão entre os líderes, e parou ao lado de Hugo e Wulfmayer. Aquele seria um momento decisivo. O belo parque que presenciara o sofrimento dos pais de Amy seria o cenário perfeito para definir o futuro das criaturas. Ariel, feliz, brincava com uma boneca de pano que Cannish comprara para ela. O futuro prometia esperança.

Vuk apresentou a Derkesthai para todos que não a conheciam. Amy recebeu olhares de veneração, medo e dúvida, mas não se sentiu pressionada pelo que, de certa forma, exigiam dela: um milagre. Ela retornou para perto de Wolfang e segurou com carinho a mão trêmula que ele escondia atrás do corpo. O novo Alpha não estava nem um pouco confortável com seu novo status, que recebia agora uma responsabilidade extra, a de proteger a Derkesthai diante da cobrança geral das outras criaturas. O contato com Amy o acalmou. A garota, então, esticou o braço livre para Cannish e o puxou pela mão para perto de si, mantendo a união entre os três. Estava ligada aos dois lobos que mais amava no mundo.

Contra todas as expectativas, fui eu quem começou a falar. O apoio de Amy, tocando minha mão que não parava de tremer, me deu a força necessária para expor minhas ideias para os outros líderes. Wulfmayer me lançou um olhar atravessado, cheio de rancor, que preferi ignorar. Cannish, que segurava a outra mão de Amy, deu o incentivo que faltava.

— *Vai, garoto... — murmurou, com um sorriso largo.*

E eu falei por quase dez minutos. Expliquei a nova postura do Clã em proteger os humanos e lutar pela paz e união entre as criaturas.

— *Seremos mais fortes se respeitarmos nossas diferenças e trabalharmos juntos – a voz firme que continuava a me surpreender. — Em breve...*

... A MORTE SE ESPALHARÁ ENTRE NÓS.

PRECISAMOS LUTAR, EVITAR QUE ELA NOS ALCANCE, EVITAR QUE O INIMIGO NOS DESTRUA.

A DERKESTHAI NÃO É A ÚNICA ESPERANÇA.

AGORA DEPENDE APENAS DE NÓS MESMOS.

NOTA DA AUTORA

É importante contar que a ideia inicial para criar o universo de *Lobo Alpha* nasceu na cabeça de um amigo, o desenhista Alexandre Bar. Em 1999, ele me mostrou três páginas de uma cena que escrevera, narrando a luta de uma chinesinha, Amy, para impedir que dois lobisomens, Cannish e Blöter, roubassem as lendárias lágrimas do Dragão, guardadas dentro de um vidro em um cofre na casa do avô dela, em Hong Kong. Empolgado, Bar me falou dos personagens que imaginara, Wolfang e Wulfmayer, e de como trabalhar a mutação de pessoas em animais.

Claro que adorei quando o Bar me convidou para escrever um roteiro de HQ a partir das ideias dele. Aproveitei um curto período de férias para investir todo o meu tempo no assunto. Após várias conversas com um amigo, o Kleber, desenvolvi a história, criei a personalidade dos personagens antigos (e dos novos que fui imaginando), inventei cenas de ação, luta, suspense, reviravoltas... Da ideia original do Bar, restavam apenas a concepção geral do universo e a cena original. Infelizmente, o roteiro da HQ nunca foi utilizado.

Em 2003, decidi retomar a história e reescrevê-la para a linguagem de livro, investindo numa narrativa que misturasse texto e quadrinhos, uma proposta que nunca vi antes. Chamei o Bar para discutir a história, mas ele não pôde me ajudar graças a problemas pessoais. Então, sozinha, encarei o desafio. Os conceitos da antiga HQ foram reinventados, os personagens ganharam profundidade, algumas cenas foram reaproveitadas, enfim, virei a história do avesso. Pouca coisa ficou do original. É assim que funciona o processo de se criar uma história: novas possibilidades surgem, se transformam, nos levam a outros caminhos. Nascia um universo ainda mais rico e complexo.

Desculpe, Bar, não consegui fazer a história densa e séria que você gostaria de ler. Escrevi este material em um período muito difícil da minha vida. Por isso, segui a proposta da aventura, da ação com doses de humor e pitadas de romance, brincando com os antigos arquétipos do gênero. Espero que você tenha gostado!

Não posso me esquecer de citar os palpites valiosos do Akio (a reportagem do Roger Alonso foi escrita por ele!), da Débora, do Leandro e da Eliane, além da orientação da amiga psicóloga Francine Marceli (fundamental para direcionar o comportamento do Wolfang em relação ao passado dele) e das dicas incríveis de Arsenio Fornaro sobre Nova York. Obrigada! O projeto recebeu as colaborações valiosas do Kleber (é, você sempre me atura, né?) e da Débora, uma artista plástica talentosa, responsável pelos *storyboards* que apresentamos para a editora.

Obrigada também ao amigo e fotógrafo Paulo Freitas (que produziu especialmente para o livro a foto publicada na matéria que inventei sobre culinária), à minha sogra, a verdadeira Eiko Yanagiura (que prepara sushis deliciosos) e ao restaurante Mai Kai (que preparou os sushis que aparecem na foto). Agradeço ainda a imensa ajuda da Liga de Toxicologia e Medicina Investigativa, do curso de Biomedicina do Centro Universitário Lusíada (valeu, Carlos!), ao professor Nelson Aparecido Ribeiro e à biomédica Itamara Borges Mendonça (responsável pelo relatório fictício sobre a morte do personagem Roger Alonso).

Sobre a autora... Hum, sou jornalista e professora no curso de Jornalismo do Centro Universitário Monte Serrat (Unimonte), trabalho também para a Z Consultoria, que presta assessoria de imprensa para o Centro Universitário Lusíada (Unilus). Moro em Santos (SP), onde nasci em setembro de 1966.

Sou ainda autora dos livros de ficção *O arqueiro e a feiticeira* (2003), *Aliança dos povos, Despertar do dragão, A tríade, O guerreiro da ursa, Destruidores* (inéditos) e *O último Arthur* (em produção), da saga *A caverna de cristais*, além de *Kimaera* (em produção), do infantil *Nanquim — Memórias de um cachorro da Pet Terapia* (inédito) e da obra de não ficção *Memórias da Hotelaria Santista* (1997, escrita em parceria com a jornalista Viviane Pereira e o pesquisador e cartofilista Laire José Giraud).

Helena Gomes